천
마
군
림

천마군림 5
좌백 新무협 판타지 소설

초판 1쇄 찍은 날 § 2003년 4월 18일
초판 1쇄 펴낸 날 § 2003년 4월 25일

지은이 § 좌백
펴낸이 § 서경석

편집장 § 문혜영
편집 § 장상수 · 박영주 · 권민정 · 유경화
마케팅 § 정필 · 강양원 · 이선구 · 김규진 · 홍현경

펴낸곳 § 도서출판 청어람
등록번호 § 제1081-1-89호
등록일자 § 1999. 5. 31
어람번호 § 제2-0204호

주소 § 경기도 부천시 원미구 심곡1동 350-1 남성B/D 3F (우) 420-011
전화 § 032-656-4452   팩스 § 032-656-4453
http://www.chungeoram.com
E-mail § eoram99@chollian.net

ⓒ 좌백, 2003

값 7,500원

ISBN 89-5505-595-1 (SET)
ISBN 89-5505-633-X 04810

※ 파본은 본사나 구입하신 서점에서 교환하여 드립니다.
※ 저자와 협의하여 인지를 붙이지 않습니다.

천마군림

좌백 新무협 판타지 소설

天魔君臨

5 무욕단

도서출판 청어람

목차

第五卷 무영단

제41장 평원 대회전 ... 7
제42장 산성 방어전 ... 35
제43장 여진 팔기군 ... 63
제44장 장춘 공략전 ... 89
제45장 명왕 강림진 ... 119
제46장 명왕 출현세 ... 149
제47장 확장 무영단 ... 177
제48장 요서 신빈보 ... 219
제49장 개원 광풍찬 ... 263
제50장 요서 추격전 ... 293

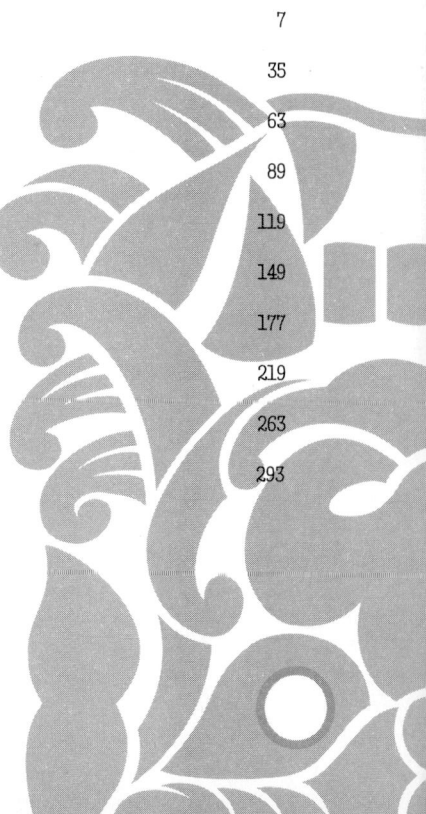

제 41 장
평원 대회전

그녀는 혈영과 달리 필요하다면 얼마든지 도주도, 후퇴도,
정말 필요하다면 항복도 할 수 있는 사람이었다
그러나 단 한 가지, 동료를 두고 혼자 도망가지는 못했다

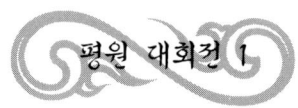

평원 대회전 1

 삼 장이 넘을 듯 거대한 키를 가진 괴물은 눈이 없고, 구부정한 허리에 땅에 닿을 듯한 긴 팔이 네 개나 있었다. 원숭이의 그것처럼 긴 손가락들에는 낫처럼 길고 날카로운 손톱이 자라 있어서 팔을 휘두를 때마다 장창을 휘두르는 듯한 효과가 있었다. 덩치에 걸맞게 힘도 대단해서 손톱을 막는 무저갱 무사들을 일이 장씩 나둥그러지게 만들기도 했다. 미처 막지 못하면 그대로 찢겨지고 부러져 죽을 수밖에 없었다.
 그래도 무저갱 무사들은 도망가지 않았다. 괴물의 강철 같은 피부에도 불구하고 창으로 찌르고 칼로 베었다. 철퇴로 두들겨 부수려고 들었다. 하지만 소용없었다. 놈은 지나치게 강했다. 그건 엄청난 괴력과 강한 칼을 자랑하는 사도 담오에게도 그랬다. 온 힘을 기울여 괴물을 베어봤지만 그저 작은 생채기 정도를 만드는 데에 그쳐야 했다. 벤 곳을 또 베고, 때린 곳을 다시 때려도 괴물은 죽지도, 지치지도 않았다.

그때 그가 나타났다.

무영은 달리는 기세 그대로 묵염흔을 휘둘러 괴물의 다리를 때렸다. 굉음이 울리고 검은색의 피가 튀었다. 괴물의 다리가 꺾였다. 무영이 뛰어올라 허공에서 회전했다. 파천황이 하얀 무지개를 그렸다. 괴물의 머리가 목에서 떨어져 공중으로 떠올랐다. 환성이 터졌다. 괴물은 거대한 고목이 그러하듯 천천히 무너져 땅에 엎드렸다.

무영이 괴물 앞에 내려섰다. 작은 집 한 채만한 덩치의 시체가 꿀럭거리며 검은 피를 토해내고 있었다. 고약한 냄새가 코를 찔렀다.

사도 담오가 그를 힐끗 보며 머리를 쓸어 뒤로 넘겼다. 그리고 말했다.

"넌 누구냐?"

못 알아보는 것이다. 무영이 묵염흔을 들어 보여주었다.

"기억나지 않나?"

담오의 눈빛이 흔들렸다.

"설마, 그 꼬마?"

무영이 담담하게 고개를 끄덕였다.

"인사는 나중에."

주변은 아직도 전쟁의 소용돌이에 휩싸여 있었다. 무영은 새로운 목표를 찾아 고개를 돌렸다. 그때 담오가 짧게 외쳤다.

"조심!"

무영이 급히 돌아보았다. 그가 방금 죽였던 괴물이 꿈틀거리며 일어나고 있었다. 검은 피가 흘러나오던 목에서 새로운 머리가 자라나고, 저쪽에 떨어진 머리에서는 새로운 몸이 자라나고 있었다. 머리가 없는 놈이 거대한 손을 뻗어 그를 잡으려 들었다. 그때 따라온 철갑마가 무영의 앞을 막으며 손을 뻗어 괴물의 손톱을 잡았다. 그리고는 그대로 반회전하며 괴물을 집어 들어 멀리 던졌다.

담오의 눈빛이 다시 한 번 흔들렸다. 간단한 동작 같지만 그것도 상대에 따라 달라진다. 저만한 거구를 집어 던지는 실력이란 정말 보기 드물다는 것을 아는 것이다. 그러나 소용없었다. 괴물은 굉음을 내며 땅에 처박혔지만 아무런 타격도 없다는 듯 다시 일어서고 있었다.

무영이 달려갔다. 그는 단 세 걸음 만에 십여 장을 건너뛰어 괴물의 앞에 육박해 가서 사선으로 파천황을 휘둘렀다. 괴물의 생겨나다 만 머리에서 오른쪽 가슴팍을 잇는 선으로 베어버리려 한 것이다. 그러나 괴물의 체구가 너무 컸다. 파천황은 놈의 목으로 파고들어 가서 가슴팍을 가르다가 멈추었다. 괴물의 왼쪽 손이 무영을 향해 다가왔다. 철갑마가 달려들었다. 그는 괴물의 가슴으로 파고들어 걸음을 멈추더니 허리를 비틀며 왼쪽 주먹을 내질렀다.

퍽―!

둔탁한 소리가 퍼졌다. 괴물이 멈칫했다. 철갑마의 주먹은 괴물의 가슴에 닿지도 않았다. 그러나 괴물의 가슴에는 철갑마의 주먹만한 크기로 구멍이 뚫려 있었다. 철갑마가 조금 전과는 반대쪽으로 회전하며 이번에는 손바닥으로 놈의 하복부를 때렸다. 괴물이 움찔거렸다. 다음 순간 하복부에서 반대 편 위쪽, 즉 괴물의 엉덩이 바로 위쪽에서 폭음과 함께 거죽이 터져 나가고, 검은 피와 살점들이 폭발하듯 튀어 나갔다. 철갑마가 손을 댄 쪽에는 자국조차 남지 않았지만 반대 편에는 구멍이 뚫려 버린 것이다.

무영은 얼른 파천황을 잡아 빼고 쓰러지는 괴물을 피하여 뒤로 물러났다. 괴물의 심장이 사람과 같은 곳에 있다면 지금 놈은 심장이 꿰뚫리고 척추가 박살난 상태일 것이다. 이러고도 다시 살아날 것인지 의문스러웠다.

살아났다. 괴물은 그런 상태에서도 꿈틀거리며 살아나고 있었다. 꿰뚫린 상처는 금세 아물고, 괴물은 아무렇지도 않다는 듯 다시 살아나고 있었다.

무영은 난감한 표정으로 괴물을 보았다. 이건 무기로 해결할 수 있는 상대가 아닌 듯했다. 어쩌면 유명종의 환술에 의해 만들어진 환상일까? 분명 베어지는 느낌이 있지 않았던가. 혹시 그런 느낌마저도 환상이 아닐까?

문득 무영은 자신이 환상에 저항하는 공부를 한 적이 있다는 것을 기억해 냈다. 전진 구현기의 하나가 바로 정심(精心), 환술과 환각을 꿰뚫어 보는 공부가 아니었던가. 그는 배웠던 그 구결을 떠올리며 정신을 가다듬고 괴물을 다시 보았다. 놈이 환각에 불과하다면 아무것도 보이지 않아야 했다. 그러나 여전히 괴물은 보였다. 단지 조금 전과는 다른 모습이었다.

괴물은 시체로 만들어진 것처럼 보였다. 팔도, 다리도, 그 머리도 시체가 모이고 녹아서 만들어진 것처럼 온통 사람의 팔다리, 머리였다. 그 머리들은 고통스럽게 신음하며 끔찍한 비명들을 지르고 있었다. 지옥에서 뛰쳐나온 것처럼 끔찍한 모습이었다.

무영은 이를 악물었다. 혹시 그의 공부가 모자라 아직 환각에서 깨어나지 못한 것일지도 모른다. 아니면 이것이 정말 괴물의 실체인지도 모른다. 환술이 아닌 어떤 방법, 주술이나 방술로 만들어낸 괴물일지도 모른다. 만약 그렇다면 아직 한 가지 사용할 수단이 있었다.

그의 손에서 불꽃이 일어나기 시작했다. 괴물을 태워 버리려 하는 것이다.

 괴물의 뒤로부터 또 다른 괴물들, 시체처럼 생긴 것들이 몰려오기 시작했다. 무영은 처음 보는 것이지만 곽대우로부터 이미 들은 바 있는 괴물들이었다. 적이고 아군이고 죽으면 그 시체에 무언가 조작을 해서 다시 살아나게 만드는데, 그땐 제정신을 잃고 적의 명령만 듣는다고 했다. 이른바 강시였다.

 철갑마가 강시들을 맞아 나가 때려 부수기 시작했다. 사도 담오도 긴 칼을 휘둘러 강시들을 베었다. 무영은 그 틈에 진기를 모아 불길을 더욱 크게 일으켰다. 괴물이 그를 향해 달려들고 있었다. 무영이 양손을 둥글게 모았다가 괴물을 향해 뻗었다. 태양신공에 의해 만들어진 화염구가 괴물의 배에 맞았다. 곧 불길이 번져 괴물을 태우기 시작했다. 무영은 다시 한 번, 또 한 번 화염구를 쏘아 보냈다. 괴물의 몸은 곧 불덩어리가 되어 구르기 시작했다.

 무영은 더 이상 괴물에게 시간 낭비를 하지 않았다. 적은 많았다. 들판을 온통 뒤덮도록 엄청나게 많았다. 그 대부분은 강시류의 괴물들이었지만 미쳐 버려서 적의 주구가 된 여진족 광인들도 있었고, 제정신을 가지고 협조하는 여진족 전사들도 있었다.

 강시는 상대하기 쉬웠다. 이놈들은 제대로 된 강시가 아니라 움직이고 할퀴는 정도에 불과한 놈들이었다. 단지 숫자만 채우는 것이다. 문제는 그런 놈들도 다리가 남아 있는 한은 걷고, 손이 있는 한은 할퀸다는 것이었다. 그리고 그 몸에 닿으면 썩은 살들이 내뿜는 독에 의해 병에 걸리고, 혹은 상처가 악화되어 죽기도 했다. 그러니 적잖게 성가신 놈들이었다.

 무영은 철갑마의 옆으로 다가가며 묵염혼과 파천황을 휘둘렀다. 되도록 잘게 자르고 파괴해야 했다. 철갑마는 몸 자체가 무기라도 된 것처럼 강시들 틈을 헤집고 있었다. 그가 지나가는 곳마다 부서진 뼈와 살점들이 튀었다. 담오 역시 그 긴 칼로 잡초를 베듯이 강시들을 동강내며 지나갔다. 무영도 그 대열에 합류해 강시들을 부수고 베었다. 그러면서 아까 태운 괴물을 곁눈으로 확인했다. 다행히 이번에는 되살아나지 못하는 것 같았다. 놈은 땅바닥에 드러누워 지글거리며 타오르고 있었다. 그의 눈에는 타오르는 많은 사람들의 시신으로 보였지만.

무영은 잠시 멈춰 서서 전황을 파악하려고 해보았다. 그러나 전장 가운데에서 전황을 파악한다는 것은 쉽지 않았다. 단지 적이 많다는 것은 알아볼 수 있었다. 많아도 너무 많았다. 온통 적의 모습만 보이고, 무저갱의 무사들은 드문드문 악전고투하는 것을 발견할 수 있을 뿐이었다.

그는 마음을 정했다. 일단 가장 상대하기 까다로운 적은 거대한 괴물일 것이다. 놈들을 하나씩 태우는 게 그가 이 전투에 가장 도움을 주는 방식일 것 같았다. 그래서 그는 또 다른 괴물을 찾아 움직였다. 그때 초립동이 그의 옆에 내려섰다. 바람을 타고 날아온 것처럼 가벼운 몸짓이었다.

무영은 하늘을 가리켰다. 하늘에는 아직도 붉은 기운이 폭풍우 치는 날의 구름처럼 꿈틀거리고 있었다.

"왜 안 없애나?"

초립동이 고개를 저었다.

"안 없애는 게 아니고 못 없애는 거다."

그는 눈살을 찌푸리며 말했다.

"정체를 알 수 없는 기운이 포함되어 있어서 없앨 수 없었어. 저건 단순한 환각도, 주술도 아니야. 적어도 두 가지 이상의 방법이 사용된 복합적인 것이라 하나씩 그 원인을 제거하지 않으면 없앨 수 없다."

무영은 고개를 끄덕이고 다시 괴물을 향해 움직여 갔다. 초립동이 그의 옆에 붙어 움직이며 말했다.

"네가 없앤 괴물이 뭔지 아나?"

무영이 대답했다.

"몰라."

초립동이 말했다.

"환(患)이라는 거야. 억울하게 죽은 사람들의 원한으로 혼백을 삼고, 그 시체들로 몸을 삼아 만들어지는 괴물이지. 잡아 죽일 생각을 말고 한을 풀어주는 게 옳은 대처 방법이다."

그는 피식 웃었다.

"네 무식한 방법에 정말 감탄하긴 했다. 태워 죽이다니."

무영이 멈춰 섰다. 그는 지척에 다가온 괴물을 가리키며 말했다.

"무식하지 않은 방법을 보여봐."

"간단하지."

초립동이 허리춤에서 호리병 하나를 꺼내 뚜껑을 열었다. 그리고는 다가온 괴물을 향해 그 안의 액체를 뿌렸다. 괴물이 멈추었다. 액체가 닿은 곳에서 연기가 피어오르고 녹아 흐르기 시작했다. 무영의 눈에는 괴물을 이루고 있는 시체가 하나씩 사라지는 것으로 보였다. 액체에 닿은 시체들이 편한 표정으로 사라지고 있었다.

초립동이 어떠냐는 듯 그를 보았다. 무영이 물었다.

"그게 뭐냐?"

초립동이 호리병을 내밀었다.

"냄새를 맡아봐."

무영이 킁킁거리다가 믿지 못하겠다는 듯 물었다.

"술?"

초립동이 소리 내어 웃었다.

"시름을 달래는 데는 술이 제일이지. 원한을 달래는 것에도 그렇고. 너희 나라에서 만들어낸 방법인데 모르는 모양이군."

무영은 그 말에는 대꾸하지 않고 전장을 둘러보았다. 그리고는 말했다.

"방법을 아니 잘됐다. 괴물들을 없애라. 나는 다른 적을 찾겠다."

초립동이 고개를 저었다.

"내가 보기엔 일단 후퇴하는 게 나을 것 같은데? 이렇게 싸워선 승산이 없으니……."

그는 말을 멈추었다. 무영이 이미 다른 곳으로 달려가고 있었기 때문이다. 항상 따라다니는 철갑마와 함께.

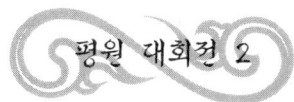

평원 대회전 2

술사들의 분류법에 의하면 제대로 된 강시는 죽은 지 천 년이 지나도록 땅속의 음기를 받아들여 스스로 일어난 유시(遊屍)나 술사에 의해 옮겨지기 위해 잠시 움직일 힘을 얻게 된 도시(跳屍)만을 일컫는데, 양쪽 다 두 발을 모아 뛰고 몸에 하얀 털이나 검은 털이 나는 것이 특징이라고 했다. 하얀 놈을 백흉(白凶), 검은 놈을 흑흉(黑凶)이라고 부르기도 했다. 이때만 해도 몸은 강철같이 단단해지고, 생명력은 괴물처럼 강해져서 사람이 당해내기 어려웠다. 이 경지를 지나면 날아다니는 강시가 되는데, 이건 비강(飛殭)이라고 해서 한층 더 상대하기 어려워지는 것이다.

초립동이 보기에 지금 유명종이 부리는 강시는 걸어다니는 시체에 불과했다. 그런 놈들이 절반이니 이쪽은 별게 아닌데, 나머지 절반의 전력은 무시할 수 없었다. 그쪽은 약물에 취했건 어쨌건 살아 있는 사람인 것이다. 사람은 어떤 괴물보다도 상대하기 까다로운 존재였다. 괴물은 처리법만 알면 쉽게 해결할 수 있지만 자신의 의지를 가지고 싸우는 사람은 이쪽에서도 힘으로 상대할 수밖에 없으니까.

　도술로 사람을 죽이는 것은 금기 사항이었다. 당장은 그게 쉬워 보일지 몰라도 그 업보는 술법을 쓴 사람의 몸에 돌아와 새겨지고, 도력 또한 약화되어 금세 보통 인간보다 못한 처지로 떨어지게 되는 것이다. 그러니 저 여진족들은 그가 상대할 적이 아니었다. 필요하면 검술로 상대해 줄 수도 있겠지만 여기서는 그냥 이화태양종 사람들에게 맡으라고 하면 그만일 것이다.

　그가 더 신경을 쓰는 상대는 어딘가에 숨어서 이 공간을 결계(結界)로 만들고 있는 술사들이었다. 이 공간은 적어도 두 개 이상의 술법이 사용되어 결계로 봉해져 있었다.

　결계라는 것은 원래 밀교(密敎)의 행법(行法) 중 진언다라니로 수행도량과 속세를 갈라놓는 것에서 발원한 것인데, 그 안에서는 결계를 친 사람의 뜻대로 공간이 만들어지기 때문에 들어가지 않으면 몰라도 일단 들어선 이상은 결계를 친 쪽이 우위를 점하게 된다. 시체가 걸어다니고, 괴물이 돌아다니는 것, 여진 전사들의 힘이 강해진 것도 그 영향일 터였다.

　초립동도 원래는 결계 밖에서 이 결계를 무너뜨리려고 해보았지만 다른 때와는 달리 그게 쉽지 않아서 어쩔 수 없이 들어온 것이었다. 전에 상대한 것은 그저 사특한 방술사의 잡기에 불과했지만 오늘 여기서 만난 술법에서는 무언가 정통의 냄새가 풍겼다. 그들 해동 구선문의 전통과는 다른 흐름이었지만 잡기라고만 무시해 버릴 수 없는 힘이 느껴진 것이다.

'이건 역시 중국의 도맥에서 흘러나온 힘이야.'

사악한 힘인 건 마찬가지였지만 정통의 뿌리에서 흘러나온 힘이란 그로서도 무시할 수 없는 것이었다. 정확하게 상대를 파악하고 파해법을 찾지 않으면 안 될 것이다. 그래서 그는 술을 뿌려 '환'을 무력화시키면서 동시에 이 결계를 유지하는 힘이 어디로부터 나오고 있는지를 찾았다. 한편으로는 전황을 파악하고 있었는데 그가 보기엔 역시 이화태양종이 불리했다. 숫자의 힘이라는 게 있어서였다.

물론 이화태양종의 무사들이 일 대 일로는 훨씬 강했다. 몇몇 눈에 띄는 고수들은 둘째 치고, 여기까지 같이 온 무영이라는 소년이나 철갑마라는 인간 같지 않은 괴물은 엄청나게 강했다. 하지만 그들만으로 몇천이나 되는 병력을 다 상대할 수는 없는 것이다. 그들은 안 죽을지 몰라도 나머지 사람들은 모두 전멸해 버릴 테니 말이다. 그러니 일단은 퇴각해서 다시 작전을 짜야 하는 게 정석이었다.

일전의 연길 싸움에서도 적의 수뇌진을 다 죽이고도 결국은 퇴각할 수밖에 없었던 게 그 이유 때문이었다. 어쨌든 그건 이화태양종 사람들이 고민할 문제였다. 그는 이 결계의 배후에 있는 힘만 상대하면 그만이니까.

문득 그의 감각에 잡히는 무엇인가가 있었다. 그는 그 방향으로 움직여 갔다.

종리매는 강시들과 싸우고 있었다. 사슬에 묶여 휘둘러지는 네 개의 철구는 강시들을 상대하는 데 적격이었다. 거기 맞으면 반쯤 썩은 시체들이 곤죽이 되고 박살나 흩어졌다. 그렇게 박살난 강시들은 꿈틀거리는 게 고작, 다시 일어나지도 못했다. 한참을 그렇게 시체밭을 만들며 전진하고 있는 그의 앞에 낯익은 얼굴이 보였다. 손지백이었다.

손지백이 먼저 그를 알아보았다. 그는 강시들의 팔다리를 베면서 한 손을 흔들었다.

"종리 노야가 여긴 웬일로 오셨습니까? 안 오실 것처럼 그러시더니."

종리매가 주위에 다가오는 강시 하나를 곤죽으로 만들면서 대꾸했다.

"자네들이 이 허섭스레기 괴물들에게 고전하며 피똥을 싸고 있다고 해서 이 어르신께서 도우러 왔지."

손지백이 하하 웃으며 검을 휘둘렀다. 그리고는 말했다.

"피똥은 어느 놈이 싼단 말입니까. 하긴 종리 노야의 귀여운 제자 녀석은 피똥 싸고 있을지도 모르겠군요. 벌써 열흘째 이런 놈들과 싸우고 있으니 말입니다."

종리매는 다시 세 구의 강시를 해치우고는 손지백을 힐끔 보았다. 웃으며 농담을 내뱉고 있지만 얼굴에는 피로한 기색이 완연하고 상처도 입은 것 같았다. 그의 주변에서 싸우는 무저갱 무사들은 아마도 중간 두목쯤 되는 것 같은데 손지백보다 훨씬 많이 다쳤고, 훨씬 피로해하는 것 같았다.

"인원이 많이 준 것 같은데?"

손지백이 손을 쉬지 않으며 대답했다.

"처음엔 오백 명이었는데 이젠 삼백도 채 안 될 겁니다. 많이 죽었죠."

그는 서너 구의 강시들을 처치하느라 잠시 말을 끊었다가 다시 이었다.

"대당가들도 여럿 죽었습니다. 뭐, 죽는 게 나은 놈들이긴 했지만."

종리매가 힘을 내서 손지백 주변의 강시들을 한꺼번에 처리해 버리고는 그 앞에 섰다. 손지백이 검을 바닥에 꽂고 거기 기대어 헐떡이며 쉬었다.

"아, 정말 이놈들은 죽여도 죽여도 줄지를 않는군요. 매번 싸울 때마다 그만큼 보충돼서 또 나타나거든요."

종리매가 주변을 둘러보며 말했다.

"쌓이는 게 모두 시체니 강시 만들 재료가 부족하진 않겠지. 하지만 정말 약한 놈들 아닌가."

손지백이 고개를 저었다.

"다 이런 놈들인 건 아닙니다. 제법 강한 강시도 있어요. 그놈들은 아주 상대하기 까다롭죠. 철저히 때려죽여야 하거든요."

그는 종리매 주변을 두리번거리며 물었다.

"근데 혼자 오셨습니까?"

종리매가 히죽 웃으며 물었다.

"누구와 같이 오길 기대한 거냐? 그래, 네 주인과 같이 왔지. 무영이 녀석 말이다."

손지백이 반가운 빛을 드러내며 물었다.

"어디 계십니까? 많이 성장하셨겠지요?"

종리매가 대답했다.

"자네가 보고도 못 알아본다는 것에 저녁 한 끼를 걸겠네."

손지백이 물었다.

"그렇게 많이 크셨습니까?"

"성장하기도 했지만 그보다…… 뭐, 직접 보면 알겠지. 어디 찾아보세나."

그렇게 말하고 종리매는 다시 강시들에게 뛰어들었다. 손지백이 중간 두목들에게 손짓했다.

"주인님이 오셨단다. 힘내서 가자!"

손지백이 종리매의 뒤를 따라 몸을 날렸다. 중간 두목들은 무영이 누군지 알긴 하지만 그를 주인으로 모신 일은 없는 사람들이었다. 그러나 손지백이 틈만 나면 주인님이라고 불렀기 때문에 그들 역시 은연중에 그를 주인이라고 받아들이는 분위기였다. 다른 가족에겐 문제가 다르겠지만 그들에겐 손지백의 주인이 곧 그들의 주인이기 때문이었다. 그래서 그들 역시 주저 않고 손지백의 뒤를 따라 뛰었다.

종리매의 신위는 가히 감탄할 만한 것이었다. 그는 직선으로 전장을 가르며 달렸다. 그의 앞에서 강시들은 썩은 시체 조각이 되어 흩어졌고, 길은 대로처럼 열렸다. 그 뒤를 손지백과 중간 두목들은 편하게 따라가기만 하면 됐다.

중간에 담오가 보이자 손지백이 외쳤다.

"같이 가자!"

그래서 담오와 그 수하들이 합류했다. 담오가 외쳐 물었다.

"어디 가나?"

손지백이 대답했다.

"주인님 찾으러!"

담오가 인상을 약간 찌푸렸다.

"그 꼬마? 꼬마라면 저쪽으로 갔다."

손지백이 물었다.

"이미 만났나? 많이 달라지셨다면서?"

담오가 중얼거렸다.

"달라졌지, 몰라보게."

그가 갑자기 속도를 내서 종리매의 뒤로 따라붙었다.

"오른쪽으로 가십시오! 그쪽으로 갔습니다."

그들이 방향을 바꾸어 달렸다. 강시들의 밭을 뚫고 달린 지 한참이 지나자 드디어 무영이 보였다. 손지백이 말했던 상대하기 까다로운 강시들, 그들이 철갑강시(鐵甲殭屍)라고 이름 붙인 만만찮은 상대들이 있는 곳이었다.

유명종도 그래서인지 수뇌진들 주변에 철갑강시들을 배치해 놓았으니 결국 이 자리는 적의 주력군이 있는 자리이기도 했다. 거기서 무영과 철갑마가 활약하고 있었다.

철갑강시는 고대의 갑옷을 입은 모습이었다. 반쯤 썩은 듯한 모습인 건 다른 강시나 마찬가지였지만 그 피부가 강철같이 단단했다. 녹슨 칼이나 철퇴도 하나씩 들고 제법 무술 같은 것도 사용하고 있었다. 그러나 무영에게는 철갑강시도 무력하기만 했다.

그는 파천황을 도갑에 집어넣고 묵염흔만 사용하고 있었다. 검은 마기가 불꽃처럼 피어오르는 묵염흔으로 철갑강시의 강철 같은 머리를 때려 부수고 옆구리를 쳐서 일그러뜨렸다. 두 손으로 검병을 움켜쥐고 마치 도끼 휘두르듯이, 혹은 거대한 망치를 휘두르듯이 철갑강시들을 때리고 부셨다.

철갑마는 무영보다도 훨씬 효과적으로, 그리고 파괴적으로 철갑강시들을 상대하고 있었다. 그는 무겁게 걸음을 옮기면서 다가오는 철갑강시들의 공격을 흘리고 그 가슴팍에 일장을 가했다. 그저 가볍게 찍는 듯한 일장이었다. 그것만으로도 강시들의 가슴은 박살나서 등으로 살과 피를 쏟아내고는 쓰러져 버리는 것이었다.

무영이 묵염혼으로 길을 뚫고 철갑마가 뒤따르며 남은 강시들을 처리하는 방식으로 그들은 꾸준히 한 발 한 발 전진하고 있었다. 철갑강시들의 벽을 넘으면 유명종의 수뇌들을 볼 수 있을 것 같았기 때문이다. 그때 종리매 일행이 합류했다.

손지백이 외쳤다.

"주인님!"

무영이 잠깐 돌아보고 손을 흔들었다. 그사이 다가온 철갑강시를 철갑마가 일장에 날려 버렸다. 손지백이 멍하니 무영의 달라진 모습을 보느라 정신 못 차리고 있는 사이에 무영은 다시 돌아서서 묵염혼으로 강시 하나를 때려 부쉈다. 머리에서부터 어깨, 팔다리를 납작하게 만들 때까지 두들겨 패는 모습을 보며 손지백이 중얼거렸다.

"얼굴은 많이 달라졌지만 과격하고 난폭하게 싸우는 건 예전이나 똑같군."

그가 담오를 향해 웃으며 말했다.

"주인님이 맞는 것 같다."

무영이 외쳤다.

"여길 맡아라! 난 들어간다!"

그 말과 함께 무영이 철갑강시들 머리 위로 몸을 날렸다. 철갑마가 그 뒤를 따랐다. 두 사람은 마치 한 조각 구름처럼 허공에 떠서 날아갔다.

손지백이 다시 중얼거렸다.

"무당파 경공술 아닌가. 무공도 확실히 발전했군."

담오가 외쳤다.
"잡담할 시간이 있으면 적이나 막아!"
목표를 놓친 철갑강시들이 그들을 향해 몰려들고 있었다.

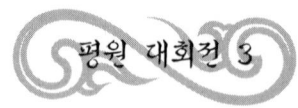

평원 대회전 3

　혈영과 월영은 여진족 전사들과 싸우고 있었다. 붉은 눈에 입가로 흐르는 침, 두려움을 모르고 달려드는 전사들을 상대로 사투를 벌이고 있었다.
　여진족 전사들의 공격법은 단순하고 효과적이었다. 먼 곳에서는 활을 쏜다. 사냥으로 단련된 활 솜씨는 이지를 잃은 후에도 본능적 감각에 의지해서 상당한 적중률을 보이고 있었다. 가까이 접근하게 되면 활을 집어넣고 창을 겨눈다. 이 창이라는 무기가 또 상당한 위력을 발휘했다.
　창은 기본적으로 두 길 이상의 길이를 가지고 있었다. 여진족 전사들이 밀집 대형을 만들고 두 길 장창을 겨눈 채 전진해 오면 제아무리 무림고수라고 해도 상대하기가 여간 까다로운 것이 아니었다. 찔리면 죽거나 다치는 게 당연하고, 창대를 잘라 버려도 남는 뾰족한 나무가 여전히 위협적이기 때문이었다. 여기에도 찔리면 죽거나 다치는 게 당연했다.

게다가 적은 공포를 모른다. 사람이라면 앞 사람이 죽어 나갈 때 공포를 느끼고 주춤거리거나 도망가는 것이 당연한데, 이들 광기에 사로잡힌 여진족 전사들은 앞 사람이 죽거나 말거나 그저 전진하고 또 전진하는 것이다.

다행히 혈영의 무기는 이런 여진족 전사들을 상대하기에 적합한 것이었다. 사슬에 달린 도끼를 휘둘러 적을 때리고, 또 거두었다가 다시 던져서 적을 죽이고 하는 단순한 동작을 반복하는 것만으로도 그의 주변에는 시체의 산이 쌓였다.

월영 역시 길이로 치면 여진족의 장창이나 혈영의 사슬 도끼에 못지않은 무기를 사용하고 있었다. 그녀는 삼 장에 달하는 긴 채찍을 휘둘러 여진족 전사의 목을 감아 당기고, 혹은 그대로 후려쳐서 공격하곤 했다. 그녀의 채찍 끝에는 납을 녹여 만든 세 개의 추가 달려 있었는데, 내공을 주입해 휘두르면 사람의 머리를 부수기에 충분한 것들이었다.

여자이긴 하지만 이화태양종 서열 십이위에 올라 있는 몸이었다. 그녀의 무공, 특히 채찍을 사용하는 무공은 경지에 다다라 있어서 한 번 휘두를 때마다 반드시 적을 하나씩 처치했다. 적의 창을 감아 뺏어서 다시 적에게 던지는 묘기를 보이기도 했다.

그러나 적은 너무 많았고 그들은 단둘이었다. 처음에는 여진족 전사들을 맞아 싸우는 무저갱 무사들도 몇 명 보였었는데, 이젠 그들도 다 죽은 모양이었다. 차츰 그들은 여진족 전사들 틈에 두 개의 섬처럼 남아 좌충우돌해야 했다.

월영이 소리를 질렀다.

"이러다가 우리 죽는 거 아냐?"

혈영은 대답하지 않았다. 그는 사슬 도끼를 몸 주위로 몇 바퀴 휘둘러 그 원 안에 들어오는 적을 처치하는 데 열중하고 있었다.

월영이 다시 소리쳤다.

"이러다 죽겠다! 빠져나가야겠어!"

혈영이 입을 열었다.

"가!"

월영이 다시 물었다.

"넌?"

"너나 가!"

혈영은 짧게 대꾸하고 도끼를 다시 거두어 잡았다. 월영의 말이 아니더라도 위험하다는 것은 충분히 느끼고 있었다. 이대로 몇 명이나 더 죽일 수 있을지 의문스러웠다. 그러나 그는 성격상 후퇴나 도주를 혐오했다. 도망치느니 차라리 죽겠다는 게 그의 기분이었다.

월영은 혈영의 짧은 대꾸에서 그런 기분을 느끼고 입술을 깨물었다. 그녀는 혈영과 달리 필요하다면 얼마든지 도주도, 후퇴도, 정말 필요하다면 항복도 할 수 있는 사람이었다. 그러나 단 한 가지, 동료를 두고 혼자 도망가지는 못했다. 그녀는 하는 수 없이 다시 힘을 끌어내어 적을 상대했다. 혈영에게 더 이상 권하지도 않았다. 그의 고집은 익히 알고 있었기 때문이다.

월영이 진기를 주입하자 채찍이 창처럼 빳빳하게 섰다. 삼 장 길이의 창이었다. 그녀는 그것으로 가장 먼저 보이는 여진족의 목을 찔렀다. 그 다음, 또 그 다음 하나를 그렇게 죽였다. 그쯤에서 더 이상 진기가 이어지지 않았다. 효과적이긴 하지만 오래 유지할 수 없다는 게 이

기술의 단점이었다.

　그녀는 다시 채찍을 휘둘러 적들을 후려갈기기 시작했다. 혈영의 경우에는 적이 더 가까워지면 도끼를 잡고 휘둘러도 된다는 수단이 있지만 그녀처럼 채찍을 사용하는 경우에는 적이 일정 거리 안으로 접근하면 채찍이 봉쇄된다는 약점이 있었다. 물론 그때를 위해서 따로 비수 종류의 무기를 휴대하고 있기는 하지만 장창에 비수로 상대한다는 건 바보 짓이나 다름없었다. 그러니 적이 가까이 접근하지 못하도록 죽을힘을 다해 방어하는 수밖에 없었다.

　하지만 적은 너무 많았다. 죽여도 죽여도 끝이 없었다. 적이 차츰 접근했다. 손에서 힘이 빠져나가고 다리가 후들거렸다. 월영의 머리에 죽을지도 모른다, 아니, 이대로면 반드시 죽는다는 생각이 자리 잡아갔다.

　그녀는 다시 한 번 도주를 생각했다. 지금이라면 저 창의 숲을 뛰어넘어 탈출이 가능할지도 모른다. 조금 다치기는 하겠지만 죽는 것보단 나을 것이다.

　월영이 소리쳤다.

　"정말 안 도망갈 거야?"

　혈영은 대답도 하지 않았다. 월영이 입술을 피가 나도록 깨물었다. 그리곤 다시 외쳤다.

　"좋아, 같이 죽자! 지옥에서라도 만나면 날 피하는 게 좋을 거야! 두 번 죽도록 패줄 테다!"

　힘도 빠졌는데 소리까지 지르느라 숨이 턱에 차 올랐다. 그녀는 숨을 고르며 두어 번 더 채찍을 휘두르다가 회수해서 허리에 감고 비수를 뽑았다. 삼엄한 창의 대열이 그녀에게 육박해 오고 있었다.

그때 능글맞은 목소리가 그녀의 귓가를 때렸다.
"오랜만이오, 월영 시주!"
여진족 대열의 일각이 무너지며 대머리에 알록달록 문신을 한 화상 하나가 나타났다. 양손에 푸줏간에서나 쓸 커다란 식칼을 든 화상, 화두타였다.

그는 양손에 각각 잡은 두 개의 식칼을 현란하게 움직이며 여진족 전사들을 해치웠다. 창날을 자르고, 창대를 몇 번이나 꺾고, 여진족 전사의 목까지 따버리는 신속하고도 화려한 솜씨였다. 벌써 몇 명이나 그렇게 해치웠는지 원래는 회색이었던 가사장삼이 지금은 혈포(血袍)로 변해 있었다.

그는 월영에게 다가오며 느끼한 목소리로 말을 걸었다.
"안녕하셨소?"
그러면서 한 손으로 슬쩍 월영의 엉덩이를 만지고는 다시 말했다.
"엉덩이는 여전히 탱탱하구려. 나무아미타불."
월영이 발끈 화를 냈다.
"네가 언제 내 엉덩이를 만져 봤다고 여전히 탱탱하니 마니 그러는 거야! 입 찢어놓기 전에 다물어!"

화두타에게는 서열이라는 것도 없으니 서열 따질 일은 아니지만 원래 태양종 안의 직책이나 신분상 월영에게는 한참 아래였다. 하지만 그가 언제 그런 걸 인정하는 자였던가. 예전부터 그런 식으로 은근슬쩍 희롱해 오곤 했었던 것이다.

화두타는 소리 내어 웃으며 말했다.
"엉덩이만 만졌겠소. 예전에 당신 침소에 몰래 숨어들어 가서 볼 거 다 보고, 만질 거 다 만졌지. 그러는 사이에도 안 깨셨으니 이는 필시

가난해서 여자 살 돈도 없던 소승에게 내린 부처님의 자비라고 볼 수밖에. 나무아미타불."

월영이 비수를 겨누며 말했다.

"그 말이 사실이라면 너부터 죽여야겠다."

화두타가 얼른 울상을 지으며 빌었다.

"거짓말이오, 거짓말. 이 화상이 무슨 담력이 있어서 소저의 침소에 들어갔겠소. 그런데 허벅지 안쪽에 있는 삼각형 점은 어려서부터 있던 거요?"

월영이 화두타를 쫓아가며 소리쳤다.

"죽엇!"

화두타가 여진족 전사들을 향해 식칼을 휘두르며 도망갔다. 월영이 그 옆에 붙어서 비수를 휘둘렀다. 물론 여진족 전사들을 향해서였다. 그들이 전진해 가는 방향에서 철금마검 공손번과 혈면염라 최주가 수하들을 이끌고 싸우고 있는 것이 보였다. 그리고 그 뒤에는 다수의 무사들을 이끌고 무저갱의 제왕 구자헌이 전진해 오고 있었다.

월영의 입에서 안도의 한숨이 새 나왔다.

'살았구나.'

그녀는 땀과 피로 얼룩진 얼굴을 닦으며 하늘을 보았다. 하늘에 감돌던 붉은 기운이 줄어든 것 같았다.

무영과 철갑마는 철갑강시들을 뛰어넘어 달렸다. 무영의 경신술은 수습한 지 얼마 되지 않아 철갑마보다 훨씬 못했고, 그래서 철갑마가 한 번도 땅에 발을 딛지 않고 날듯이 달려가는 모습을 그대로 흉내 내지는 못했다. 대신 철갑강시들의 동작이 둔하고 반응이 느렸기 때문에 힘이 빠지면 놈들의 머리통을 징검다리 삼아 밟고 달려가는 것이 가능했다. 철갑마는 그런 무영을 기다리느라 허공에서 속도까지 조절하며 멈춰 있다가 하얀 옷 입은 유명종 신도들 틈으로 같이 내려섰다.

무영의 파천황이 뽑혀 나와 흰 무지개를 그렸다. 유명종의 신도들이 솔개를 만난 병아리들처럼 흩어져 도망갔다. 무영은 그들을 쫓지 않고 나무 탑 위에 있는 붉은 옷 입은 자를 노려 달려갔다. 나무 대를 밟고 뛰어올라 탑의 난간을 슬쩍 밟아 다시 한 번 뛰자 붉은 옷을 입은 사제, 무영이 곽대우에게 들은 설명대로라면 유명종의 십대사신 중 하나일 사람 앞에 떨어져 내릴 수 있었다. 파천황이 움직여 적의 목을 베어버릴 찰나, 놈이 입을 열었다. 그러나 놈은 말할 수가 없었다. 벌어진 입에는 혓바닥이 없었다.

이 의외의 전개에 무영이 잠깐 주춤거리고 있을 때 놈의 옷이 부풀어 오르기 시작했다. 옷만이 아니었다. 몸 자체가 무언가로 꽉 찬 가죽 주머니처럼 부풀어 오르고 있었다. 그때 철갑마가 탑 위로 뛰어올라 놈을 밀어냈다. 부드럽게, 소림 대력금강수도 아니고 무당파의 내가중수법도 아닌 단순한 손짓으로 그냥 놈을 밀어내었다. 그리고 무영의 앞을 가로막았다.

평—!

놈이 허공에서 폭발했다. 뼈와 살, 피가 사방으로 비산했다. 무영은 놈의 핏물에 맞은 철갑마의 갑옷이 녹아들어 가는 것을 보았다. 물론 만년한철로 되지 않은 부분들이었지만 사람의 몸으로 저걸 맞았으면 저 갑옷과 같이 녹아버렸으리라는 것은 충분히 알 수 있도록 해주는 광경이었다.

멍하니 서 있는 무영의 앞에 허공으로부터 한 사람이 떨어져 내려와

섰다. 낙엽처럼 가벼운 몸짓, 초립동이었다. 그는 옆구리에 한 사람을 끼고 있었다. 어디를 어떻게 제압당했는지 움직이지도 못하는 사람인데, 유명종의 일반 신도처럼 하얀 옷을 입고 있었다.

초립동이 말했다.

"함정이었어. 방금 날려 보낸 자는 유명종의 사신이 아니야."

무영이 고개를 끄덕였다. 설명이 없어도 그 정도는 짐작할 수 있었다. 초립동이 계속 말했다.

"아마 이자처럼 일반 신도로 변장하고 아래에 있었겠지. 허수아비를 대신 내세워 주술을 부리는 건 그리 어렵지 않다네."

무영이 물었다.

"그는?"

초립동은 옆구리에 낀 자를 힐끔 보고는 하늘을 가리켰다.

"붉은 기운을 만들어낸 자야. 내가 정체를 파악하지 못했던 바로 그자."

하늘에는 더 이상 붉은 기운이 없었다. 먹구름 같은 것만 잔뜩 끼어 있을 뿐이고, 그나마 세력이 약해지고 있었다.

초립동이 말했다.

"결계가 약해졌어. 지금이야말로 후퇴할 때지. 자네들 지휘자가 누군지는 모르겠지만 상황을 파악할 줄 아는 자라면 지금쯤 후퇴 명령을 내릴 걸세."

무영이 되물었다.

"결계?"

초립동이 퉁명스럽게 대꾸했다.

"그런 게 있어."

그는 잠시 침묵하다가 한마디 덧붙였다.

"지금 명령하지 않으면 바보지. 그런 자의 지휘를 받다간 다 죽을 거야."

그때 구자헌의 목소리가 들려왔다. 전장을 쩡쩡 울리는 듯한 목소리로 그가 외치고 있었다.

"후퇴하라!"

제42장
산성 방어전

▎일단은 여기서 농성전을 펼친다. 그러는 한편 반격을 준비한다
아무리 생각해 봐도 우리는 전쟁을 수행할 수 있는 집단이 아니다
우리는 무사지 군사가 아니기 때문이다

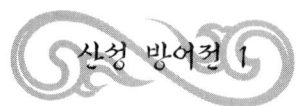

산성 방어전 1

 구자헌은 후퇴 명령을 내려놓고도 그 자신은 오히려 적을 향해 달려들었다. 그의 뒤를 따르던 백여 명의 무사들이 옆으로 늘어선 방진을 만들어 적을 향해 함께 달려들어 갔다. 후퇴하는 게 아니라 준비된 반격이라도 하는 듯한 모습이었다. 그렇게 십여 장을 밀어붙인 다음 그들은 조금씩 천천히 뒤로 후퇴했다.
 이게 그들이 후퇴하는 방식이었다. 안전한 후퇴를 하기 위해 일단 적을 밀어붙여 공간을 만들고 퇴로를 확보하려 하는 것이었다.
 구자헌의 뒤를 따르는 무사들 중에는 공손번 같은 무저갱의 대당가들도 있었지만 그 대부분은 무저갱에서부터 구자헌의 직속 부하로 있던 자들로, 구자헌의 친위대로 분류되는 무사들이었다. 그들은 구자헌에게 철저히 단련되어 한 사람 한 사람이 정련된 무사였고, 구자헌의 명령이라면 물불을 가리지 않고 뛰어드는 자들이었다. 후퇴 시에는 그들이 주축이 되어 일정 공간을 확보하며 밀어붙이고, 대당가 및 그들의 가족으로 분류되는 무사들은 그사이에 동료의 시체와 부상자들을 찾아 업고 먼저 후퇴한다. 시체라도 남기면 나중에 그들이 강시가 되어 나타나고, 그런 자들을 때려죽여야 할 땐 아주 기분이 더럽게 되기 때문이었다.

그런데 오늘은 구자헌보다도 뒤에서 후퇴하는 몇 명이 있었다. 오늘의 주 전선은 여진족을 상대로 형성되어 있었는데 그와는 다른 방면에서, 그것도 적진 중심에서 싸우고 있던 몇 명이 뒤늦게 후퇴하고 있었던 것이다. 손지백과 담오, 그리고 그의 가족들이었다. 아닌 사람도 몇 명 보였는데, 그중 하나는 구자헌에게도 낯익은 사람이었다. 바로 종리매가 네 개의 철구를 미친 듯이 휘두르며 강시들을 때려 부수고 퇴로를 열어 후퇴하고 있었던 것이다.

나머지 세 사람은 처음 보는 자들이었는데, 셋 다 용모가 대단히 특이해서 시선을 끌었다. 한쪽 눈에 보석이라도 박아 넣었는지 멀리서도 그 눈에 번쩍이는 오색 광채를 확인할 수 있는 한 사람과 온통 철갑을 두른 사람, 그리고 조선인 같은 옷차림을 하고 있는 한 사람이었다.

구자헌은 그들을 바라보느라 잠시 눈을 가늘게 떴다. 종리매가 이 시점에 나타난 것은 그리 놀라운 일이 아니었다. 언젠가는 올 거라고 기대하고 있었으니까. 지금 그의 시선을 끌고 있는 것은 나머지 세 사람이었다. 그리고 그들의 특이함이 아니라 그들의 놀라운 무공이 그의 시선을 사로잡았다.

흑색의 검과 백색의 도라는 대조적인 무기를 동시에 사용하는 자의 무공도 놀라웠고, 철갑을 두른 자의 무공 역시 경악할 만한 것이었다. 특이한 복장을 한 사내는 두 자 정도 길이의 짧은 칼을 사용하고 있었는데, 그 솜씨 또한 만만치 않았다. 게다가 중원의 무공과는 어딘가 다른 도법이었다.

"송학(松鶴)!"

구자헌의 부름에 무사 하나가 대답했다.

"예, 여기 있습니다!"

그는 삼십 대 중반에 피와 땀으로 더럽혀진 얼굴이지만 굳건한 심지가 엿보이는 코와 입술, 정기 형형한 눈을 가진 사내였다. 성을 포(包), 이름을 송학이라 하는데, 구자헌의 친위대를 이끄는 대장이 바로 그였다. 구자헌이 그에게 명령했다.

"가서 병력을 인도하라! 이미 말한 그곳으로!"

포송학이 잠시 망설였다. 자신이 후방을 맡고 구자헌이 병력을 이끄는 게 좋지 않을까 한 것인데, 구자헌이 한 번 명령을 내린 이상 그런 말을 해봐야 소용없으리라는 것을 생각하고 크게 대답했다.

"알겠습니다!"

포송학이 후퇴하는 병력들의 앞으로 달려가서 방향을 바꾸도록 했다. 이 평원에서 쉬지도 못하고 밤낮으로 싸워온 것이 벌써 며칠째였다. 후퇴하면 지치지도 않고 쫓아와서 또 싸우고, 다시 후퇴하면 금세 또 쫓아와 싸움을 거는 유명종 때문이었다. 그들은 병력이 많고, 그 대부분은 아무리 싸워도 지치지 않는 괴물들이었으니 가능한 일이겠지만 이쪽은 이제 한계였다.

아무리 무공을 익혔어도 사람은 쉬어야 한다. 특히 격렬한 전투를 치른 후에는 더욱 그랬다. 그런데 전투와 전투 사이에도 긴장의 끈을 놓지 못하고 기절하듯 쓰러진 자리에서 쫓아온 적들 때문에 또 일어나야 한다는 것은 지옥 같은 고통이었다. 그런 지옥을 며칠째 경험하고 있는 것이다. 그래서 구자헌이 고심 끝에 입안한 계획이 그것이었다. 방어 진지를 구축해 그걸 의지해서 방어전을 펴며 휴식한다는 것이었다.

다행히 이 부근의 구릉에는 군데군데 산성(山城)들이 있었다. 고대에 이곳을 지배하던 민족이 세운 성들이었다. 그중 하나는 고만고만한 구릉들 중에서도 제법 높은 곳에 흙으로 보강하고 돌로 높이 쌓은 성벽이 아직 대부분 남아 있어서 농성할 만하다는 척후의 보고가 있었다. 바로 그곳으로 퇴각하겠다는 것이 구자헌의 계획이었다.

포송학으로 하여금 병력을 그쪽으로 유도하게 하고, 구자헌은 뒤에 남아 후방을 막았다. 여진족과 강시들이 마구 밀려들고 있어서 천천히 후퇴하는 것이 쉽지만은 않았다. 그러나 구자헌은 굳건히 버티고 서서 한 발 한 발 천천히 물러나며 적을 막았다. 그는 원래 암기와 독물이 특기였지만 지금은 큰 칼 한 자루를 사용하고 있었다. 여진족들에겐 몰라도 강시들에게는 암기와 독물이 통하지 않기 때문이었.

칼은 여진족의 창을 막고 베어내느라 이가 빠지고 휘어서 너덜너덜했다. 그 칼로 그는 종리매 일행이 도착할 때까지 버텼다. 종리매가 사슬을 휘두르며 폭풍과도 같이 쇄도해 오더니 구자헌의 앞에 방원 일장의 공간을 확보했다. 담오와 손지백이 그 뒤를 이어 달려와서 수하들을 후퇴시키고 그들은 남아서 최후 방어선에 합류했다. 그리고 세 명의 특이한 사람들이 왔다.

흑백의 무기를 사용하는 자는 엄청난 파괴력과 예리함을 함께 발휘하고 있었다. 흑색의 검에서는 그 검의 색깔만큼이나 어둡고 무거운 마기의 불꽃이 뿜어지고 있었다. 검이 닿기도 전에 강시들의 썩은 피부를 떨어져 나가게 만들었고, 여진족도 제정신인 자는 가까이 다가오려고 하지 않을 정도로 위협적이었다. 백색의 칼은 그와는 반대로 하얀 섬광과 살기를 뱀의 혀처럼 날름거리며 흩뿌리고 있었다. 백색의 무지개가 뻗으면 그 다음엔 붉은 핏줄기가 무지개를 따라 흘렀다.

철갑을 한 사람은 구자헌이 지금까지 본 사람 중 최강의 무사인 듯했다. 그는 전혀 힘들이지 않고 몇십, 몇백의 적들을 상대하고 있었다. 그가 걷는 걸음 하나조차도 계산된 것처럼 안정적이었고, 가볍게, 정확히 그 시간에 있어야 할 그 지점에 디뎌졌다. 가볍게 휘두르는 일장에 강시들이 곤죽이 되어 날아가고, 무겁게 지르는 일권에 몇 명의 여진족 전사들이 쓰러져 넘어갔다. 그러면서도 그는 좌검우도를 사용하는 보석 눈의 사람에게서 일정 거리 이상 떨어지지 않았다. 마치 보호라도 하는 것 같았다. 그게 원인이 되어 오히려 더 활약할 수 있는데도 제한이 되는 것 같아 안타까울 정도였다.

조선인 복장을 한 사내의 무공 수위는 측량할 수가 없었다. 구자헌이 알아볼 수 있는 무공을 사용하는 것도 아니고, 일부러 제 실력을 다 발휘하지 않는 것 같기도 해서였다. 그러나 사람 하나를 옆구리에 끼고도 여유만만하게 적을 상대하는 것이나 성의없이 휘두르는 칼끝에도 예리함이 살아 있는 것을 보면 상당한 실력자인 듯하다는 정도는 알 수 있었다.

구자헌이 외쳐 물었다.

"저들은 누구지?"

손지백과 담오를 향해 물어본 것인데, 내답은 종리매가 했다.

"지금 그런 거 물어볼 때냐! 대체 어디까지 후퇴해야 하는 거야?"

구자헌이 무뚝뚝하게 말했다.

"죽기 싫으면 안 오면 그만이었소, 선배, 여긴 왜 왔소?"

"너 도와주러 온 건 아니니 안심해라. 난 새로 편성된 무영단 단주를 보필하러 왔단 말이다."

"무영단 단주?"

"그래, 여기 무영이 단주님이시다."

구자헌의 눈빛이 번쩍였다. 어디서 많이 본 듯하다 했더니 저 흑색의 검은 무영이라는 놈이 사용하던 것 아니던가. 그런데 그렇다면 뭔가 이상했다.

"목걸이는 어디 있지? 설마 종사가 풀어줬나? 선배 목걸이는 어디 있소?"

종리매가 씁쓸하게 웃었다.

"여기가 다루(茶樓)라도 되는 줄 아는 거냐! 그런 이야기는 나중에 천천히 하자!"

그러나 긴 이야기를 할 필요가 이 순간 없어져 버렸다. 철갑마가 구자헌의 목에 걸린 강철 목걸이를 발견한 것이다. 그는 갑자기 방향을 바꾸어 구자헌에게 달려들었다. 그리고는 무영에게 했던 것처럼, 종리매에게 했던 것처럼 구자헌의 목에 걸린 강철 목걸이를 빼앗아가 버렸다. 다음 순간 그의 팔찌와 목걸이는 하나가 되어 완벽한 한 자루 검이 되었다. 붉은빛 감도는 한 자루 철검이었다. 검병(劍柄:손잡이)도, 검신(劍身)도, 검격(劍格:코등이)도 하나의 강철로 만들어진 철검이 철갑마의 손에 들렸다.

구자헌은 입을 벌렸지만 아무 말도 못했다. 종리매가 힐끔 보고는 낄낄거리며 웃었다.

"그래, 바로 그런 방식으로 풀렸다. 너라고 별수있으랴."

구자헌이 다시 외쳐 물었다.

"대체 이자가 누구요?"

그는 그 질문을 조금 미뤄뒀어도 좋았을 것이다. 철갑마가 완성된 철검을 잡는 순간 놀라운 신위를 발휘했기 때문이다. 그리고 그 신위는 자연스럽게 한 사람을 연상하게 만들었기 때문이다.

철갑마의 검에서 빛이 뿜어져 나왔다. 삼 장이 넘을 듯한 빛의 기둥이었다. 그 거대한 빛의 기둥이 닿는 곳에 있던 모든 적들이 베어져 넘어갔다. 삽시간에 그들을 추격하던 여진족 전사들과 강시들 수십 명이 도륙을 당했다.

철갑마가 멈춰 섰다. 그리고 빛의 기둥을 바로 세워 들었다. 잠시 빛이 흔들리는 듯하더니 수백 줄기의 빛살이 기둥으로부터 퍼져 나갔다. 마치 화살과도 같이 빛은 적들을 뚫고 지나갔다. 이 일격에 수백 명의 적들이 쓰러졌다.

구자헌이 더듬거리며 말했다.

"비천제일룡?"

종리매가 이마의 땀을 닦으며 중얼거렸다.

"이제 좀 천천히 가도 되겠군."

적의 결계를 벗어나서인지 어느새 사방은 어두운 밤이 되어 있었다. 무영이 종리매에게 외쳤다.

"종리 노야, 설녀를 데려와라!"

저만치에서 거기 대답하는 목소리가 들려왔다.

"어기 왔어요!"

열두 필의 말고삐를 연결해 끌고 오는 설녀였다. 그들의 앞에 산성이 보였다. 먼저 후퇴한 병력들이 산성의 문으로 쏟아져 들어가고 있었다. 곧 그들도 산성에 들어갔다.

산성에 무사히 들어온 무저갱의 총병력은 무영단의 사람들과 설녀까지 해서 총 이백팔십구 명이었다. 구자헌은 그들을 반으로 나누어 절반에게는 무조건 쉬도록 명령하고, 나머지 절반 중 일부에게는 산성 보수 작업을, 그 나머지 병력은 추격하는 적을 대비하도록 했다. 비천 제일룡의 신위에 놀라 일시적으로 주춤하긴 했지만 여전히 추격해 와서 산성 아래 진을 치고 있었기 때문이다.

무저갱의 무사들은 그게 누구든 한때는 갱도에 들어가 광석 채취를 한 경험이 있었다. 그러니 특별한 도구가 없어도 돌과 흙을 다루는 데에는 익숙한 자들이었다. 그들은 칼등으로 돌을 다듬고, 도끼와 검으로 흙을 파내며 산성의 무너진 성벽을 보수했다. 한편으로 식사 준비가 이루어지고, 먼저 쉬도록 한 사람들은 시체처럼 쓰러져서 잠이 들었다. 그런 한쪽에서 구자헌과 무영단의 대면이 이루어졌다.

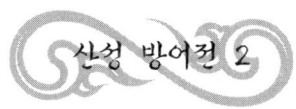

산성 방어전 2

 산성 안에 자란 나무들을 베어 화톳불들이 지펴졌다. 그런 화톳불을 중심으로 군데군데에서 사람들이 모여 식사를 하고 쉬었다. 산성 한곳에서는 구자헌과 구자헌의 심복 두셋, 그리고 무저갱의 대당가들 중 살아남은 몇 명과 무영, 무영의 일행이 모여 회의를 했다.
 구자헌은 무영단의 명부에 적힌 제강산의 글과 서명한 사람들의 목록까지 꼼꼼히 읽어본 후 무영에게 돌려주며 말했다.
 "좋아. 우릴 돕기 위해 왔다고 했지? 이제 어떻게 도울 텐가?"
 종리매가 화를 냈다.
 "전멸 직전인 것을 애써 구해줬더니 감사의 인사도 없이 고작 하는 말이 그거냐?"
 무영이 손을 들어 제지하고 구자헌에게 말했다.
 "상황을 파악한 후에 결정하겠다."

구자헌이 말했다.

"상황이래야 오늘 본 그대로지. 열흘째 이런 식으로 싸우고 있었다. 새벽이 되면 놈들이 공격해 오지. 그럼 싸우다가 퇴각, 추격해 오면 다시 싸우고 또 퇴각."

종리매가 못 참고 또 참견했다.

"그동안 계속 져서 도망 다녔다는 말이군. 보통 그런 걸 일패도지(一敗塗地)라고 하지."

구자헌이 굳은 표정으로 말했다.

"진 건 인정하오. 계속 졌지. 놈들의 수가 너무 많고, 아무리 죽여도 줄지 않았소. 그러나 내 부하들이 약하다거나 무능하다는 말은 하지 마시오. 아무리 선배라도 용서하지 않겠소. 그리고 선배는 이 아이를 단주로 인정하고 있는 거요? 만약 인정하고 있다면 대화 중에 참견하지 마시오. 나는 지금 선배의 윗사람과 이야기하고 있는 거요."

종리매가 입을 다물었다. 그는 못마땅한 듯 구자헌을 노려보다가 코웃음을 치고는 고개를 돌려 버렸다.

무영이 말했다.

"후퇴할 수밖에 없었던 상황은 잘 알겠다. 그러나 계속 후퇴할 건가? 전략의 변화가 필요하다."

구자헌이 고개를 끄덕였다.

"그래서 여기로 온 것이지. 일단은 여기서 농성전을 펼친다. 그러는 한편 반격을 준비한다. 아무리 생각해 봐도 우리는 전쟁을 수행할 수 있는 집단이 아니다. 우리는 무사지 군사가 아니기 때문이다. 병력 수의 차이도 있다. 저만한 병력을 효과적으로 상대하기 위해서는 방법을 바꾸어야 한다는 게 내 생각이다."

무영은 물론 대당가들도 구자헌의 말을 관심있게 들었다. 이들 중에는 머리를 써서 전략을 수립하고 작전을 세울 수 있는 능력을 가진 사람이 없었다. 모든 계획은 구자헌의 머리에서 나오는 것이었기 때문에 현재의 상황을 반전시킬 수 있는 묘안이 과연 어떤 것인지 궁금해하는 것이었다.

구자헌이 말했다.

"우리의 적은 여진족도, 강시도 아니다. 이걸 명확하게 파악하면 목표가 분명해지지. 우리의 적은 유명종 놈들이고, 그놈들은 저 많은 적 중 백여 명에 불과하다. 그들을 노려서 죽이고, 후퇴하는 것을 반복하는 게 앞으로 우리의 전투 방식이 될 거다. 그러기 위해서는 지금처럼 몰려다니는 게 불필요하다."

그는 대당가들을 바라보며 말을 이었다.

"우리는 이제 병력을 셋으로 나눈다. 하나는 내가, 다른 하나는 백골조 황염, 나머지 하나는 담오가 지휘한다. 각자의 병력은 구십 명 정도로 구성한다. 그 인원으로 최대한 신속하고 은밀하게 움직여서 적을 기습 타격하고, 재빨리 도주한 다음 다시 기습할 기회를 노리는 방식이다. 이동의 속도와 은밀함, 끊임없이 움직여야 하는 방식, 즉 기동전(機動戰) 방식이라고 할 수 있겠지."

손지백이 손을 들었다.

"인원은 어떻게 구성되는 거요? 즉, 나와 내 가족들은 누구의 명령을 들어야 하느냐는 거요?"

구자헌이 그를 응시하며 말했다.

"네가 지휘받고 싶은 사람을 선택하면 된다. 하지만 한쪽에 인원이 몰리면 곤란하니까 그 경우엔 조정을 해야겠지."

손지백이 그와 황염, 담오를 차례로 바라보고는 고개를 저었다.

"난 누구의 지휘도 받고 싶지 않소. 어차피 그렇게 나누어서 다녀야 한다면 차라리 내 주군과 함께 다니겠소."

"네 주군이라…… 내 휘하에서 떠나겠다는 것인가?"

손지백이 고개를 끄덕였다.

"가능하다면."

구자헌은 무영을 보며 말했다.

"종사가 쓰신 명령에는 그게 가능하다고 돼 있었다. 좋아, 네가 필요한 사람은 누구든 데려가도 좋다. 단, 그쪽에서도 원할 경우만이다."

그는 다시 손지백을 향해 말했다.

"너는 가도 좋다. 네 부하들도 원한다면 가도 좋다."

그는 사람들을 둘러보며 물었다.

"무영단에 들어가고 싶은 사람 또 있나?"

종리매가 담오를 보았다. 담오는 고개를 돌려 시선을 피해 버렸다. 종리매가 입맛을 다셨다. 아무도 구자헌의 말에 대답하지 않았다. 구자헌이 말했다.

"좋아. 그럼 이야기는 끝났다."

황염이 말했다.

"갱주, 당신은 내가 사람들을 데리고 떠나는 게 두렵지 않소? 내가 지휘하면 그렇게 할 것 같은데? 이 지긋지긋한 전쟁터를 벗어나서 그리운 중원으로 돌아가 버리면 어떻게 하려고 내게 병력을 맡기는 거요?"

구자헌이 피식 웃었다.

"그리운 중원이라고? 가고 싶으면 가라. 그럴 마음을 갖고 있으면 내가 잡아두고 있어도 쓸모가 없겠지. 한 가지만 경고하겠다. 널 따라 중원으로 가려고 할 사람이 몇 명이나 될지 모르겠지만 요서를 지나갈 땐 조심해야 할 거다. 사자군림가가 보는 대로 죽이려 할 테니까. 운 좋게 요서를 지나 중원으로 들어가서도 조심해야 할 거다. 용화광명종 사람들도 떠돌이 부랑아는 안 받아준다. 운이 좋아야 집 잃은 개 취급을 해줄 테고, 안 그러면 첩자로 오인되어 모진 고문을 받다가 개죽음 하기 십상일 거다."

그는 잠시 말을 끊고 대당가들을 하나씩 바라보았다. 그가 무겁게 말을 이었다.

"내가 정말 진지하게 경고하마. 지금의 중원은 예전에 너희들이 자유롭게 활개 치던 그 중원이 아니다."

담오가 물었다.

"언제까지 단독으로 활동하오? 연락 수단은? 만약 재집결을 한다면 그건 언제, 어디서?"

구자헌이 대답했다.

"흩어져서 돌아다닌다고 해도 어차피 우리의 활동 영역은 합이빈에서 장춘을 잇는 선 안이다. 우연히라도 마주칠 수밖에 없는 공간이니 따로 연락 수단은 정하지 않겠다. 재집결도 마찬가지다. 우리 중 누군가가 장춘을 점령하면 그때 장춘에서 모이면 된다."

황염이 다시 물었다.

"확실히 유명종 놈들만 노리면 되는 거요? 어진족 놈들은?"

"방해가 된다면 당연히 처치해야 하겠지. 하지만 일부러 노릴 필요는 없다. 놈들까지 적으로 돌리면 이건 확실한 전쟁이 되기 때문에 좋지 않아."

황염이 중얼거렸다.
"그놈들은 이미 적이 된 것 아닌가……."
구자헌은 그 말을 무시하고 무영을 향해 시선을 돌렸다.
"어떻게 할 텐가?"
무영이 대답했다.
"우린 따로 다니겠다."
구자헌이 고개를 끄덕였다. 그는 철갑마를 힐끔 보며 말했다.
"그래도 되겠지."
한쪽에서 아무 말도 않고 있던 초립동이 그때 입을 열었다.
"유명종 사람들만 적이 아니오. 아까 잡아온 사람은 분명히 유명종의 일원이 아니었소. 유명종 사람들과는 다른 방식의 주술을 사용하고 있었거든."
구자헌이 대당가들에게 명령했다.
"적의 대규모 공격이 있을 테니 나가서 준비하도록. 송학, 아까 저 조선인이 잡아온 자를 데려와라."
유명종 신도 복장을 한 자가 끌려왔다. 여전히 초립동에게 제압당해 움직이지도, 입을 열지도 못하는 상태였다. 포송학이 초립동에게 말했다.
"심문을 하려면 말은 할 수 있도록 해줘야 하지 않겠소. 혈도를 제압당했나 해서 살펴봤지만 어디를 어떻게 제압당했는지 통 알 수가 없더구려."
초립동이 말했다.
"당신들은 혈도라는 걸 제압하나 봅디다만 우린 그렇게 하지 않소. 그냥 바윗돌 하나를 얹어놓았지."

포송학이 어리둥절해하며 물었다.

"바윗돌? 어디에 바위가 있단 말이오?"

초립동이 무언가를 치우듯 가볍게 손짓하며 말했다.

"당신 눈엔 물론 안 보일 거요."

다음 순간 유명종 신도가 꿈틀거리며 일어났다. 오랫동안 무거운 것에 눌려 있었던 것처럼 힘겨워하는 신음까지 흘리고 있었다.

초립동이 말했다.

"무슨 짓을 할지 모르니 결박하는 게 좋을 거요."

그 말에 시립하고 있던 무사가 밧줄을 꺼냈다. 유명종 신도의 팔을 뒤로 꺾어 묶으려 하자 초립동이 손을 저었다.

"거길 묶어봐야 소용없소. 주시오, 내가 직접 하리다."

초립동은 밧줄을 받아서 유명종 신도에게 다가갔다. 그리고는 그가 다리를 벌리고 주저앉게 만든 다음 나무토막을 발목과 발목 사이에 받치고 그 양끝을 묶어서 고정시켰다. 다리를 모으지 못하도록 만들 생각인 듯했다. 초립동은 다시 신도의 허리를 눌러 오른팔은 오른쪽 다리에, 왼팔은 왼쪽 다리에 묶었다. 그리고는 손을 털며 일어나서 말했다.

"손으로 결인(結印)하지 못하도록 만든 거요. 이러면 그가 사용할 주술의 팔 할 정도는 봉할 수 있소. 주문으로만 하는 것도 물론 있겠지만 이 사람이 이상한 소리로 웅얼거리면 뺨을 후려쳐서 주문을 완성시키지 못하게 하면 되오. 혀를 잘라 버리는 게 훨씬 확실한 방법이지만 그러면 심문도 못하겠죠. 어떻게 하든 고분고분 대답하리라고 기대할 순 없지만 말이오."

구자헌이 포송학에게 명령했다.

"복면부터 벗겨라."

복면을 벗기자 전혀 예상하지 못한 모습이 나왔다. 용모는 한족에 가까운 것처럼 보였는데 특이하게도 머리카락 일부가 붉은색이었다. 포송학이 신기한 듯 그 머리카락을 만지며 말했다.

"진짜 머리카락이군요. 피가 묻어서 붉어진 것 같지도 않습니다."

무영이 다가가며 말했다.

"정체를 알 것 같다."

그는 다리와 함께 묶인 사내의 팔을 잡아서 그 손바닥을 확인했다. 붉은 반점이 드러났다.

"전진 혈파?"

사내는 대답하지 않았다. 무영이 잠시 생각하다가 다시 말했다.

"그렇군. 전진 벽파다."

전진 혈파 사람이 이렇게 붉은 머리가 되려면 절정의 경지에 달해야 할 것이다. 그런 자라면 쉽게 잡히지도 않았을 테고, 머리카락 일부만 붉을 리도 없다. 전진 벽파의 사람이라면 이런 머리카락이 되는 것을 이해할 수 있었다. 여기서 좀 더 경지에 다다르면 머리카락이 완전히 붉어졌다가 다시 파랗게 변할 것이다.

초립동이 고개를 끄덕였다.

"전진파…… 그렇군. 그들이라면 그게 가능하지. 더 심문할 필요도 없겠소. 어떻게 상대해야 할지 알았으니까."

그때 철금마검 공손번이 달려왔다.

"적이 쇄도해 오고 있습니다."

함성이 다가오고 있었다.

유명종의 지휘를 받는 여진족과 강시들이 개미 떼처럼 몰려들고 있었다. 전날 보았던 '환'과 그 밖의 요마들도 섞여 있었다. 거대한 뱀처럼 보이는 요마와 머리 셋 달린 개, 혹은 이리처럼 보이는 요마, 다리가 하나뿐인 요마 등이었는데 하나같이 성벽을 훌쩍 뛰어넘을 정도로 컸다.

초립동이 구자헌 등과 함께 성벽 위에 올라가 사방을 둘러보고는 말했다.

"이 산을 둘러싸고 결계를 치면 적어도 강시와 요마들은 막을 수 있소. 누구 바둑알 같은 걸 가지고 있는 사람 있소?"

포송학이 주위를 향해 외쳤다.

"바둑알 가지고 있는 사람 있나?"

외쳐 물으면서도 포송학은 누군가가 바둑알을 가지고 있을 거라고 기대하지 않았다. 무저갱 무사들, 사실은 죄수에 가까운 놈들이 바둑 같은 걸 즐길 거라곤 기대할 수 없는 데다가 전장에까지 가지고 왔을 거라고는 더욱 기대할 수 없었으니까. 그런데 저만치 떨어진 곳에서 한 녀석이 손을 들고 외쳤다.

"여기 비슷한 게 있습니다!"

포송학이 외쳤다.

"이리 가지고 와봐!"

무사가 가져와서 내놓은 것은 흑전과 백전이었다. 무저갱에서 돈으로 사용하는 하얀 돌과 검은 돌, 과연 바둑알과 비슷한 물건이었다. 포송학이 실소를 터뜨리며 말했다.

"대체 이걸 왜 가져온 거야?"

무사가 머리를 긁적였다.

"그게 전 재산인데 버리고 오기는 어쩐지 아까워서……."

포송학이 웃으며 말했다.

"좋아. 이게 쓸모가 있으면 나중에 전부 변상해 주지."

그가 초립동에게 돌들을 내밀었다.

"이걸로 되겠소?"

초립동이 돌들을 받았다.

"훌륭하오. 쓸 수 있겠소."

그는 구자헌을 향해 말했다.

"이 돌들을 누가 가지고 가서 이 산을 둘러싸는 원을 그리며 하나씩 떨구어놓아야 하오. 흰 돌 다음엔 검은 돌, 그 다음엔 흰 돌을 떨구어놓는 식으로 하나씩. 대강 여덟 개 정도면 될 텐데, 저기 적들이 저렇게 둘러싸고 있으니 누가 그걸 할 수 있을지 모르겠구려. 내가 직접 하면 좋겠지만 나는 안에서 할 일이 있어서 말이오. 그냥 이 성벽 안쪽만 결계를 칠 수도 있지만 그러면 효과가 별로 없겠죠?"

구자헌이 말했다.

"결사대를 뽑아보겠소."

무영이 말했다.

"내가 한다."

그가 초립동에게 다가가 손을 내밀었다. 초립동이 구자헌을 보았다. 구자헌은 고개를 끄덕였다. 초립동이 무영에게 바둑알 십여 개를 건네줬다.

"최소 여덟 개, 많아도 이것 이상을 쓰면 안 돼. 그리고 놈들이 이걸 보고 치워 버리면 결계가 깨지니까 그냥 슬쩍 떨어뜨리라고. 또 한 가지, 이 돌들을 잇는 선이 결계의 경계선이 되는 거야. 어느 정도 영역을 확보할지는 당신이 선택하는 거라는 걸 명심해."

무영이 고개를 끄덕이고 성벽 아래로 뛰어내렸다. 철갑마가 그 뒤를 따랐다. 종리매는 적진을 뚫고 달려가는 무영과 철갑마를 보며 중얼거렸다.

"그래, 비천제일룡이 호위해 주니 나 같은 건 필요없겠지."

구자헌이 그를 보며 말했다.

"산성 방어에는 선배의 능력이 필요하오. 저기 반대 편에 가서 적을 막아주시오."

적이 성벽 아래에 쇄도해 와서 기어올라 오고 있었다. 본격적인 전투가 벌어졌다. 성벽을 기어오르는 여진족과 강시들을 무저갱 무사들은 창으로 찌르고, 칼로 베어내며 막았다. 구자헌과 종리매가 각각 한 축을 맡고, 담오와 손지백, 백골조 황염과 철금마검 공손번 등 무저갱의 대당가들이 일정 간격을 두고 성벽 위에 늘어서서 방어 지휘를 맡았다. 그런 상황에서도 구자헌은 휴식을 명령한 무사들을 깨우지 않았다. 이미 주어진 네 시진의 휴식 시간을 엄수하도록 재차 명령을 내려 다짐해 두기까지 했다. 앞으로 두 시진 동안은 깨어 있는 무사들만으로 방어를 해야 하는 것이다.

여진족들이 성안으로 화살을 쏴 공격해 왔다. 그러나 이쪽에는 활이 없어서 대응 사격도 할 수 없었다. 무사들은 한편으로는 화살을 피하고, 한편으로는 성벽을 기어오르는 적을 베고 차서 떨구었다. 강시들은 목이 베어져도 꿈틀거리며 기어올라 왔다. 그런 놈들은 걷어차서 떨구거나 그냥 성벽 안쪽으로 기어 내려가도록 내버려 두는 수밖에 없었다. 이중의 방벽을 만들어 대기 중인 무사들이 그놈들을 처리했다.

죽여도 죽여도 계속해서 몰려오는 적들을 다 막는다는 것은 힘겨운 일이었다. 백오십여 명의 무사들로 버틸 수 있는 것은 그나마 산성이 위치한 지리적 이점과 방어에 편하도록 지어진 성벽 덕택이었다. 큰 돌, 작은 돌로 대강 쌓아 올린 것 같지만 성벽은 천 년의 세월이 흘러도 무너지지 않을 정도로 견고했고, 적들을 효과적으로 막을 수 있는 교묘한 구조로 되어 있었다. 특히 성문을 둘러싸고 원형으로 또 하나의 성벽을 쌓아서 성문을 지키는 옹성 형태로 되어 있고, 성벽 자체가 요철을 이루고 있어서 무저갱 무사들이 활만 가지고 있었다면 훨씬 쉽게 성을 지킬 수 있었을 것이다.

지리적인 이점도 컸다. 요동 지역의 대부분이 구릉지에 가까워서 그다지 산이라 할 만한 것이 없었는데 이 산성이 위치한 산은 사면이 험한 비탈이라 성벽까지 기어올라 오기도 힘들었고, 산성 안에 샘물이 솟아 이루어진 연못까지 있어서 식수 문제를 해결할 수 있었다. 인원만 충분하다면, 그리고 식량이 충분하다면 언제까지고 농성할 수 있는 곳이었다.

그런 곳을 기어올라 와 성벽에 들러붙는 여진족과 강시들도 대단한 놈들이었다. 광기에 휩싸인 자들이 아니면, 그리고 애초에 죽음의 두려움을 모르는 강시들이 아니었으면 쉽지 않은 일이었다. 무영이 떠난 후 초립동은 산성 안쪽에 일정한 공간을 확보하고 원을 그렸다. 그런 뒤 원 안에 정좌를 하고 앉아서 앞에 남은 흰 돌과 검은 돌을 무더기로 쌓아놓고 그걸 뚫어지게 바라보며 입속으로 주문을 외웠다.

잠시 후 흰 돌과 검은 돌들이 꿈틀거리더니 공중으로 떠올랐다. 정확하게 무영이 가져간 돌들과 같은 수, 같은 색깔이었다. 그중 한 개의 흰 돌이 원 안쪽 바닥에 떨어졌다. 그리고 다시 잠시 후 검은 돌 하나가 이미 바닥에 떨어진 흰 돌에서 두 뼘 정도의 간격을 두고 떨어졌다. 다시 흰 돌, 그리고 검은 돌이 차례로 원을 그리며 바닥에 떨어지고, 반 각쯤 지났을 때에는 모두 떨어졌다. 초립동을 둘러싼 원을 그린 형태였다.

초립동이 손가락을 내밀고 외쳤다.

"방!"

그 순간 일진광풍이 산성을 감싸고 몰아쳤다. 혼탁한 기운들이 광풍에 쓸려 사라지고 성벽에 붙어 있던, 그리고 이미 넘어와 있던 강시들이 시체로 돌아가서 쓰러졌다. 약물에 취해 있던 여진족 전사들도 쓰러져 뒹굴었다. 산성을 둘러싼 일정 공간 안에서 동시에 벌어진 현상이었다. 일순간 산성에 대한 모든 공격들이 멈추었다.

무저갱의 무사들이 모두 경이로워하는 시선으로 초립동을 보았다. 밤하늘이 더욱 맑아지고 공기는 물로 씻어낸 것처럼 깨끗했다. 무사들

산성 방어전

은 새롭게 힘이 솟아나는 것을 느꼈다.

　무영과 철갑마는 산성으로 돌아오고 있었다. 대부분의 여진족 전사들과 강시들이 쓰러져서 앞을 가로막는 적은 많지 않았다. 제정신을 가지고 있는 여진족들이나 결계 안에서 움직일 수 있었기 때문이다. 그런 적들도 이미 무영과 철갑마의 신위를 충분히 구경해서 알고 있었기 때문에 감히 앞을 막는 자는 없었다. 그런데 달리던 무영의 귀에 누군가가 부르는 소리가 들렸다.

　무영은 멈추어서 주위를 둘러보았다. 여진족들 틈에서 누군가가 달려오고 있었다. 무영이 그를 향해 마주 달려갔다. 철갑마가 뒤를 따랐다. 여진족들이 창을 던졌다. 무영을 향해서가 아니라 무영에게 뛰어오는 그 여진족을 향해서였다. 무영이 한층 속도를 붙여서 순식간에 그 여진족 전사에게 달려갔다. 그리고는 날아오는 창과 화살들을 퉁겨서 돌려보냈다.

　여진족 전사가 말했다.

　"주인님!"

　무영은 고개를 끄덕여 보이고는 그를 잡아서 옆구리에 끼고 달렸다.

　"얘기는 나중에!"

　그와 철갑마는 산 위로 쏜살같이 달려가서 그대로 성벽을 뛰어넘었다. 그 후에야 여진족 전사로 분장한 듀칸을 땅에 내려주었다. 듀칸이 넙죽 절하고는 말했다.

　"정말 하늘이 도왔습니다. 이렇게 만나뵙게 될 줄은 몰랐습니다."

　구자헌이 다가왔다.

　"그는 누구냐?"

　무영이 말했다.

"무영단의 일원이다."

그는 듀칸을 힐끔 보고는 덧붙여 말했다.

"중요한 정보를 갖고 왔다."

듀칸은 구자헌과 무영에게 문제의 중요한 정보를 보고했다.

"지금 유명종에 협조하고 있는 자들은 바이뚜르 일가를 중심으로 한 흑수여진(黑水女眞)들입니다. 요동 여진족들 중 최강이고 최대의 인원을 가지고 있는 자들이죠. 유명종은 전부터 그들을 이용해서 다른 여진족들을 다스려 왔죠. 당연히 다른 부족들은 불만을 가지고 있었습니다. 엄청나게 학대를 당했거든요. 그런 부족들 중에서 인망을 얻고 있는 여진족 한 명을 알게 됐습니다. 기오창까라는 사람이죠. 그를 중심으로 여러 부족들이 연합해서 바이뚜르 일가와 싸우겠다는 의사를 전하라고 했습니다. 이후의 보장을 해준다면 협조하겠다는군요."

구자헌이 물었다.

"어떤 보장을 원하는 거지?"

듀칸이 대답했다.

"열 가지 조건을 제시해 왔습니다. 유명종을 몰아낸 다음에 이 땅의 지배권에 대한 문제, 바이뚜르 일가의 처리에 대한 문제, 말의 소유에 대한 문제, 사냥터에 대한 자세한 조건 등등이죠."

"사냥터는 뭐고 말은 뭔가?"

"사냥터를 확보하는 건 여진족에게 대단히 중요한 문제입니다. 기오창까 일가는 백산(白山:백두산)을 중심으로 사냥터를 확보하고 싶어합니다. 바이뚜르 일가가 흑수여진이라고 불리는 것처럼 기오창까 일가는 백산 여진이라고 불리거든요. 그들의 조상이 백산의 천지에서 태어났다고 하는 전설을 믿고 있는 사람들입니다. 그 외에 합류를 약속한 일곱 부족이 더 있는데, 그들도 각자 사냥터를 요구했습니다. 그걸 보장해 준다면 여타의 사항들은 그다지 중요하지 않습니다. 애초에 지배니 권력 같은 것엔 관심없는 사람들이니까요."

"말은?"

"말은 곧 전사의 수와 같습니다. 한 마리당 백 명이지요. 말 탄 장수 한 사람당 백 명의 전사를 거느릴 수 있는데 지금 거의 모든 말은 바이뚜르 일가가 가지고 있습니다. 그러니 말을 제공해 달라는 거지요."

구자헌이 중얼거렸다.

"장수는 말을 타야 한다는 건가?"

듀칸이 대답했다.

"말은 곧 권위입니다. 그들에겐 대단히 중요하지요."

구자헌이 말했다.

"좋다. 하지만 이건 내가 결정할 문제가 아니다. 종사에게 보고하고 대답을 들어야겠다. 내가 종사라면 당연히 수락하겠지만."

그는 무영을 향해 말했다.

"덕분에 여긴 지킬 수 있게 됐다. 우리는 휴식을 취한 후에 원래 전략대로 행동하겠다. 너는 이 사람을 데리고 종사에게 가라. 그 이후엔 마음대로 해라."

무영이 고개를 끄덕였다. 그는 듀칸을 데리고 손지백에게 갔다. 손지백이 데리고 있는 무사는 십오 명에 불과했다. 중간 두목 일곱 명과 그들이 데리고 있는 무사 여덟 명을 제외하고는 모두 죽었기 때문이다. 그들이 모두 명부에 이름을 기록했기 때문에 이제 무영단은 이십일 명으로 늘었다.

손지백과 무사들, 그리고 무영단의 기존 인원들이 산성을 떠나 적진을 돌파했다. 설녀와 초립동도 거기에 동행했다. 초립동이 만든 결계는 그가 그린 원과 놓여져 있는 돌들만 건들지 않으면 유지되기 때문에 더 이상 거기서 할 일은 없었다.

그들은 간단하게 적진을 돌파하고 합이빈으로 향했다. 이틀 후 합이빈에서 제강산을 만나 이번에는 수락의 의사를 전달하기 위해 여진족들이 백산이라고 부르는 백두산으로 향했다. 기오창까를 만나기 위해서였다.

제43장
여진 팔기군

▎이 깃발은 고산(固山)의 표시요
각각의 조상이 내려왔고, 각각의 사냥터가 되는 산을 굳게 지킨다는 의미요
우리들 각자는 각자의 깃발에 따르고
중요한 일은 여덟 개의 깃발이 모두 모여서 결정하기로 합시다

여진 팔기군 1

 무영 일행이 출발하는 날 합이빈에서는 대규모의 이동이 함께 있었다. 예비로 남아 있던 병력을 셋으로 나누어 한쪽은 제강산이 직접 거느려 길림으로 향하고, 한쪽은 총관에게 맡겨 연길로 보냈다. 남은 한쪽은 합이빈을 수비하도록 남겨두었다.
 그동안 유명종을 공략하는 삼 군의 전황이 모두 좋지 않아서 제강산과 합이빈의 수뇌진에서는 꽤나 골치를 앓았었다. 어느 한쪽에서도 군사를 되돌릴 수 없었다. 퇴각을 시작하면 합이빈까지 다시 밀리는 건 시간문제였다. 예비 병력을 넷으로 나누어 지원군을 보내는 것도 그리 좋은 방법이 아니었다. 한쪽이라도 완전히 압도해 버릴 수 있는 병력이 아니면 의미가 없기 때문이었다. 그런데 구자헌의 계획이 전해진 것이다.
 유명종을 상대로 기동전을 벌인다는 계획이 제법 그럴듯했기 때문에 제강산은 모든 군에서 그 방법을 쓰도록 명령하고, 장춘을 제외한 두 방면에 지원군을 보내기로 했다. 장춘 쪽은 구자헌이 제대로 싸우고 있지만 나머지 두 곳은 무저갱보다 훨씬 많은 숫자의 병력을 가지고도 고전하고 있었기 때문이다.

초립동은 이때부터 무영 일행과 헤어져 연길로 향했다. 길림에는 풍백 등의 세 사람이 있지만 연길 쪽은 그가 떠나온 이후 적의 방술을 막을 사람이 없어 더욱 고전하고 있다는 말을 들었기 때문이다.

무영 일행은 길림 방면의 공략군이 싸우는 곳까지 제강산과 함께 이동해 거기서부터 단독으로 행동하기 시작했다. 설녀는 위험하니 제강산과 함께 남아 있으라는 만류를 뿌리치고 무영 일행과 함께 백두산으로 가기로 했는데, 무사히 백두산까지만 가면 거기서부터 유명종의 영역을 벗어나 요서로 이동하는 것이 가능했기 때문이었다.

듀칸을 안내자로 앞세우고 월영과 혈영, 종리매와 철갑마, 손지백과 열다섯 명의 무사, 무영과 설녀로 구성된 스물세 명의 일행은 전장을 피해서 산줄기를 타고 이동하기로 했다. 유명종이 두려워서가 아니라 한시바삐 기오창까를 만나 협상을 하는 게 중요해서였다. 그들 전원이 말을 타고, 추가로 말 스무 필에 여진족들이 구하기를 원하는 솥과 칼 등의 쇠로 된 물건들과 비단, 옷감 등 포목류, 바늘과 도자기 등의 자질구레한 물건들을 실었다. 기오창까에게 줄 선물이었다.

북해에서부터 시작되어 요동을 가로질러 남서쪽으로 뻗어 내려간 산맥이 있는데 이름을 완달(完達)이라고 했다. 이게 요동의 임구(林口)라는 곳에서부터 방향을 바꾸어 남쪽으로 향하는데, 이때부터는 이름이 바뀌어 장백(長白)이 된다. 이 장백산맥의 끝에 솟아 있는 산이 한족들은 장백산, 여진족들은 백산이라고 부르는 백두산이었다.

무영 일행은 완달산맥 줄기를 타고 장백산맥에 진입해서 다시 남으로 향했다. 요동벌의 낮은 구릉들과는 달리 험준한 산과 광활한 수림이 펼쳐져 있는 길이었다. 군데군데 여진족의 부락이 있었지만 사람보다는 야수들이 훨씬 많은 공간이었다. 엄청난 덩치의 불곰과 역시 만만찮은 덩치의 멧돼지, 사나운 이리들이 들끓었다. 간혹 호랑이도 마주치곤 했는데 호랑이는 습성상 다른 호랑이와 같이 사는 법이 없고, 한 마리 한 마리가 광활한 영역을 차지하고 있기 때문에 완달과 장백을 통틀어도 몇백 마리 이상이 아닐 거라는 듀칸의 설명이 있었다.

여진족들은 호랑이를 신처럼 받들어 모시고 매달 제물까지 바친다고 했다. 주로 기르던 개나 돼지를 바치지만 어떤 부족은 일 년에 한 번씩 사람을 바치기도 한다고 했다. 그래서인지 호랑이들은 겁이 없었다. 자기들 영역에 마음대로 들어온 사람들을 혼내주려는 듯 덤벼드는 놈들도 있었다. 무영은 그런 놈들을 간단하게 해치우고 가죽을 벗겼다. 호랑이 고기로 잔치를 벌이기도 했는데 고기는 별 맛이 없어서 나중엔 안 먹게 되었다. 그냥 마주치는 멧돼지나 노루가 훨씬 맛있었으니까.

열흘 정도 산기슭을 타고 가서 드디어 그들은 백두산 기슭에 도착했다. 눈앞에는 광활한 수림이 있고, 그 수림 속을 뱀처럼 기어가는 한줄기 강이 있었다. 백두산 천지로부터 흘러내리는 물이 세 개의 강을 이룬다고 하는데 두만강과 압록강, 그리고 지금 무영 일행의 앞을 막고 있는 송화강(松花江)이었다.

이미 봄이 되어 강물은 산에서부터 싣고 내려온 눈과 얼음을 담고 거세게 흘러가고 있었다. 눈이 녹아 강물이 분 것이다. 이때부터 강 건너편으로 넘어가는 동물들이 헤엄쳐서 건넌다고 하는데, 동물들은 그럴 수 있을지 몰라도 무영 일행은 그러고 싶지 않았기 때문에 강변을 따라 이동하며 배를 찾았다.

어촌은 금방 찾을 수 있었다. 그러나 그곳 사람들은 이미 모두 죽어서 썩어가고 있었고, 배는 바닥이 부서진 채 강변에 뒹굴고 있었다. 유명종의 짓이었다.

무영은 마을에 불을 질러 청소하도록 시키고 일부는 강변에서 배를 고치도록 했다. 그러나 듀칸이 배를 수리하느니 차라리 뗏목을 만드는 게 낫겠다는 의견을 내놓았다. 재목이 될 나무는 흔했고, 그걸 베어 옮기고, 뗏목을 만드는 것도 그들에겐 쉬운 일이었다. 아름드리 나무를 단칼에 베어넘기고, 가지를 치고는 그걸 단 두 사람, 무영과 종리매만으로 옮기기도 했다.

곧 거대하고 튼튼한 뗏목이 완성되었다. 그들 스물셋과 말들까지 모두 태워도 끄떡없는 뗏목이었다.

몇 사람이 긴 장대를 만들어 사공처럼 뗏목을 움직였다. 강물은 거칠고 흐름 역시 빨랐지만 그들은 그다지 어렵지 않게 강 건너편으로 갈 수 있었다. 일행은 돌아갈 때 쓸 수 있도록 뗏목을 끌어 올려 숨겨두고 백두산 기슭의 광활한 수림으로 접어들었다. 대낮에도 길을 잃는다는 원시림의 바다였다.

그들은 숲에 익숙한 사람들이었다. 게다가 듀칸이라는 안내자도 있지 않은가. 그들은 이틀간 숲 속을 걸어서 기오창가 일가가 산다는 곳을 찾아갔다. 점차 그곳이 가까워지자 그들은 숲 속에서 몰래 지켜보는 눈길을 느낄 수 있었다. 듀칸이 말했다.

"원래 여진족의 풍습으로는 이렇게 숨어서 사람을 감시하는 건 대단히 예절에 어긋나는 행동입니다. 하지만 유명종이 들어온 이후 안 그럴 수 없게 됐지요. 그냥 모른 척하십시오."

곧 그들 앞에 여진족 부락이 나타났다. 부락 앞에는 이미 보고를 받고 기다린 듯 여러 명의 여진족 사람들이 나와서 기다리고 있었다.

콧수염을 기른 청년이 그들을 맞아 나오며 능숙한 중국어로 인사했다.

"어서 오시오. 나는 아이신길로우 혼타지라고 하오. 할아버님은 안에서 기다리고 계시오."

듀칸이 무영에게 속삭였다.

"아이신길로우 기오창까의 손자입니다. 이 사람 할아버지가 이곳 족장인 기오창까, 아버지인 에오치가 현재 실권을 잡고 있는 사람이지요. 주로 그 사람과 이야기하게 되실 겁니다."

무영이 인사했다.

"무영이다."

듀칸이 여진족 말로 무영의 신분과 태양종 내에서의 지위를 말해 주었다. 충분히 협상자가 될 신분이라는 것을 설명해 준 것이다.

무영이 한마디 더 했다.

"이건 선물이다."

스무 마리의 말과 거기 실린 짐은 여진족들에겐 큰 선물이었다. 여진족들이 수군거렸다. 기쁜 기색이 완연했다. 그러나 혼타지는 표정을 바꾸지 않고 간단하게 감사 인사를 했다. 그리고는 그들을 안내해서 부락 안으로 들어갔다.

중년인 몇 명과 노인 한 사람이 통나무 집 앞에서 그들을 기다리고 있었다. 노인이 기오창까, 중년인들은 노인의 아들들이었다. 에오치는 그중 넷째였는데 무용과 지략이 형제들 중 가장 뛰어나서 실질적인 족

여진 팔기군 69

장 역할을 하고 있다고 듀칸이 설명했다.

　실제로 협상 자리에서 말을 하는 것은 주로 에오치였다. 그가 여진말로 이야기를 하면 혼타지가 중국어로 통역해서 말해 주었고, 무영이 하는 말은 듀칸이 여진말로 통역했다.

　이야기는 그리 길지 않았다. 이미 그들의 요구는 제강산이 단 한 가지를 제외하면 모두 수락된 상태였다. 수정 제시된 한 가지에 대해서만 협상이 이루어지면 됐다. 요동의 지배권에 대한 이야기였다.

　"종사는 요동을 다스릴 방법을 이미 세워놓았다 한다. 요동에서 유명종이 사라지면 여기 나라를 세운다. 이름은 예전부터 이 지역을 부르던 것을 따서 발해(渤海)로 한다. 그 나라는 세 사람이 협의해서 다스린다. 종사와 기오창까, 해동 구선문의 대표자 한 사람까지 세 명이다."

　두심오를 통해 해동 구선문과 교섭하고, 무영을 통해서는 여진족과 교섭하기로 하면서 제강산이 세운 계획이었다. 요동에서 가장 많은 수를 차지하는 것은 여진족이다. 그러나 조선인의 숫자도 제법 되고, 특히 해동 구선문에서 제공할 정신적인 힘이 여진족들에게는 적잖게 중요하다고 판단한 것이다.

　여진족들 중 불교 신자가 적지 않지만 대개는 그들이 '샤먼'이라고 부르는 무당을 종교적인 지배자로 모시고 있다. 유명종이 요동을 차지한 뒤 가장 효과적으로 그들을 누를 수 있었던 것이 바로 그것 때문이었다. 유명종의 신도들은 하나하나가 방술사요 주술사였기 때문에 원시적인 수준에 머물러 있는 여진족의 샤먼들을 간단하게 눌러 버릴 수 있었다. 그리고는 샤먼의 자리를 자신들이 대신해 버렸다. 신력(神力)이 월등히 뛰어난 그들에게 여진족들은 꼼짝 못하고 지배될 수밖에 없었던 것이다.

샤먼들이 사라진 그 자리, 그리고 유명종 사람들을 치워 버리면 다시 비게 될 그 자리에 해동 구선문에서 파견된 사람들을 대신하게 하겠다는 것이 제강산의 의도였다.

기오창까와 에오치 등이 머리를 맞대고 수군거렸다. 그러다가 에오치가 다시 무영을 향해 말하고 혼타지가 통역했다.

"해동 구선문을 다 알지는 못하지만 불함 선인이라면 우리도 알고 있소. 우리를 많이 도와주셨지. 좋소, 당신들의 제안을 수락하오."

에오치가 날카로운 비수 하나를 뽑았다. 그리고는 자기 팔뚝을 찔러 그릇에 피를 받았다. 듀칸이 무영에게 말했다.

"맹세(盟誓)의 의식입니다. 주인님도 하셔야 합니다. 원래는 족장이 해야겠지만 너무 연로해서 피를 못 뽑을 겁니다. 이쪽도 대리니까 상관없겠지요. 하지만 피를 섞은 사이라는 건 개인적으로도 아주 중요한 의미를 갖습니다. 형제가 되는 거니까요. 저쪽이 형님이 되겠지요."

에오치가 그릇과 비수를 내밀었다. 무영은 선뜻 받지 않고 그를 한동안 노려보듯 주시했다. 무영이 말했다.

"나는 아무나 형으로 모시지 않는다. 너는 내 형이 될 자격이 있느냐?"

에오치가 무영을 마주 노려보다가 말했다. 놀랍게도 중국어였다. 원래 중국어를 할 줄 알지만 일부러 여진말만 했던 것이다.

"날 형으로 모시면 너는 여진족 최강의 전사이자 영웅을 형으로 모시게 되는 것이다."

무영이 고개를 끄덕였다. 그리고는 비수와 그릇을 받아 피를 받았다. 에오치가 먼저 그릇을 들고 반을 마셨다. 무영이 나머지를 마셨다.

에오치가 무영에게 다가와 안으며 말했다.

"우리는 형제니 화와 복을 같이하게 될 것이다. 배신자는 신이 벌한다."

무영이 말했다.

"나는 배신하지 않는다. 화와 복을 같이할 것이다."

협상은 이렇게 이루어졌다. 그리고 밤새도록 잔치가 벌어졌다. 동맹과 결의형제를 위한 잔치였다.

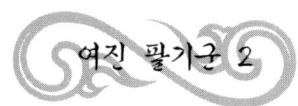

여진 팔기군 2

 하루가 지나고 또 하루가 지나갔다. 무영 일행은 여진족 부락에서 하는 일 없이 쉬고 있었다. 협상이 끝났으니 떠나는 게 당연했지만 무영의 의형이 된 에오치가 며칠 쉬었다가 같이 떠나자고 강력하게 붙잡았기 때문이다. 형으로 삼는다고 해놓고 첫 번째 부탁부터 들어주지 않을 수도 없는 일이었다.
 무영이 부락을 떠나지 않은 데에는 다른 이유도 있었다. 협상을 하고 동맹을 맺었지만 이들 여진족들이 어떤 식으로 약속을 지키는지 지켜볼 필요가 있었던 것이다. 그러나 이틀 동안 아무 일도 없었다. 여진족들도 떠날 생각을 않는 듯 부락은 조용하기만 했다.
 사흘째 아침, 더 이상 못 기다리겠다고 생각하는 무영 일행에게 혼타지가 찾아왔다.
 "사냥하러 갑시다."

손지백이 물었다.

"무슨 사냥?"

"흑초(黑貂)를 잡는 거요. 그놈 가죽이 바로 초피지요."

손지백이 이런 시기에 사냥 따위나 할 여유가 있느냐고 화를 내려 했다. 그러나 무영이 먼저 입을 열었다.

"형의 뜻인가?"

혼타지가 그에게 고개를 숙여 보이고 대답했다.

"그렇습니다. 모시고 오라 하셨습니다."

"가겠다."

이렇게 해서 무영 일행도 사냥에 참가하게 되었다.

여진족들은 부락 앞에서 이미 사냥 준비를 마치고 그들을 기다리고 있었다. 에오치와 그 형제들을 비롯한 이십여 명이 말을 타고, 나머지 삼십여 명은 도보로 부락을 떠나 산길을 이동했다. 백두산의 대수림을 헤치며 하루 종일 가는 길이었다. 그런데 점점 일행이 불어났다. 그들의 이동로 중간중간에 여진족 전사들이 혹은 십여 명, 혹은 한두 명씩 합류했기 때문이다. 그래서 저녁이 되어 야영을 준비할 때는 원래 여진족 오십 명, 무영의 일행 이십삼 명으로 출발했던 인원이 근 오백여 명으로 늘어나 있었다.

숲 속에 화톳불이 피어오르고 그 앞에 에오치가 섰다. 그는 여진말로 무언가 연설을 하고 있었다. 듀칸이 군데군데 통역해 준 바에 의하면 유명종이 요동에 들어온 이후 그들이 당했던 고초, 유명종에 붙은 바이뚜르 일족의 만행 등에 대한 비판이었다. 그리고 태양종과 맺은 동맹에 대한 설명이 이어지고, 무영이 소개되었다.

에오치가 무영을 불러 나란히 서고, 그의 손을 잡아 치켜 올리자 여진족들이 환성을 질렀다. 화톳불 불빛에 비친 무영의 보석 눈이 오색의 광채를 내뿜었다. 그게 여진족들에게는 샤먼의 주술보다도 더한 신비감을 줬기 때문에 그들은 무영을 샤먼 대하듯 했다. 가죽 주머니에 든 술이 돌려졌다. 미리 준비한 멧돼지 고기, 노루 고기가 안주였다. 사방에 화톳불이 지펴졌다. 뒤늦게 합류한 여진족들이 불빛을 보고 찾아오고 있었다.

무영 일행은 그중 한 화톳불 옆에 둘러앉아 식사를 했다. 손지백이 무영에게 물었다.

"사냥이 아니라 이거였군요. 그런데 주인님은 미리 알고 계셨습니까? 거절하지 않으신 걸 보면 짐작하고 계셨던 것 같은데요."

무영이 고개를 저었다.

"몰랐다."

그는 저쪽 화톳불 옆에서 술을 마시고 있는 기오창까 일족, 그중에서도 에오치를 한 번 보고는 덧붙여 말했다.

"그냥 사냥만 했다면 화내려고 했다."

손지백도 에오치 쪽을 잠깐 보고는 말했다.

"호언장담한 것처럼 여진 최고의 전사에 영웅인지는 모르겠습니다만 상당한 통솔력은 있는 자 같군요. 형들을 제치고 자연스럽게 영도자로 받들어지고 있는 것 같은데요."

듀칸이 말했다.

"여진족들은 아무리 강성해도 기본적으로는 일족이 중심이 됩니다. 일족인 이상은 아무리 번성해도 수백 명이 고작인 집단이죠. 그런 일족들이 모여서 큰 세력을 형성하게 되려면 충분히 실력도 있고 인망도 있는 사람이 아니면 안 됩니다. 에오치가 그런 사람이죠."

그는 무영에게 말했다.

"그날 피의 맹세를 할 때 주인님이 거부할까 봐 조마조마했습니다. 에오치가 백산 여진의 영도자가 된 것은 기오창까 일족의 후광 때문이 아닙니다. 오히려 일족의 도움은 전혀 없었죠. 어렸을 때 새어머니의 모함 때문에 일족에서 쫓겨나 요동을 떠돌며 온갖 고생을 했답니다. 그러다가 친구를 만나고 세력을 키워서 바이뚜르 일족과 유명종을 상대로 혁혁한 전과를 이미 올린 바 있죠. 그러면서 위명을 얻게 된 겁니다. 지금은 일족으로 다시 돌아와 아버지와 형들까지 누르고 영도자가 됐답니다. 그러니 그와 형제가 된 것은 주인님에게 큰 도움이 될 겁니다."

그가 목소리를 낮추어 말했다.

"제가 무식하긴 합니다만 어떤 사람이 뛰어난지 않은지는 알아본다고 생각합니다. 그래서 말씀이지만 나중에 발해를 다스릴 여진족이라면 저 사람밖에 없습니다."

손지백이 말했다.

"더 두고 봐야 알겠지. 아직은 몇백 명에 불과하지 않은가. 적어도 천 명은 넘어야 유명종 병력들과 제대로 싸워볼 수 있을 테지."

손지백의 기대치는 아침이 오기 전에 이미 채워졌다. 야영지를 떠날 즈음이 되자 그들의 인원은 이미 천 명을 넘어섰던 것이다. 그리고 송화강 상류의 얕은 곳으로 건너 백두산 기슭을 벗어난 즈음에 그들은 다른 부족의 병력 칠천 명과 합류했다. 여진 팔 개 부족의 연합체였다.

팔천여 명의 여진족이 요동 벌판에 진을 쳤다. 그 중심에서는 천막이 쳐지고 여진 팔 개 부족의 대표들과 무영이 모여 회의를 했다. 회의를 주관하는 것은 에오치였다. 백산 여진이 이번 연맹의 제안자이자

주축이었기 때문이다.

　무영이 소개되고 협상 과정과 제강산의 제안이 다시 논제가 되었다. 여진족들이 기대하던 이상의 것이었기 때문에 별 무리 없이 통과되었다. 다음 문제는 공격의 목표였다. 그것 역시 어렵지 않게 정해졌다. 그들이 있는 곳으로부터 가장 가까운 적의 요충지는 무송(撫松)이었다. 거기를 친 다음엔 서쪽으로 방향을 돌려 통화(通化)를 점령하고 다시 북동쪽으로 방향을 바꿔 장춘으로 향한다는 기본 행로가 정해졌다. 첫 싸움은 이곳에서 하루 거리인 무송 인근에서 벌어질 것 같았다.

　군의 편제에 대한 의논이 뒤를 이었다. 그것에 대해서는 에오치가 미리 준비해 둔 것이 있었다. 그는 소리를 질러 혼타지를 불렀다. 혼타지가 거대한 천 여덟 장을 가져왔다. 창에 매어 깃발로 쓰도록 준비된 것인데 각각 백색과 황색, 남색과 홍색이라는 네 가지 색깔을 기본으로 하고 한 장씩 겹치는 것에는 흰 띠를 둘러 구분했다. 즉, 띠를 두른 깃발 넷과 두르지 않은 깃발 넷이 있는데 그건 단지 구분을 하기 위한 것 뿐이었다. 더 다양한 색깔은 여진족의 염색술로는 만들 수 없었기 때문이다. 백색 깃발에 백색 천을 두르는 것에는 의미가 없었기 때문에 그 깃발에는 다른 색으로 띠를 돌렸다.

　에오치는 깃발을 하나씩 나눠 주고 말했다.

　"이 깃발은 고산(固山)의 표시요. 각각의 조상이 내려왔고, 각각의 사냥터가 되는 산을 굳게 지킨다는 의미요. 우리들 각자는 각자의 깃발에 따르고 중요한 일은 여덟 개의 깃발이 모두 모여서 결정하기로 합시다."

　병력은 삼백 명을 기본으로 해서 '니루'라고 불렀는데 화살이라는 뜻이었다. 하나의 니루를 지휘하는 총령을 '니루어전'이라고 하고, 각각의 깃발을 지배하는 사람, 즉 '고산'의 지배자를 패륵(貝勒)이라고 칭했다. 여기 모인 사람들이 패륵이 되는 것이다. 이렇게 해서 여덟 개의 깃발에 의해 지휘되는 여진족 군사, 즉 여진 팔기군(八旗軍)이 탄생되었고, 그들은 곧 무송을 향해 진군을 개시했다.

무영은 에우치의 옆에서 말을 타고 가다가 조금 속도를 줄여 설녀에게 가까이 갔다.

"무송 다음엔 통화다. 거기는 요서와 가깝다. 거기서부터 혼자서 가라."

설녀가 고개를 끄덕이고 말했다.

"참 놀라운 일이에요. 이제 이건 천하를 건 전쟁이 될 것 같아요. 팔천 명의 병력이라니."

무영이 침묵하다가 말했다.

"종사에게도 에오치에게도 전략이 이미 있었다. 이들은 무언가 준비했다. 오래전부터."

그가 잠시 말을 끊었다가 한마디 덧붙였다.

"이들은 내가 보지 못하는 무언가를 보고 있었다. 아마도 천하를…… 미래를……."

설녀가 그를 보며 말없이 걸었다. 그리고는 엷은 미소를 떠올렸다.

"초조해할 필요 없어요. 당신은 아직 어리니까 지금부터 준비하면 돼요."

그녀의 미소가 조금 더 짙어졌다.

"당신도 천하를 꿈꾸고 있는 것 같으니 재밌네요. 남자들이란 다들 그렇게 야심이 큰가요? 전 제 앞길도 모르겠는데."

무영이 말했다.

"야심 같은 건 없다. 적어도 지금까진 없었다."
설녀가 다시 웃었다.
"이제부터는 있게 됐다는 의미로 들리는군요."
무영은 침묵하다가 한참 만에야 대답했다.
"남들이 보는 것을 나는 못 보고 있어서 답답했을 뿐이다."
그 말을 끝으로 그는 설녀의 옆을 떠났다.

오후가 되자 적이 나타났다. 이미 정보를 입수한 듯 준비된 병력이긴 했지만 장춘이나 연길의 군사들보다는 훨씬 수가 적고, 유명종 신도도 적어 보였다.

에오치는 깃발에 띠가 없는 네 개의 고산에게 정면 공격을 하도록 하고, 깃발에 띠가 있는 네 개의 고산은 둘씩 나누어 좌우로 돌아가도록 명령했다. 그래서 격돌이 벌어졌을 때에는 사천 명의 병력만이 적과 조우했다.

무영은 팔기군의 선두에 서서 적진으로 돌격해 들어갔다. 그는 이미 말에서 떠나 날듯이 달리고 있었다. 철갑마와 종리매가 좌우를 지키며 나란히 달렸다. 그의 목표는 유명종 신도였다. 어느 놈이 사신, 혹은 사도인지는 구분하려고도 않았다. 그는 붉은 옷을 입었건 하얀 옷을 입었건 유명종 신도 같으면 모두 죽였다.

강시들을 뚫고, 괴물들을 무시하며 전장을 종횡으로 달리는 그의 모습을 에오치는 경탄에 가득한 시선으로 바라보았다. 그도 나름대로는 무술에 자신이 있다고 생각하고 있었지만 무영과 그 수하들의 움직임은 그런 차원에서는 이해할 수가 없었다. 그건 유명종 사람들과 마찬가지로 요술에 가까운 것이라고 생각하지 않을 수 없었다.

그런 사람에게 여진족 최강의 전사를 자부한 것이 창피할 지경이었다. 그러나 그런 무공으로도 할 수 없는 것이 그에게는 있었다. 군사를 지휘하는 것이었다.

일차적으로 정면 격돌에서는 그다지 밀리고 있지 않았다. 가능한 한 정면으로 적을 밀어붙일 수 있으면 좋고, 안 돼도 적의 주력을 붙잡아 둘 수만 있으면 된다고 생각하고 펼친 포진이었고, 상황은 기대한 대로 돌아가고 있었다. 잠시 후 적의 좌우측방으로 돌아간 네 고산의 병력들이 적의 후방으로부터 공격을 시작하는 것을 볼 수 있었다. 이때가 기회였다.

에오치는 혼타지에게 신호를 보냈다. 혼타지가 장창에 묶은 깃발을 휘두르며 외쳤다.

"밀어라! 적은 혼란에 빠졌다! 항복하지 않는 자는 모두 죽여라!"

에오치도 칼을 빼 들고 달려나갔다. 여진 팔기의 군사들이 함성을 지르며 한층 거칠게 적을 밀어붙였다. 때맞추어 허공에 깔려 있던 결계의 환상이 사라졌다. 전장을 돌아다니던 거대한 괴물들이 허깨비처럼 사라지고 강시들도 힘을 잃었다. 무영이 이곳의 방술을 책임지고 있던 유명종의 사도를 죽였던 것이다.

이곳 책임자가 사신이 아닌 사도였던 것이 무영에게 유리했다. 방술을 모르는 그로서는 사신을 만났다면 이렇게 쉽게 처치할 수는 없었을 것이다. 그러나 사도는 사신에 비하면 한참 약했고, 무영에게는 어느 정도의 방술은 꿰뚫어 볼 수 있는 정심 공부가 있었다. 그래서 사도가 펼친 환술에 당하지 않고 단칼에 목을 날려 버렸던 것이다.

이것을 시작으로 적은 삽시간에 무너져 버렸다. 강시와 미친 여진 전사들이 무력화된 후에 남은 바이뚜르 여진의 전사들은 줄지어 항복하거나 패주했다. 에오치는 항복한 자들을 묶어서 뒤에 남기고, 패주하는 적을 좇아 무송 성에까지 쇄도해 갔다. 패주하는 적들이 성문으로 밀려들어 가고 있었다. 에오치의 팔기군이 성문을 닫을 틈을 주지 않고 같이 밀려들어 갔고, 무영 일행은 성벽을 뛰어넘어 수비 병력들을 처치했다.

팔기군이 성안으로 밀려들어 가서 거리 곳곳에서 싸움을 벌였다. 수비 병력은 많지 않았다.

팔기군은 그날 밤이 오기 전에 무송을 점령하고 사흘 후에는 통화까지 함락시켰다. 이곳에서 설녀는 요서로 떠났다. 무영 일행은 팔기군과 함께 장춘으로 향했다.

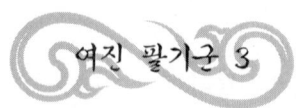

여진 팔기군 3

먼 곳에서 먼지구름이 일어났다. 먼지구름은 구릉을 돌아 벌판을 달려서 급속도로 가까워졌다. 에오치가 휘하 팔기군에게 방어를 위한 진형을 짜도록 명령했다. 그리고 척후군을 보냈다. 무영이 말을 달려 척후군에 합류했다. 그는 먼지구름의 정체를 짐작하고 있었다.

과연 먼지구름은 적군이 일으키는 것이 아니었다. 무영은 먼지구름 속에서 튀어나와 큰 칼을 휘두르는 담오에게 달려가서 묵염혼을 휘둘렀다. 담오의 칼이 퉁겨져 올라갔다. 그 칼이 되돌아오기 전에 무영이 소리쳤다.

"나다!"

담오는 다시 한 번 칼을 휘둘러 무영을 머리에서부터 베어버리려다가 멈추었다. 손바닥으로부터 전해지는 엄청난 반탄력과 고통이 그의 성질을 자극했지만 무영을 확인하고 간신히 참은 것이다. 그는 칼을 내리며 물었다.

"저 떨거지들은 뭐냐?"

팔천의 군사를 향해 떨거지라고 말할 뿐 아니라 실제로 공격하려 하는 중이었던 담오의 용기가 무영을 웃게 만들었다. 그가 대답했다.

"아군이다. 여진 팔기의 군사다."

담오는 무영이 웃는 것이 마음에 들지 않은 듯 코웃음을 치고는 거창한 동작으로 칼을 칼집에 꽂았다. 그리고는 말했다.

"도움은 되는 놈들인가?"

무영이 대답했다.

"무송과 통화를 평정했다."

담오가 퉁명스럽게 말했다.

"그쪽엔 약한 놈들만 있었나 보군."

무영이 고개를 저었다. 그리고는 그들을 향해 다가오는 팔기군의 병사들을 힐끔 돌아보고 말했다.

"이들이 쓸 만하다는 걸 곧 알게 될 거다. 따라와라!"

그는 담오가 더 말할 기회를 주지 않고 에오치를 향해 말을 달렸다. 담오가 못마땅한 표정으로 바라보다가 그 뒤를 따랐다. 무영이 에오치에게 담오를 소개했다. 에오치가 고개를 끄덕여 인사하고 말했다.

"대군을 향해 몇십 기의 군사로 달려드는 용기에 감탄했소. 훌륭하오."

담오의 군사는 오십여 명에 불과했다. 처음에는 구십여 명이 같이 행동했지만 그사이에 사십여 명이 사망한 것이다. 그들의 성과도 적진 않아서 그동안 대소 삼십여 차례의 전투를 치렀고, 유명종 신도 몇십 명을 처치했다. 바이뚜르 여진족을 처치한 숫자도 적지 않지만 아예 세지도 않았고, 말까지 빼앗아서 전원 말을 타고 있었다.

여진 팔기군에게 말은 중요했다. 듀칸이 말했던 것처럼 단지 권위를 위해서만이 아니었다. 듀칸만 해도 산림 지대에 살던 여진족이라 말의 필요성을 덜 절감하고 있었지만 평원에 사는 여진족에게 말은 곧 발이고 능력이었다. 말을 갖게 된 여진족 전사의 전력은 몇 배로 상승되었다. 그래서 팔기군도 이미 점령한 무송, 통화는 물론 도중에 만나는 적군에게서도 긁어모을 수 있을 만큼 말을 확보해서 이미 이천 명 정도의 병력이 말을 타고 있었다.

여진 팔기의 군사들은 담오 일행과 만난 기회에 휴식을 하며 식사 준비를 했다. 에오치와 여진 팔기의 패륵들은 담오 주변에 모여 장춘 인근의 상황에 대해 들었다.

전황은 상당히 유리하게 돌아가고 있었다. 담오만이 아니라 무저갱의 삼 개 기동대가 전부 혁혁한 전과를 올리고 있었다. 유명종과 바이뚜르 여진 연합군은 끊임없이 가해지는 그들의 습격에 넌더리를 내고 있었고, 상당수의 고위 인사들이 죽은 상황이 두려워 아예 장춘으로 후퇴해 들어가서 나오지를 않고 있다고 했다. 다 합쳐서 이백 명도 되지 않는 무저갱의 기동대에 밀려 일만이 넘는 병사들이 성안에서 농성하고 있는 셈이었다.

그렇게 다 성안에 가두어두었는 줄 알았는데 여기 일군의 병력들이 보여서 타격하러 온 것이라고 담오는 말했다. 여진 팔기의 패륵들이 다들 엄지손가락을 들어 찬탄했다. 에오치가 물었다.

"다른 사람들은 어디 있소?"

담오가 대답했다.

"이 부근에 있소. 신호하면 올 거요."

유명종 바이뚜르 여진 연합군이 성안으로 퇴각한 이후 구자헌의 무저갱 병력은 다시 모였다. 그러나 여진 팔기의 병력이 오는 것을 보고 셋으로 다시 갈라져서 타격하려 했다는 것이었다. 담오의 병력이 요란스럽게 기습을 가하고 도주하면 여진족이 추격할 것이다. 그걸 은밀히 숨어 있던 황염의 병력이 다시 타격하고, 구자헌의 병력이 삼차로 타격하고, 기회를 보아 도주하던 담오의 병력이 되돌아와서 다시 타격하는 식으로 공격할 계획이었다는 말이었다.

에오치가 다시 찬사를 보냈다.

"용감한 전략이오. 비슷한 숫자의 상대라면 우리도 그렇게 했겠지만 당신들처럼 소수로 그런 생각을 할 줄은 몰랐소."

담오가 무뚝뚝하게 말했다.

"우리는 수뇌부만 노렸소. 여기 있는 당신들 중 절반은 죽었을 거요."

에오치가 웃었다.

"진심으로 말하지만 당신들이 여기 있는 사람들과 비슷한 실력이라면 그럴 수 있을 것이오. 우리가 당신들과 연합한 이유가 바로 그것이고."

그러면서 그는 무영과 철갑마를 가리켰다. 담오는 자신의 퉁명스러운 말에도 에오치가 불쾌해하지 않자 자신도 표정을 풀고 수하를 시켜 신호를 보냈다. 그러자 가까운 곳에서 사람들의 머리가 솟아오르는 것처럼 나타났다. 다들 구릉지의 경사에 매복해 있다가 모습을 드러낸 것이다. 저쪽 편에서도 다시 몇십 명의 무사들이 나타났다. 구자헌을 필두로 한 무사들이었다.

구자헌이 다가와 에오치와 인사를 나누었다. 구자헌과 무영, 여진 팔기의 패륵들은 여진족 전사들이 준비한 간단한 식사를 하고 이후의 계획을 의논했다.

구자헌이 말했다.

"우리는 그들을 가둬놓을 수는 있었지만 성을 공략할 수는 없었소. 성은 주술로 보호되고 방어군은 일만이 넘소. 성 밖에는 강시와 괴물들이 어슬렁거리며 돌아다니고 있소."

그는 팔기군 병력을 둘러보고 말을 이었다.

"중국의 병서에 이런 말이 있소. 성을 공략하기 위해서는 세 배의 병력이 필요하다는 말이오. 대충 보아 일만이 안 되는 것 같은데, 어떤 방법으로 공략할 생각이오?"

에오치가 대답했다.

"직접 보고 결정하겠소."

그는 잠시 말을 끊었다가 구자헌을 정면으로 바라보며 다시 말을 이었다.

"솔직히 말해서 주술에 대해서는 대책이 없소. 우리가 수많은 전사들이 있는데도 유명종에게 당한 것은 우리가 서로 협조하지 않아서이기도 했지만 그들의 주술에 대항할 방법이 없어서이기도 했소. 이제 우리는 뭉쳤고, 당신들에게 협조하고 있소. 그러니 주술은 당신들이 처리해 주시오."

구자헌이 말했다.

"주술에 대해서는 내게도 방법이 없소. 그 일을 해줘야 할 해동 구선문 사람들이 내 휘하엔 없소. 전언에 의하면 해동 구선문에서 파견된 사람들은 길림과 연길 전선에 가 있다고 하오. 해동 구선문의 주력군은 그래 봐야 몇백 명이지만 화룡(火龍)에서 돈화(敦化)를 거쳐 연길 쪽으로 이동하고 있는 모양이오. 이곳으로 일부를 보내준다고는 하지만 아직 도착하지 않았소. 그들이 도착할 때까지 성을 포위하고 기다려야 할지도 모르오. 밖으로 나와주면 싸울 수도 있겠지만 계속 농성만 하면 우리에겐 방법이 없소."

무영이 끼어들었다.

"방법이 있다."

구자헌과 에오치, 일곱 패륵들이 바라보는 가운데 무영이 말했다.

"나는 적의 결계를 뚫을 수 있다. 지금까지는 조금 약한 결계를 상대했지만 더 강한 결계 속에도 들어갈 수 있을 것 같다. 내가 먼저 성에 침입하겠다. 결계를 치는 자를 죽이면 결계는 깨어질 것이다. 그때 공격해라."

에오치가 반대했다.

"성안으로 혼자 들어간다는 건 호랑이 굴에 스스로 들어가는 것이나 다름없다. 바보 짓이야."

구자헌은 무영과 무영의 뒤에 시립하듯 선 철갑마를 보고는 고개를 끄덕였다.

"난 찬성이다. 한번 해봐라."

에오치가 인상을 썼다. 그러나 무영이 하겠다고 하니 어쩔 수 없었다. 회의는 거기서 끝나고 다시 이동이 시작되어 저녁나절에는 장춘의 성벽을 바라볼 수 있었다.

장춘의 성벽은 오래전에 만들어진 석성을 기본으로 했다. 그러나 고대에 이곳을 지배하던 나라가 망하고 여진족의 땅이 된 이후 한 번도 보수가 이루어진 일이 없었다. 장춘, 길림 등의 도시는 교역을 위해 모이고 흩어지는 장소로 주로 이용되었기 때문에 성벽을 둘러싸고 전쟁을 벌이는 일이 거의 없었다.

그걸 유명종이 차지하면서 무너진 부분에 목책을 세우고 진흙을 발라 대강 보수해 두었다. 그러니 그다지 높지도 않고 무너뜨리기 어렵지도 않았다. 그걸 견고한 방어선으로 만들어주고 있는 것은 주술이었다.

하늘에는 붉은 구름이 짙게 깔리고 푸른 번개가 간혹 불을 밝혔다. 성벽을 둘러싸고 깔린 짙은 안개가 그 속을 걸어다니는 강시들과 함께 지옥의 풍경을 연출했다. 구자헌의 지시로 안개 속에 진입한 무저갱 무사들은 성벽에는 가까이 가보지도 못하고 안개 속을 헤매다 돌아오거나 강시들에게 찢겨 죽었다고 했다. 가도 가도 강시와 괴물들만 돌아다니는 안개뿐이었다는 것이다. 그게 주술로 성이 보호되고 있다고 판단한 근거였다.

무영은 정신을 집중해서 안개를 꿰뚫어 보려고 노력했다. 주술로 만들어진 안개라면 정심 공부로 꿰뚫어 볼 수 있을 것이다. 과연 짙은 안개 속으로 흐릿하게 성벽이 보였다. 무영이 말했다.

"들어갈 수 있다. 가겠다."

말이 끝나기 무섭게 가려고 하는 그를 에오치가 잡았다. 그는 목에 건 목걸이를 풀어서 무영에게 주었다. 맹수의 이빨을 엮어놓은 목걸이였다.

"부적이다. 호랑이 송곳니만으로 되어 있다. 널 지켜줄 거다."

무영은 그게 별 효과가 없을 거라고 생각했지만 에오치의 진심 어린 눈빛을 보고 받아서 목에 걸었다. 그리고 안개 속으로 걸어 들어갔다. 철갑마가 그 뒤를 따랐다.

에오치가 명령했다.

"활을 쏴라!"

여진 팔기군이 성을 포위하고 화살을 쏘아 보냈다. 어딘가에 맞을 수도 있겠지만 공격의 의미보다는 수비군의 주의를 끌어 무영을 보호하려는 의도가 실린 일제 사격이었다.

제44장
장춘 공략전

그게 어떤 주술이건 그것을 위해 이토록 많은 주검을 만들어놓을 수 있는 유명종의,
인간의 잔인함이 혐오스러웠다
소름 끼치도록 두려웠다

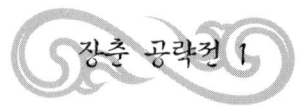

장춘 공략전 1

 안개가 썩은 물처럼 무겁게 일렁거렸다. 풀이 썩어서 수초처럼 척척하게 발목을 감았고, 걸음을 옮길 때마다 심한 악취가 피어올랐다. 나쁜 기운들이 실체를 가지고 거미줄처럼 늘어져서 얼굴에 감겨드는 기분이 끔찍할 정도로 싫었지만 무영은 그 속으로 주저없이 걸어 들어갔다.
 숨이 막혔다. 무언가가 썩으며 풍기는 듯한 냄새가 창자를 뒤집어지게 할 정도라 도저히 코로는 숨을 쉴 수가 없었다. 입으로 호흡하려니 이번에는 저 썩어들어 가는 무엇의 일부를 입으로 들이마시고 있는 듯한 기분이 들어 구역질이 치밀어 올랐다. 무영은 그게 뭔지 알고 있었다. 수시로 그의 발에 밟히는 물컹한 것이 어떤 것인지 알고 있었다. 하지만 그는 애써 그걸 생각하지 않으려 했다. 알고는 도저히 움직일 수가 없었다. 당장이라도 방향을 바꿔 안개 밖으로 도망치고 싶었다.

하지만 그는 애써 마음을 진정시키고 심호흡을 했다. 이 안개가 어떤 나쁜 기운에 의해 만들어진 것이고, 거기 뭐가 섞여 있더라도 견뎌야 했다. 그때 그의 발에 해골 하나가 밟혀 으스러졌다. 미끈한 감각이 뒤를 따랐다. 무영은 푹 썩은 사람의 머리 하나를 반쯤 뭉개 밟고 서 있었다.

그는 눈을 감았다가 다시 떴다. 견뎌야 했다. 이 처참한 상황에 시선을 돌리지 않고 견뎌 나가야 했다. 그래야 유명종의 방술에 빠지지 않고 이겨 나갈 수 있었다. 그래야 이 혐오스럽고도 처참한 짓들을 하는 유명종 놈들을 처치할 수 있었다. 두 번 다시 이런 짓을 못하도록 막을 수 있었다.

그는 천천히 앞으로 걸어나갔다. 처참한 지옥도는 계속해서 그의 눈앞에 펼쳐졌지만 그는 그걸 피하지도, 거부하지도 않았다. 가슴속 깊은 곳으로부터 분노를 키워 나가며, 한편으로는 그걸 조용히 억누르며 그는 안개 속을 걸었다.

안개 속에서 검은 그림자가 나타났다. 무영은 순간적으로 파천황을 뽑아 베어버렸다. 강시였다. 그걸 신호로 땅바닥에 누워 있던 시체들이 일어나 어기적거리며 걸어왔다. 무영은 보이는 대로 베어버리며 전진했다. 억눌렸던 분노가 이글거리는 화염이 되어 타올랐다. 그는 미친 듯이 베고 또 베었다.

그때 철갑마가 다가와 그의 어깨를 눌렀다. 무영은 격정에서 벗어나 정신을 차렸다. 철갑마의 손으로부터 청량한 기운이 불어넣어지고 있었다. 무영은 자신이 강시가 아니라 안개 속에서 피어오르는 검은 기운들을, 어쩌면 허깨비일지도 모르는 것들을 베고 있었다는 것을 깨달았다. 분노에 사로잡혀 정심을 잃었던 것이다.

그는 철갑마의 손을 가볍게 두들기고 다시 성벽을 향해 걸어갔다. 한결 눈이 맑아진 듯한 기분이었다. 안개는 여전히 무겁게 일렁거리고 있었지만 그가 다가가는 곳에서는 조금씩 물러나 길을 틔워주는 듯했다. 그가 걷고 있는 이곳, 성벽을 둘러싸고 삼백여 장의 거리 안은 온통 시체밭이었다. 여기 주술이 가해져서 환각을 일으켜 접근을 막는 것이 유명종의 전략인 듯했다.

시체에서 뿜어지는 시독(屍毒)만으로도 훌륭한 방어진이 되긴 할 것이다. 그러나 이만한 수의 시체는 다 어디서 나왔을 것인가. 그걸 상상하는 것만으로도 무영은 다시 분노에 사로잡힐 것 같았다. 그래서 그는 애써 그 사실을 외면하고 오로지 적진을 돌파하는 것만 생각하려고 노력했다.

성벽이 나왔다. 아름드리 통나무들을 땅에 박고 그 위에 진흙을 발라 만든 목책이었다. 높이는 그다지 높지 않아서 삼 장여에 불과했다. 그는 어떻게 하면 안 들키고 은밀히 성벽을 넘어갈 수 있을지 잠깐 생각해 보다가 그냥 뛰어올라 갔다. 파천황은 여전히 뽑혀진 채였는데, 적을 발견하면 소리 지를 틈도 주지 않고 베어버릴 생각이었던 것이다.

그런데 적이 보이지 않았다. 목책 위에는 가로로 발판처럼 길을 만들어서 성벽 아래를 보며 싸울 수 있도록 되어 있었는데 그걸 지키는 사람이 아무도 없었다. 그는 잠시 어리둥절해하며 발판 위에 서 있다가 문득 보통 사람이라면 불어오는 바람이 실어 보내는 냄새와 시독을 견딜 수 없을 거라는 사실을 깨달았다. 성벽을 둘러싼 방어벽은 성안의 여진족들에게도 타격이 되는 게 당연했다.

과연 그들 여진족들은 성벽에서도 한참 떨어진 안쪽에 포진하고 있었다. 기존에 건물이 있었던 흔적이 있긴 했지만 모두 태워 버린 모양,

군데군데 천막만이 세워져 있었고 어정거리며 돌아다니는 그림자가 몇 개 보였다. 무영은 잠시 망설이다가 목책에서 뛰어내려 그쪽으로 걸어갔다. 여진족들이 지키고 있지 않은 곳이 있을지도 모르지만 거길 찾아다니느니 그냥 정면 돌파를 하는 게 나을 것 같았기 때문이다.

그들 단둘만으로 일만의 여진족 전사들을 상대한다는 건 불가능했지만 최소한 죽지 않고 뚫고 나갈 자신은 있었다. 그러다 보면 유명종의 술사들을 보게 될지도 모른다. 그는 잠깐 걸음을 멈추고 돌아섰다. 결계가 깨져도 성문과 성벽이 멀쩡하면 밖의 병력이 진입해 들어오기 힘들 것이다. 몇 군데쯤 길을 열어놓는 것도 좋을 것 같았다.

그는 목책을 이루고 있는 통나무 말뚝들을 살펴보고 그중 하나에 손을 가져다 대었다. 그리고 순간적으로 기를 발해 통나무를 격타했다. 말뚝은 소리도 없이 아랫부분이 바스러졌다. 무영은 그런 식으로 잇달아 있는 말뚝 이십여 개를 부숴 버렸다. 그쯤 되자 부서진 말뚝들이 기울어져 쓰러졌다.

무영은 신속하고 은밀하게 목책을 따라 달려서 한참 떨어진 곳에 있는 목책을 다시 먼젓번과 같은 방식으로 파괴했다. 그리고는 성문이 나올 때까지 달려가 성문을 활짝 열어놓았다. 지키는 자들이 없었기 때문에 극히 쉬운 일이었다. 그러나 이제부터는 쉽지 않을 것이다.

무영은 성문으로부터 성의 중심까지 이어진 큰길을 보고 심호흡을 한 번 하고는 그 길을 따라 걸어갔다. 정면으로 부딪치기로 한 것이다. 잠시 후 앞에 말뚝을 깎아서 엇세워놓은 목책이 길을 막고 그 옆에는 여진족 전사 몇 명이 지키고 있는 곳에 다다랐다. 여진족들이 소리치고 있었지만 여진족 말이라 한마디도 알아들을 수 없었다.

무영은 아무런 말도 하지 않고 걸어가서 제일 먼저 나서는 놈을 단칼에 베어버렸다. 그리고 연달아 몇 명을 베어넘겼다. 소리도 없이 다가온 철갑마가 서너 명을 때려죽여 버리고 나자 더 이상 막는 자는 없었다. 살아남은 몇 명이 도주하며 소리치고 있었다. 무영은 그들을 무시하고 앞으로 뛰었다.

여진족들이 천막에서 몰려나오고 있었다. 그런데 어딘가 이상했다. 하나같이 병이라도 든 것처럼 창백한 얼굴에 눈가에는 거무스름한 기운이 드리워져 있었다. 뛰어나온답시고 하는 동작도 병자처럼 느릿느릿해서 마지못해 기어나오는 듯했다. 그러니 경공을 발휘해 달리는 무영과 철갑마를 막을 수 있는 자가 없었다. 게다가 무영과 철갑마가 조금 더 달려서 중심부에 가까워지자 여진족 전사들은 아예 추격을 포기하는 듯했다. 일정 지역에서부터는 따라오지를 않았던 것이다.

무영은 걸음을 멈추고 여진족 전사들을 돌아보았다. 그들은 잔뜩 겁에 질려서 물러서고들 있었는데, 그건 무영과 철갑마에게 겁을 먹었다기보다 이 지역에 있는 무엇에 대해 겁을 내고 있는 모습이었다.

무영은 다시 그들이 향해 가고 있는 중심부를 바라보았다. 엄청난 요기가 장춘성 중심부로부터 일어나고 있는 것을 그는 그때에야 발견했다. 검붉은 하늘 아래로 푸른 요기가 도깨비불처럼 떠다니고 있었다. 땅으로부터는 검은 안개가 피어오르고 있었는데, 그건 성벽 바깥의 안개보다 더욱 짙었다. 안개가 하늘을 향해 일어나 너울거리는 모습은 마치 지옥에서 빠져나온 요괴가 천상을 향해 도전의 손짓을 하는 듯했다.

역겨운 냄새가 풍겨왔다. 밖보다 더한 냄새였고 독기였다. 성 밖과 안에서 다 이런 독기가 피어오르고 있으니 그 사이에 낀 여진족들이 저런 상태가 된 것도 무리는 아니었다. 유명종 놈들은 자신들과 동맹

관계인 여진족 전사들마저 죽음의 구렁텅이로 밀어 넣고 있었던 것이다.

무영은 묵염혼을 뽑아 들었다. 그렇게 좌검우도의 자세를 잡고 중심부를 향해 한 발을 뗐다. 그때 철갑마가 그의 앞을 가로막았다. 무영은 걸음을 멈추고 철갑마를 보았다. 더 들어가선 안 된다는 뜻인 듯했다.

무영이 물었다.

"위험하다고?"

철갑마는 대답하지 않았다. 그러나 비키지도 않았다. 그의 붉은 눈이 심상찮은 빛을 발하고 있었다.

무영은 묵묵히 그를 보았다. 어떨 때 보면 철갑마는 정신이 멀쩡한 사람 같았다. 간혹은 다가올 위험을 미리 알아보고 먼저 경고를 보내거나 미리 막는 경우도 있었다. 특히 세 개의 목걸이를 회수해서 검이 완성된 후에는 전보다 더욱 그렇게 된 것 같았다. 사의 소광정이 우려했던 것처럼 광기를 발한다거나 하는 일도 없었다. 그런 모습을 볼 때마다 무영은 철갑마가 이미 완전히 제정신을 차린 것이 아닌가 하는 생각을 하곤 했다. 말을 알아듣고 입이 막히지 않았으니 원한다면 말을 할 수 있는 것은 아닐까. 빙궁에서 빠져나왔을 때는 그의 이름을 부르기도 하지 않았던가. 그렇다면 대화가 가능하지 않을까?

무영이 다시 물었다.

"뭐가 위험하다는 거냐?"

철갑마는 여전히 가로막고 서 있기만 할 뿐 대답하지 않았다.

무영이 말했다.

"아무리 위험해도 난 가야 한다."

그는 철갑마를 밀어내고 앞으로 전진했다. 이렇게 하면 혹시 철갑마가 입을 열지 않을까 하는 생각에서였는데 철갑마는 말없이 서 있다가 그가 계속 전진하자 따라와서 어깨를 나란히 하고 걸었다. 무영이 멈추어 서 철갑마를 바라보았다. 철갑마도 멈춰 섰다.

"말할 수 있다는 걸 아는데 왜 말을 않는 거냐?"

철갑마가 입을 열었다. 그가 더듬거리며 말했다.

"위, 위험. 있다. 뭔지 모른다. 위험하다."

무영은 그게 위험한 무엇인가가 있긴 하지만 뭔지는 모른다는 뜻임을 알아들었다. 그러나 그가 정말 궁금해하는 건 그게 아니었다. 그는 철갑마가 입을 벌린 기회에 질문을 했다.

"너는 누구냐? 나는 누구냐? 왜 나를 돕느냐?"

그가 가장 궁금해하는 세 가지였다.

철갑마는 멍하니 서 있기만 했다. 무영은 다시 하나씩 질문했다.

"너는 누구냐?"

철갑마가 대답했다.

"나, 나, 나는 누구냐? 모, 모른다."

"나는 누구냐? 나를 알고 있느냐?"

"너, 너는 무영. 무영이다."

무영은 실망한 기색을 감추지 않았다. 그러나 다시 하나의 질문을 던졌다.

"왜 나를 돕느냐? 내 무엇이 너를 끌리게 했느냐?"

철갑마가 대답했다.

"무, 무영 좋다. 왜 좋은지 모른다. 하, 하지만 난 널 도와야 한다. 돕고 싶다. 지키고 싶다."

무영이 다시 물었다.

"너는 정말 누구냐? 너 자신에 대해 기억나는 것 없느냐?"

"나, 나는 모른다. 기억나지 않는다."

철갑마가 갑자기 머리를 움켜쥐었다. 그의 입에서 길고 끔찍한 비명이 터져 나왔다. 장춘성 안에 깔린 요기가 그 소리에 반응하는 것처럼 흔들리고 꿈틀거렸다.

무영이 파천황을 떨구고 급히 철갑마의 팔을 잡았다. 철갑마가 그의 팔을 밀어냈다. 무영은 다시 손을 내밀어 팔을 잡고 아까 철갑마가 한 것처럼 금강부동신공을 운기해 그 기운을 불어넣었다. 철갑마가 차츰 안정되어 비명을 그쳤다.

무영은 파천황을 주워 들고 말했다.

"더 이상 묻지 않겠다. 기억하려고 노력하지 마라. 하지만 언젠가 기억이 나면 내게 사실대로 말해 주기 바란다."

그는 검붉은 하늘 아래 피어오르는 요기를 응시하다가 말했다.

"나는 저 아래에 있는 자를 죽여야 한다. 위험하면 따라오지 마라."

철갑마가 더듬거리며 말했다.

"너, 너를 따른다. 무, 무영을 지킨다."

무영이 말했다.

"고맙다. 가자."

그와 철갑마는 어두운 요기 속으로 걸어 들어갔다.

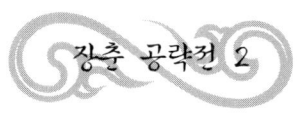

장춘 공략전 2

시체의 거리였다. 시체가 사방에 널려 있었다. 길에도, 건물에도 시체가 가득 쌓여 있었다. 잔뜩 부패한 것도, 방금 죽은 것도 있었다. 아이와 여자, 노인과 청년의 시체들이 장춘성 중심부에는 가득 널려서 썩어가고 있었다. 여진족 전사의 것들도 있었다. 시체의 산, 시체의 거리였다.

무저갱과 전쟁터를 거쳐 오며 숱한 싸움과 살인을 경험한 무영으로서도 이런 참상을 보는 것은 처음이었다. 역한 냄새가 숨도 못 쉬게 했다. 무영은 결국 거리 한 모퉁이에 반쪽 나 뒹구는 시체에 가득 꼬여 꾸물거리는 구더기 떼를 보고 견디지 못하고 토해 버렸다. 꽉 감은 눈으로 눈물이 솟아 나왔다.

철갑마가 그의 등을 아프도록 두들겼다. 그건 속을 달래라는 뜻이 아니라 정신을 차리라는 뜻으로 받아들여졌다. 무영은 간신히 구역질을 참고 눈을 떴다. 철갑마는 극도의 경계심을 끌어올리고 있는 듯 투구 사이로 새어 나오는 숨소리가 심상치 않았다. 무영은 고개를 쳐들고 정신을 차리려고 노력했다. 그는 차라리 눈앞에 보이는 이 모든 참상이 환상이기를 바랬다. 그러나 다시 거리에 시선을 옮겼을 때 시체의 산은 여전했다.

그는 이를 악물었다. 피가 나도록 입술을 깨물었다. 파천황과 묵염혼을 움켜쥔 손에 힘을 주었다. 분노해서도 안 되고, 약해져서도 안 된다. 현실을 외면해서도 안 되고 거기 빠져 버려도 안 된다. 그러나 어떤 방법도 소용이 없었다. 차마 볼 수 없는 참상을 눈앞에 두고는 도저히 마음을 가라앉힐 수가 없었다.

그때 철갑마의 손에 검이 나타났다. 쇠기둥처럼 그의 팔뚝에 감겨 있던 검은 한순간 온전한 검의 형태를 갖추고 백색의 빛 기둥을 뿜어내었다. 어두운 기운들 속으로 흐릿하게 보이던 전경들이 또렷이 무영의 눈에 들어왔다. 무영은 다시 시선을 돌리려다가 문득 특이한 점을 발견하고 눈을 크게 떴다.

시체의 산은 그냥 아무렇게나 만들어진 것이 아니었다. 그것들은 특정한 모양을 만들기 위해 변형되고 세심하게 계획되어서 만들어진 것 같았다. 처음 장춘으로 오면서 보았던 주술진에서 그는 이런 형태들을 본 적이 있었다. 그러고 보니 거리를 따라 구불구불 이어진 시체의 줄과 군데군데 무더기로 쌓인 시체들이 특정한 형태를 이루고 있는 것 같기도 했다.

무영의 등골로 차가운 기운이 스쳐 갔다. 이게 만약 그가 짐작하는 대로 하나의 주술진이라면 그가 아직 경험해 보지 못한 엄청난 것일 터였다. 장춘성의 절반을 차지하는 거대한 진형을 이루는 주술진일 것이 분명해 보였던 것이다.

어떤 주술을 펼치는 것인지는 모른다. 어떤 괴물이 나타날지도 알 수 없었다. 그러나 한 가지는 확실했다. 그가 여태 만나지 못했던 엄청난 주술이 그를 위협할 것이다. 이런 위기에 접해서야 비로소 무영의 머리가 맑아졌다. 그는 철갑마에게 고개를 끄덕여 보이고 시체의 거리를 걸어나갔다.

어두운 기운이 더욱 짙어졌다. 그것들은 생명을 지닌 것처럼 거리를 꾸물거리며 기어가서 장춘성 중앙으로 모이고 있었다. 그리고 그 중앙에서 하나의 거대한 형체를 이루어 하늘로 올라가고 있었다. 그건 점점 또렷한 실체를 이루어가고 있었다.

무영은 고개를 들어 그 어두운 기운의 덩어리를 쳐다보았다. 구름에 닿을 듯이 거대한 그 덩어리는 꿈틀거리며 차츰 하나의 형체를 이루었다. 거대한 사람이었다. 놈은 사람의 형체를 갖추자 손을 뻗어 하늘을 긁고 땅을 굽어보며 고함을 질렀다. 고막이 터질 것 같은 요란한 소리가 천지를 떨어 울렸다. 놈은 불을 뿜어내는 듯한 눈으로 무영과 철갑마를 보고 손을 뻗어 잡으려 들었다.

무영은 심호흡을 하고 묵염혼을 휘둘러 그 손가락을 베어갔다. 철갑마가 옆에서 빛의 기둥을 휘둘러 팔목을 베었다. 손가락이 잘려 나가고 팔목이 떨어졌다. 그러나 그것들은 금방 다시 붙어서 무영과 철갑마에게 닥쳐들었다.

철갑마가 무영을 잡고 뒤로 물러났다. 거인의 손은 그들이 서 있던 자리를 긁어 깊은 고랑을 만들었다. 땅이 흔들렸다. 거인의 손이 다시 뻗어왔다. 놈은 땅에서부터 솟아오른 듯 허리 아래로는 아직 땅속에 파묻혀 있었다. 혹은 거기서부터만 형체가 있는 것인지도 모른다. 그러나 두 손을 연달아 움직여서 무영과 철갑마를 잡으려 들면서, 물러나는 그들에게 따라붙으며 점차 놈의 하반신도 드러나기 시작했다.

무영은 철갑마와 함께 뒤로 물러나며 놈의 어깨에서부터 검은 날개가 돋아나는 것을 보았다. 저 엄청난 덩치에 날개까지 달리면 천하에 저 괴물을 당할 놈은 없을 것이다. 베어도 베어지지 않는 걸 보면 실체가 없는 것 같은데, 막상 놈이 땅을 후벼 파고 그들을 잡으려 할 때는 실체가 있는 것처럼 파괴적인 위력을 발휘하는 저 괴물을 누가 당할 것인가. 저놈이 중원을 휘저으면 살아남을 사람이 누굴 것인가.

무영은 철갑마의 손을 뿌리치고 괴물을 향해 달려갔다. 몸으로 시험해 보려는 생각이었는데 다음 순간 그는 괴물의 손에 맞아 피를 뿜으며 뒤로 날려갔다. 그는 시체 더미에 부딪쳐 뒹굴었다. 강철 벽에 맨몸으로 부딪친 것 같은 엄청난 충격이 그의 사지를 뒤틀리게 만들었다.

철갑마가 그의 앞을 막아서서 수백 가닥의 빛 기둥을 만들어 괴물을 베는 동안 무영은 정신을 차리려 노력했다. 정심의 공부를 되새기려고 노력했다. 그러나 소용이 없었다. 아무리 눈을 비벼보아도, 전진파의 주문을 외워보아도 괴물은 여전히 있었고, 여전히 강력했다.

괴물의 울부짖음은 밖에서도 들렸다. 구자헌과 에오치 등은 안개 밖에 서서 장춘성 안에서 들려오는 소리를 걱정스럽게 듣고 있었다. 안개는 여전히 짙었고 하늘은 결계의 표시인 검붉은 구름으로 여전히 뒤덮여 있었다. 요기는 조금도 약화될 기미가 없었다. 그때 뒤에서 소란이 일어났다.

구자헌과 에오치가 돌아보자 여진족 전사들의 감시를 받으며 한 사람이 다가오고 있었다. 구자헌이 아는 얼굴, 초립동이었다. 구자헌이 반갑게 다가가 말했다.

"이 결계 때문에……!"

초립동이 그의 말을 막으며 물었다.

"안에 누가 들어갔소?"

구자헌이 대답했다.

"무영과 비천…… 아니, 철갑마요."

초립동은 안개 저 너머를 꿰뚫어 보는 듯 먼 눈을 하고 바라보다가 혀를 찼다.

"어설프게 경동시키면 위험한 것을……."

그는 구자헌을 향해 말했다.

"나도 들어가겠소. 내가 들어간 후엔 곧 안개가 약해질 것인데, 서둘러 들어오지 말고 먼저 사람을 부려 시체들을 치우고 길을 정리하면서 오시오. 느려도 좋소. 저 안에선 아무래도 싸움보단 청소가 더 중요할 것 같소."

그리고는 대답도 듣지 않고 안개 속으로 걸어 들어갔다. 뛰지 않는데도 날듯이 빠른 속도였다.

에오치가 물었다.

"누구요?"

구자헌이 대답했다.

"해동 구선문 사람이오."

에오치가 고개를 끄덕이며 감탄했다.

"과연!"

그가 구자헌을 향해 말했다.

"우리 전사들의 말에 의하면 한 덩이 구름이 땅에 가까이 내려오더니 거기서 저 사람이 나타났다고 하오. 해동 구선문 사람이 아니면 그게 가능했을 리 없겠지요."

구자헌은 무슨 헛소리를 하느냐는 듯 에오치를 바라보았다. 그러나 에오치는 초립동을 데려온 후 아직도 흥분에 젖어 여진말로 떠들어대고 있는 전사들을 가리켰다. 구자헌은 인상을 쓰다가 고개를 돌려 버렸다. 초립동이 그런 환술을 보여준 속셈에 대해 추측해 보는 것이었다.

여진족들에게 그런 것을 보여주면 확실히 효과는 있을 것이다. 삼자동맹의 하나인 해동 구선문이 앞으로 맡을 역할도 그런 것이어야 하니 뭐라고 할 수도 없다. 하지만 해동 구선문이 이런 식으로 여진족에게 신처럼 추앙되면 자칫 태양종의 영향력이 약해질 수도 있다. 그건 이후의 전개를 생각하면 그리 바람직한 일이 아니었다.

그는 종사에게 이 부분에 대해 주의를 기울이도록 간언해야겠다고 결심했다. 여진족의 군사력은 생각했던 것보다 강력한 듯하고, 해동 구선문의 환술도 만만히 볼 것이 아니었다. 그가 생각하기에는 종사가 제시한 동맹의 조건도 너무 후했다.

물론 그가 종사의 원대한 포부와 계획을 모두 짐작하는 것은 아니었다. 하지만 그의 추측으로는 종사의 야망은 천하에 있지 겨우 요동을 평정하는 데서 끝나는 것이 아니고, 아니어야 했다. 그러기 위해서는 해동 구선문과 여진족이 태양종의 힘이 되어주어야 했다. 대등한 동맹자로서가 아니라 충실한 손발로서. 그 부분에 대해 더 신경을 쓸 필요가 있다는 것이 그의 생각이었다.

초립동은 안개를 가볍게 빠져나가 목책 위에 올라섰다. 그는 거기

꼿꼿이 서서 장춘성 안과 밖을 둘러보았다. 그가 대충 파악하기로는 장춘성을 둘러싸고 있는 결계는 세 개 이상이었다. 그리고 그만큼의 주술이, 어쩌면 그 이상의 주술이 행해지고 있었다. 그 숫자만으로도 여기 장춘성에 적어도 세 명 이상의 사신이 웅크리고 있다는 것을 추측할 수 있었다. 연길과 길림, 장춘의 세 도시 중 여기에 유명종의 주력이 있는 것인지도 모른다.

성 밖의 시체들에서 뿜어져 나오는 시독, 그리고 그 시체 수만큼의 원념이 안개를 만들어내고 있으니 이 부분은 따로 처리할 수도 있을 것이다. 하지만 성안에서 행해지고 있는 주술에 대해서는 그도 자신할 수 없었다. 어쩌면 그의 생애에 최강의 적수로 기억될 사람이 여기 있을지도 모른다.

그는 성안에서 움직이는 요기를 힐끔 보았다.

"살아 있기 바란다."

당장은 그쪽에 손을 쓸 수 없었다. 그는 목책 위를 산책하듯 걸으며 주문을 외웠다. 정화와 위로의 주문이었다. 점점 그의 걸음이 빨라졌다. 그는 축지법을 사용하여 목책과 성벽 위로 달렸다. 잠시 후 안개가 걷히기 시작했다.

무영과 철갑마는 극도의 위기에 빠져 있었다. 인간을 초월한 능력을 가지고 있는 그들 두 사람이었지만 실체가 없는 괴물을 죽일 수는 없었다. 달리고 구르며 괴물의 손을 피하는 게 고작이었다. 그러는 사이에 괴물의 날개는 하늘에 닿을 듯 자라고 하반신도 무릎 위까지는 땅 위로 올라왔다.

무영은 입가에 피를 흘리며 달렸다. 거리에서 거리로 건너뛰고 건물을 뛰어넘었다. 그는 괴물의 주변을 돌며 어떻게든 상대할 방법을 찾아보려고 애썼다. 그러다가 그는 방향을 바꾸어 괴물을 향해 달려들었다. 철갑마가 그의 뒤를 따랐다.

괴물의 손이 그를 잡으려고 다가왔다. 무영은 방향을 바꾸고 다시 바꾸어 괴물의 손을 피했다. 그는 괴물의 다리가 자라나고 있는 거기까지 가려고 했다. 차라리 적의 중심부로 가면 무언가를, 가령 저 괴물을 부리는 유명종의 사신을 발견할 수 있을지도 모른다. 괴물을 상대하느니 그쪽이 나았다.

무영의 기대가 맞은 것 같았다. 괴물의 다리 주변에는 무수한 괴물들이 우글거리고 있었다. 그들이 누군가를 보호하고 있는 것인지도 모른다. 대신 이번에는 이 괴물들을 해치워야 한다는 난관이 있었다.

무영과 철갑마가 괴물들을 향해 공격을 가했다. 이때 거대한 괴물의 손이 그들을 잡으려 들었다. 그들이 간신히 피하자 거대한 괴물은 작은 괴물들을 한 움큼 잡아 아득한 하늘로 들어 올리더니 자기 입에 넣었다. 거대한 괴물의 입에서 작은 괴물들이 씹혀 부서진 조각들이 땅으로 떨어졌다. 놈에게는 적아가 없었던 것이다.

고대의 복장을 한 강시 몇이 그들을 향해 달려들었다. 차라리 반갑기까지 한 놈들이었다. 이놈들은 처리할 방법을 알고 있었기 때문이다. 그들은 철갑강시들을 때려 부수고 터뜨리며 싸웠다. 이때 다시 거대한 괴물의 손이 움직여서 그들을 향해 왔다. 무영은 철갑강시 하나를 때려 부수다가 그 사실을 뒤늦게 알고 피하려고 했다. 철갑마가 달려오더니 그를 밀었다. 괴물은 무영을 놓친 대신 철갑마를 움켜쥐고 들어 올렸다.

무영이 허공으로 솟아오르며 묵염혼을 휘둘렀다. 그러나 그가 아무리 경공을 수련했어도 수십 장 허공까지 날아갈 수는 없었다. 그는 괴물이 철갑마를 입에 넣는 것을 보며 눈을 감아버렸다.

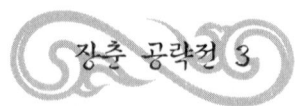

철갑마의 손에서 강렬한 빛이 뿜어져 나왔다. 그의 검에서 뿜어지던 빛이 이 순간 극도로 연장되면서 그를 삼키려 하는 괴물의 머리에서 사타구니까지 단번에 잘라 버렸다. 다시 한 번 그의 검이 움직였다. 괴물의 손목이 몇십 개로 토막이 나서 흩어졌다. 철갑마는 그 틈에 괴물의 손을 빠져나와 떨어졌다.

갈라졌던 괴물이 순식간에 다시 합쳐졌다. 분명히 두 쪽으로 갈라졌었지만 그건 마치 연기를 벤 것처럼 허무한 일이었다. 놈의 손도 다시 합쳐져서 철갑마를 잡으려고 들었다. 철갑마가 다시 한 번 놈을 베었다. 그러나 손은 그대로 허공에서 철갑마를 후려쳐서 날려 버렸다.

문득 무영은 눈을 떴다. 그리고 다시 눈을 감았다. 분명히 눈을 감았는데 그 모습이 보였다. 빛의 검을 휘두르며 싸우다가 날려가는 철갑마와 연기처럼 실체가 없는 괴물, 그리고 바닥에 향로를 껴안고 주저앉아 괴물을 이루는 연기를 피워 올리는 세 명의 그림자를 그는 분명히 보았다. 성한 그의 눈에는 안 보이는 그 모습들이 그의 오색금구단을 통해서는 또렷이 보였던 것이다. 그건 마치 머리 속에 또 하나의 눈이 있어서 오색금구단에 떠오르는 영상을 보고 있는 듯한 이상한 느낌이었다.

이건 단지 착각에 불과할지도 모른다. 그러나 그것이 설사 착각이라 해도 지금은 지푸라기라도 잡아야 할 때였다. 무영은 묵염혼과 파천황을 단단히 움켜쥐고 달렸다. 눈을 감고, 단지 머리 속에 떠오르는 영상에 의지해서 무작정 달렸다. 그리고 향로와 그걸 부둥켜안고 있는 희미한 사람 모습을 동시에 베어버렸다. 하나를, 그 다음 하나를.

마지막 한 사람이 향로를 집어 던지고 일어나고 있었다. 놈이 손을 내밀고 무어라 말하려 했다. 무영은 파천황으로 놈의 목을 베어버렸다.

무영은 눈을 떴다. 괴물이 흐릿해지고 있었다. 그의 앞에는 깨어진 향로와 세 명의 사람이 뒹굴고 있었다. 붉은 옷을 입은 세 명의 사신이었다. 그는 고개를 들었다. 아득한 허공에서 떨어지는 철갑마를 볼 수 있었다. 무영은 무기를 놓고 허공으로 몸을 띄워 철갑마를 받았다. 그리고 경공술을 발휘해 최대한 가볍게, 철갑마에게 충격을 주지 않으려고 애쓰며 내려앉았다.

발바닥으로부터 엄청난 충격이 시작되어 관절들을 차례로 울리며 올라갔다. 온몸이 으스러지는 것 같은 강한 충격이었다. 그러나 그는 철갑마를 끝까지 떨어뜨리지 않고 안고 있을 수 있었다. 투구 아랫부분으로부터 피를 흘려보내고 있는 철갑마를 그는 조심스럽게 바닥에 내려놓고 팔뚝을 두른 갑옷을 벗겨냈다. 그리고 조심스럽게 진맥했다.

불규칙하긴 했지만 맥이 뛰고 있었다.

무영은 일어나서 아까 던져 둔 묵염혼과 파천황을 찾아 쥐고 주변을 둘러보았다. 지금의 그에게는 철갑마를 치료할 방법이 없었다. 그저 스스로 일어나기만을 바랄 뿐이었다. 그때까지 주변 경계를 하는 게 그가 할 수 있는 전부였다.

적은 보이지 않았다. 괴물이 사라짐과 동시에 강시류의 괴물들도 함께 사라져 버렸다. 보이는 건 전부 시체뿐이었다. 그가 서 있는 곳을 중심으로 이루어진 거대한 광장에는 무수한 시체들이 뒤엉켜서 그가 알아볼 수 없는 문자, 혹은 그림을 만들고 있었다. 광장으로부터 사방팔방으로 뻗은 거리에도 온통 시체들인데, 그것 역시 일종의 형상을 그리며 배열되어 있었다. 그는 다시 한 번 욕지기를 느꼈다. 개개의 시체가 혐오스러워서 그런 것이 아니었다. 그게 어떤 주술이건 그것을 위해 이토록 많은 주검을 만들어놓을 수 있는 유명종의, 인간의 잔인함이 혐오스러웠다. 소름 끼치도록 두려웠다.

무저갱에서 스스로를 채찍질하며 오랫동안 되뇌었던 말이 이 순간 그의 기억 속으로 다시 돌아와 뒷머리를 울리고 있었다.

"인간은 짐승이고 야수다. 대부분의 인간은 짐승보다 더럽고 야수보다도 위험하다."

지금 그는 다시 말하고 싶었다. 인간은 짐승이나 야수와는 비교가 안 되는 어떤 존재다. 어떤 짐승도, 어떤 야수도 이런 짓은 저지르지 않을 것이다. 지옥의 마귀나 이렇게 잔혹한 일을 저질러 놓을 것이다. 하늘에 맹세코 유명종 놈들의 씨를 말려놓고야 말 것이다.

"알았으니까 그만 해!"

무영은 깜짝 놀라 방금 말한 사람을 바라보았다. 어느새 초립동이 나타나서 그의 앞에 서 있었다.

"뭐라고?"

초립동이 말했다.

"알았으니 그만 소리치라고."

무영이 고개를 저었다.

"소리 지른 적 없다."

초립동이 싱긋 웃었다.

"소리 질렀어. 목청이 터져라 소리치고 있더군. 유명종 놈들의 씨를 말려놓겠다고 말이야."

무영은 입을 다물었다. 자기도 모르게 정신을 잃고 생각한 그대로 소리 지르고 있었던 모양이다. 감정을 드러냈다는 것이 적잖게 창피해서 그는 말을 돌렸다.

"유명종 놈들은 여기 셋밖에 없었다."

초립동이 한숨을 쉬었다.

"셋만 있었겠나. 눈에 안 보일 뿐 여긴 적어도 열 명은 있다. 네가 죽였다고 착각하는 이놈들까지 포함해서."

"착각?"

무영은 그가 죽인 사신들을 바라보았다. 분명히 목이 잘리고 허리가 베어져 죽어 있지 않은가. 그러나 그가 보는 앞에서 사신들의 시체가 꿈틀거리기 시작했다. 끊어진 팔다리가 피로 이어지고 나뒹굴던 머리가 눈을 뜨고 입을 움직였다.

"너… 는… 죽… 는… 다……."

초립동이 퉁명스럽게 말했다.

"사람이면 누구나 다 죽지."

무영이 말하는 머리통에게 다가가 그걸 걷어차 버렸다. 초립동이 웃으며 박수를 쳤다.

"그거 잘했다. 하지만 남은 몸통은 어떻게 처리할 텐가?"

시체들이 일어났다. 피가 끓어 거품이 일어나고 몸은 몇 배로 부풀어 올라서 이미 인간이 아니라 괴물처럼 되어버린 시체들이었다. 걷어차 날려 보냈던 머리가 반쯤 으깨어진 채 다시 날아와 머리 없는 몸통 위로 날아다녔다. 장내에 귀기가 감돌고 어디선가 호곡성이 들려왔다. 그런데도 초립동은 시종일관 냉정했다.

"오래전부터 나는 손에 사람의 피를 묻히지 않았지. 특별히 맹세한 것은 아니지만 지금 와서 다시 살인을 하기도 싫군. 자네가 그들을 죽여주면 힘으로 죽지 않는 부분은 내가 처리하기로 하지."

무영이 말했다.

"네 손을 빌릴 필요도 없다."

말이 끝나기가 무섭게 그는 시체 한 구에게 달려들어서 파천황과 묵염혼을 휘둘렀다. 칼로는 다리를 베어넘기고 검으로 머리통을 부숴 버리는 한 수였는데, 놀랍게도 시체의 몸에 칼이 먹혀들지 않았다. 시체는 파천황과 묵염혼을 퉁겨 버리고는 아프지도 가렵지도 않다는 듯 천천히 무영에게 다가왔다.

초립동이 말했다.

"반시법(返屍法)으로 신체를 강화시킨 거야. 우리 해동의 반시법과 너희 중국의 그건 약간 다르지만 양자 공히 신선이 되기 위해 죽음을 택하는 방법인데 그놈들은 거꾸로 썼군. 영원한 생명 대신 영원한 죽음을 택한 거니까 말야. 하지만 그만큼 놈들이 다급해졌다는 거니까 좋아해야 할 일일지도 모르지."

초립동이 말하는 사이에 무영은 파천황을 칼집에 꽂고 묵염혼을 양손으로 쥐었다. 그리고 초립동의 말이 끝나기도 전에 허공으로 뛰어올라 시체의 정수리를 수직으로 내려쳤다. 전신의 내공을 모아 후려갈겼기 때문에 초식이랄 것은 없어도 파괴력은 대단한 일격이었다. 시체의 머리가 강철 투구처럼 우그러들었다. 그런 모습으로도 시체는 손을 뻗어 무영을 잡으려 들었다. 무영은 그 손을 걷어차며 허공에서 한 바퀴 회전했다가 시체 위로 떨어지며 이번에는 묵염혼을 거꾸로 세워서 정수리를 내리찍었다. 묵염혼이 시체의 머리를 뚫고 몸속으로 반이나 파고들었다.

시체가 손을 올려 묵염혼을 잡았다. 무영은 시체의 어깨에 발을 디디고 뒤로 몸을 기울였다. 그리고 무당파 사량발천근(四倆撥千斤)의 수법을 응용하여 자신은 땅에 내려서고 시체는 한 바퀴 회전시켜서 던져버렸다. 묵염혼이 뽑혀 나왔다. 이때 또 한 구의 시체가 그의 뒤로 다가왔다. 무영은 뒤로 몸을 돌리며 그 회전력에 내공을 더하여 시체의 허리를 때렸다. 이번에는 강철 갑옷을 입은 것처럼 단단하던 시체의 허리에 묵염혼이 반이나 파고들었다.

시체는 묵염혼이 파고든 방향으로 반쯤 꺾였다. 그러나 그러고도 손을 내밀어 무영을 움켜쥐려 했다. 무영은 묵염혼을 뽑으려다가 시체의 몸에 단단히 끼어 그게 여의치 않게 되자 한 손으로 시체의 공격을 튕겨내고 그 손을 바로 돌려서 시체를 밀었다. 부수고자 하면 금강석도 부술 수 있고, 밀어내고자 하면 만근거석도 밀어낼 수 있다는 소림 최강의 수공(手功), 대력금강수였다.

펑—!

시체가 주르륵 밀려갔다. 무영은 묵염혼의 손잡이를 놓지 않고 있었기 때문에 시체가 밀려가자 뽑혀 나왔다. 찢겨진 피부를 통해 창자가 같이 딸려 나왔다. 무영은 묵염혼을 당겨 창자를 끊어버리고 다시 두 손으로 묵염혼을 움켜쥐고 뛰었다. 그리고 반쯤 몸이 접힌 시체를 두들겨 팼다. 죽지 않으면 곤죽이라도 만들어놓겠다는 태세였다.

그때 목이 잘린 시체가 뒤로부터 덮쳐 왔다. 무영은 지금까지 만난 강시들이 다 어기적거리며 걷는 데다가 방금 두 놈도 껍질은 단단해도 동작은 굼벵이 같았기 때문에 적당한 거리만 유지하면 대응할 시간은 충분하다고 생각하고 있었다. 그런데 이놈은 다른 두 놈과 달리 놀랄 만큼 신속한 동작으로 달려들었기 때문에 무영이 경각심을 일으키고 뒤돌아섰을 때는 이미 목전에 쇄도해서 목을 움켜잡으려고 하는 상태였다.

무영은 급히 물러나려고 하다가 순간적으로 생각을 바꾸어 오히려 시체의 손 아래로 숙이고 들어가서 가슴팍으로 파고들었다. 그리고 어깨로 놈의 가슴팍을 박았다.

퍽—!

백 마리의 말이 끄는 강철 마차를 어깨로 막으면 이런 느낌이 들까. 엄청난 파괴력과 무게감이 온몸을 진동시켰다. 눈앞에 별이 번쩍이고 목구멍으로는 핏물이 올라왔다. 무영은 괴물의 힘에 밀려 뒤로 미끄러지다가 방금까지 두들겨 짓이기고 있던 시체에 발이 걸려 멈추었다. 그놈도 아직 살아 있는 듯했다. 꿈틀거리며 그의 발목을 잡는 것이다.

그때 초립동이 외쳤다.

"어이, 한 놈이 네 수하에게 간다! 안 도와주면 밥이 되어버리겠는걸!"

무영의 눈에 불길이 일었다. 경고할 바에야 직접 도와주면 그만이잖은가. 그걸 소리쳐 알려주는 것은 조롱하는 것으로 받아들여졌다. 그는 발목을 잡는 놈의 손을 뿌리치고 자세를 바로잡았다. 그리고 한 모금의 진기까지도 모두 끌어올려 어깨를 밀고 있는 놈을 밀어냈다. 놈이 조금 밀려가자 순간적으로 몸을 떼서 놈에게서 떨어진 후 다시 어깨로 놈의 가슴 아래로부터 배까지 들이박았다. 소림 생사박(生死搏)의 일초였다.

후끈한 열기가 놈의 배로부터 느껴졌다. 다음 순간 놈의 가죽이 터져 나가며 피와 살점, 내장이 뿜어져서 무영을 덮었다. 무영은 그걸 피하려 들지 않았다. 오히려 오른손으로 놈을 밀치며 왼손에 움켜쥐고 있던 묵염혼을 휘둘러 남은 가죽조차 두 조각으로 찢어버렸다. 그리고는 철갑마가 누워 있는 곳을 향해 뛰었다.

초립동이 외쳤다.

"서두르지 마! 네가 안 도와줘도 되겠다!"

철갑마가 천천히 자리에서 일어나더니 다가오는 시체를 향해 손을 내밀었다. 그리고 시체의 가슴팍에 손을 댔다가 뗐다. 시체의 등이 터지며 살점과 피가 뿜어졌다.

초립동이 말했다.

"너처럼 무식하게 안 싸우고 저렇게 쉽게 끝나는 방법도 있잖아. 내 살다살다 너처럼 무식하게 싸우는 사람은 처음 봤다."

무영은 아무 말 없이 몸에 묻은 창자와 살점들을 떨어냈다. 고약한 냄새가 코를 찔렀다. 초립동은 무영이 짓이기다 만 시체를 가리켰다.

"몸단장은 천천히 하고 저놈 마저 처리해. 아직 할 일이 많아."

성벽 쪽에서 함성이 들려오고 있었다. 여진 팔기의 군사들이 성안으로 진입해 들어오고 있는 것이다. 초립동이 조급하게 말했다.

"어서 서둘러!"

무영은 초립동을 힐끔 보고 그가 무영을 조롱한 것이 아니라는 걸 알아차렸다. 초립동은 가부좌를 틀고 앉아서 자기 주변에 작은 깃발과 부적 등을 늘어놓고 무언가를 하고 있었던 것이다. 저러니 꼼짝도 못하고 입만 바쁘게 놀릴 수밖에 없었으리라.

무영은 아직 살아 있는, 그러나 꿈틀거리기만 하는 시체에게 걸어가 가벼운 듯하지만 만 근의 거력이 깃든 소림행자각으로 놈을 걷어차 날려 버렸다.

초립동이 외쳤다.

"분(焚)!"

그 순간 세 구의 시체들이 불길에 타오르면서 소름 끼치는 비명들을 질러댔다. 희뿌연 그림자 같은 것이 시체들로부터 빠져나왔다. 초립동이 손가락을 묘하게 모아 결인하고 다시 외쳤다.

"산(散)!"

그림자들은 비명과 함께 허공으로 흩어져 사라졌다.

초립동이 말했다.

"아직 끝나지 않았어. 아군이 전멸되는 걸 막으려면 내가 시키는 대로 신속하게 따라!"

그가 광장 한쪽의 시체 더미를 가리키며 말했다.

"저기 가슴 위로만 남은 여자 시체가 하나 있을 거야. 그걸 저쪽 더미 위에 던지고 대신 거기서 제일 위에 있는 노인의 시체를 가지고 와!"

무영이 물었다.

"왜?"

초립동이 외쳤다.

"그까짓 허깨비 괴물 하나 만들려고, 아니면 반시법 따위를 하려고 이런 주술진을 쳤겠어? 멍청한 질문 하지 말고 얼른 시키는 대로나 해!"

무영이 초립동을 노려보며 말했다.

"지금은 따른다. 내게 욕한 대가는 나중에 치르도록 만들어주겠다."

초립동이 씩 웃었다.

"좋을 대로!"

명왕 강림진

어쩌면 유명마제 상천기라는 인간은 이미 미쳐 버린 것인지도 모른다
그의 빗나간 야망은 천하에 군림하는 것이 아니라
천하를 파괴해 버리는 것인지도 모른다

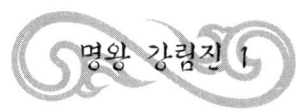

안개가 걷힌 뒤 길을 정리한 것은 여진 팔기의 군사였지만 성벽 안으로 먼저 진입한 것은 무저갱의 무사들이었다. 무영이 한 일인지 이미 목책 몇 곳은 무너져 있었고 성문 또한 열려 있었지만, 좁은 곳으로 진입해서 다수를 상대하는 것은 여진 팔기의 군사들보다는 그들이 전문이기 때문이었다. 예상대로 성벽 안쪽에서는 바이뚜르 여진의 전사들이 침입자들을 막기 위해 운집해 있었고, 무저갱의 무사들은 양 떼를 본 이리처럼 그들 틈으로 돌진해 들어갔다.

상상과는 달리 바이뚜르 여진 전사들의 저항은 거세지 않았다. 인원은 많았지만 다들 병든 닭처럼 비실거렸고 전의도 없는 것 같았다. 무저갱의 무사들은 단번에 그들을 밀어붙여서 팔기군이 진입해 들어올 수 있도록 공간을 확보했다.

에오치 휘하의 니루들이 무저갱 무사들의 뒤를 따랐다. 그들은 에오치에게 미리 지시받은 대로, 그리고 그동안 거쳐 온 두 번의 공성전 경험에 따라 신속하고도 체계적으로 행동하고 있었다.

성안으로 진입하자마자 대열을 짜서 적을 밀어내고, 후군이 들어올 공간을 확보하며 천천히 전진한다. 두 번째 니루가 들어오면 성벽을 후방으로 해서 삼각형의 진을 짜고, 세 번째, 네 번째 니루들이 진입하는 것과 함께 그 진을 점차 넓혀 나가는 것이다. 그때쯤 에오치가 들어오고, 두 번째 고산의 군사들이 진입한다. 이때쯤 되면 성은 함락된 것이나 다름없었다.

바깥에는 네 개의 고산이 둘러싸고, 안쪽에는 두 개의 거점을 확보해서 각각 두 개의 고산이 방어와 공격을 조절한다. 그게 비록 목책에 불과하더라도 성이 무너졌다는 사실이 주는 심리적 압박과 자신들의 영역 안으로 침입해 들어와 날뛰는 적에 대한 위축감 때문에 수비군은 이때쯤 되면 항복 아니면 도주를 생각하기 마련이었다. 오늘은 더했다.

무저갱 무사들이 본 대로 장춘성을 지키는 바이뚜르 여진족들에게는 전의가 없었다. 그들을 사이에 끼워놓고 성안과 밖에서 행해진 주술은 그들부터 먼저 악몽에 시달리게 만들었던 것이다. 어떻게든 이 지옥을 벗어나고 싶다는 생각만 하고 있는 전사들이 제대로 싸울 리가 없었다.

에오치는 그 사실을 재빨리 간파하고는 수하들을 대동하고 성벽 위에 올라가서 뿔피리를 불게 했다. 소뿔로 만들어진 뿔피리 소리는 낮고 굵은 울림을 가졌지만 높고 예리한 소리에 못지않게 멀리까지 퍼져 나갔다. 싸우던 여진족 전사들이 무기를 내려놓고 소리나는 곳을 바라보았다.

에오치가 여진말로 외쳤다. 바이뚜르 여진족들에게 항복을 권유하는 내용이었다. 무기를 버리고 항복하면 목숨은 살려주겠다는 약속이 몇 번이고 반복되었다. 차츰 그 말에 응해 무기를 버리는 사람들이 늘어갔다. 더 이상 싸울 이유도, 힘도 없었다.

무저갱 무사들과 함께 들어온 손지백이 종리매에게 소리쳤다.

"여기서 이럴 필요가 없겠는데요. 주인님을 찾으러 가죠!"

종리매가 고개를 끄덕이고 성 안쪽을 향해 걸었다. 손지백과 혈영, 월영이 그 뒤를 따르고 무영단의 나머지 무사들이 그 뒤를 이었다. 이미 그들을 막는 여진족들은 없었다. 그들은 무인지경을 걷는 것처럼 태연히 행진해서 시체의 산으로 진을 친 곳까지 갔다.

월영이 제일 먼저 토했다. 무사들도 시선을 외면하고 토하기 시작했다. 손지백은 구역질은 겨우 참았지만 인상이 찌푸려지는 것은 어쩔 수 없었다. 혈영과 종리매만이 태연하게 그 모습들을 바라보며 대화를 나누었다.

"공기가 이상하지?"

혈영이 고개를 끄덕였다. 종리매가 다시 말했다.

"냄새 말고 뭔가 이상한 분위기가 있지 않으냐. 가만히 있어도 기분이 더러워지는 걸 보면……."

혈영이 말했다.

"주술."

"주술! 그래, 뭔가 주술이 행해지고 있는 것 같다. 아직 효과가 사라지지 않은 주술이 이 안쪽에서 행해지고 있는 것 같아. 들어가도 괜찮을지 모르겠구나."

"단주가 안에 있습니다."

종리매는 구역질하고 있는 월영과 무사들을 힐끔 보고는 손지백에게 말했다.

"너도 불편하면 여기서 기다려라. 토해가며 싸울 순 없으니까."

손지백이 손을 저었다.

"저도 볼 꼴 못 볼 꼴 다 보며 살아온 사람입니다. 이 정도로 비참한 꼴은 본 적도 없고, 앞으로도 보고 싶지 않습니다만 못 참을 정도는 아니죠. 같이 가겠습니다."

"우리도 같이 가자!"

담오였다. 그는 화두타와 철금마검 공손번, 혈면염라 최주를 데리고 그들을 향해 다가오고 있었다. 손지백이 웃으며 물었다.

"우리 주인님에겐 관심없는 줄 알았는데?"

담오가 대답했다.

"네 주인 따위에겐 관심없다. 적진에 잠입한 우리 편에게 관심이 있을 뿐."

손지백이 투덜거렸다.

"따지기는……. 그게 그거지. 좋아. 같이 들어가 보자."

그때 구자헌이 백골조 황염과 새선풍, 포송학을 대동하고 다가오며 말했다.

"우리도 함께 가지."

손지백이 고개를 끄덕였다.

"그러시죠."

그들은 이제 손지백을 선두로 해서 거리를 걸었다. 시체가 잔뜩 널려 있는 죽음의 거리였다. 손지백의 말대로 볼 꼴 못 볼 꼴을 수없이 봐온 그들이었지만 이런 목불인견의 참상은 처음이었다. 화두타가 불호를 외며 말했다.

"여기에 비하면 무저갱은 극락정토였구려. 정말 십팔지옥이 지상에 현현한 듯하오이다."

새선풍이 투덜거렸다.

"무저갱은 생지옥, 여긴 죽은 지옥이지. 무저갱이 좋으면 거기 가서 살어."

화두타가 말을 받았다.

"하긴 그러하오. 살아 있다는 것 자체가 괴로움이니 무저갱이나 백림이나 생지옥인 건 마찬가지지요. 새선풍 시주도 현기(玄機)가 담긴 말씀을 다 하시는구려. 머리 깎고 출가함이 어떠하오?"

"현기는 무슨 말라비틀어질 현기야. 말도 안 되는 소리 지껄이지 말고 아가리 닥쳐! 저 시체 더미 위에 한 구 추가시키기 싫으면."

흉악한 욕을 퍼부어놓고 새선풍이 혈면염라 최주에게 속삭였다.

"근데 현기가 무슨 뜻이야?"

최주가 쓴웃음을 지었다.

"당신들 말하는 걸 들으면 머리가 아파. 나한테 말 걸지 말게."

그는 새선풍이 말을 더 할까 두렵기라도 한 것처럼 떨어져서 걸었다. 새선풍은 코웃음을 치더니 화두타에게 말했다.

"고상하신 분은 나하곤 말도 하기 싫다는군."

화두타가 그에게서 거리를 두며 진지하게 말했다.

"최 시주의 말씀이 옳소. 고상한 빈승도 새선풍 시주와는 대화하지 말아야겠다는 생각이 갑자기 드는구려."

새선풍이 으르렁거렸다.

"정말 시체 한 구 추가하고 싶냐?"

"무슨 말씀. 꿈에도 이런 곳에 눕고 싶은 생각은 없소. 빈승이 누워야 할 곳은 향기 가득한 불전이나 기녀원……!"

화두타가 갑자기 입을 벌리고는 멍하니 있다가 급히 구자헌에게 다가가 말했다.

"이건 아무래도 이 시체들을 사용해서 진을 짠 것 같은데, 시체를 옮기거나 해서 진을 파괴할 수는 없을까 하는 생각이 들었소이다. 아님 시체를 추가해서 바꾸거나."

그는 새선풍을 힐끔 보고는 말을 추가했다.

"적당한 시쳇감은 저기 있구려. 한 몸 보시해서 중생을 구제하니 선재(善哉)로다. 나무아미타불."

구자헌이 대답했다.

"그럴듯한 생각이군."

그때 손지백이 손을 저으며 급히 말했다.

"진은 함부로 건들면 안 되오. 자칫하면 파국을 불러올 수도 있소."

그가 설명했다.

"진을 칠 때의 기본은 파괴되지 않도록 하는 것이오. 그러니 건들면 사단이 나게 만드는 것이 기본이오. 진을 건든 사람은 잘해야 저주, 심하면 즉사하는 게 보통이고, 진형은 변해서 다른 것이 되오. 아니면 아예 누가 건들면 발동하는 진도 있소. 그러니 이 진이 어떤 것이고, 어떻게 다루어야 하는지 모르는 사람은 접근을 말거나 최소한 건들지나 말아야 비교적 안전하오."

구자헌은 고개를 끄덕였다. 포송학이 말했다.

"하지만 무영 단주가 이 안에 있다면 이미 건든 건 아닐까?"

초립동은 가볍게 눈살을 찌푸렸다. 그가 자기 몸 주위에 둘러친 결계는 이 진과 연결해 놓은 것이었다. 그래서 그는 지금 진 안에서 일어나는 일에 대해 눈으로 들여다보듯 알고 있었다. 그런 이유로 구자헌을 비롯한 무사들의 진입도 느끼고 있었던 것이다. 그들이 모르고 시체라도 만지거나 하면 극도로 위험한 일이 벌어질 수도 있었다. 들어온 것만으로도 이미 위험한 지경에 처하게 된 셈이지만.

그는 이 진의 정체를 대충 파악하고 있었다. 바로 그것 때문에 무영단과 헤어진 이후 오늘까지 쉬지도 못하고 바쁘게 돌아다녔던 것이다.

연길이 태양종, 해동 구선문 연합의 공격 하에 무너진 것이 시발이었다. 원래 그곳을 공격하던 호교원주 휘하 태양종의 제일군은 총관 맹유 사도헌의 지원군이 합류해서도 고전을 면치 못하고 있었다. 거기에 초립동이 도착하고, 때맞춰 해동 구선문의 선인들이 합류하자 전세가 역전되었다.

불함 선인에 백학 도인 등을 비롯한 구선문의 선인들은 유명종의 결계를 파괴하고 환술을 깨뜨렸다. 오히려 이쪽에서 풍운조화를 부려 바이뚜르 여진 전사들의 눈을 가리고 유명종 신도들이 숨은 곳을 찾아 태양종에 알렸다. 결국 성안으로 숨어든 그들을 포위하고 구선문의 선인들이 주술을 깨기 위해 침입한 것까지 이곳 장춘과 비슷했다.

거기서 그들은 장춘과 마찬가지로 거대한 시체의 진이 펼쳐져 있는 것을 발견했다. 그들은 무영과 달리 조심스러웠기 때문에 정체를 파악할 수 없는 진 속에 함부로 침입하지 않았다. 대신 성 밖의 주술진만 깨고 바깥과 연락을 취해 여진족들을 압박했다. 수로 치면 그때까지 월등히 우세했던 여진족 전사들도 장춘의 여진족들과 마찬가지로 약해져 있었기 때문에 쉽게 항복을 받아낼 수 있었다. 그 뒤에는 시체로 이루어진 주술진에 대해 연구가 거듭되었다.

원래 진법이란 병사들의 진형을 뜻하는 병진(兵陣), 기관(機關)을 설치해 만들어지는 기관진식(機關陣式), 그리고 이렇게 주술, 혹은 선술(仙術), 또 혹은 방술에 의해 만들어진 기문진(奇門陣)이 있었다. 중국에서는 기문진이라는 이름을 기관진식과 혼동해서 사용하기 때문에 아예 주술진이라고 말해 줘야 알아듣지만 원래는 기문진이라고 부르는 게 정확했고, 해동 구선문 사람들 중에는 중국식의 기관진식은 몰라도 기문진에는 정통한 사람이 여럿 있었다. 그들이 연구한 결과 이건 특수한 목적을 위해 죽은 사람들의 피와 살, 혼과 백을 모으는 그릇과 같은 진이라는 것이었다. 그 특수한 목적은 아마도 강신(降神)을 위한 것인데, 그게 구체적으로 어떤 신을, 어떻게 부르는 것인지는 알 수 없다고 했다.

정체를 명확히 파악하지 못한 이상 건드릴 수는 없었다. 해동 구선문의 선인들은 연길의 거대 기문진을 둘러싸고 결계를 펼침으로써 봉해놓은 게 고작이었다. 초립동은 다시 합이빈으로 갔다. 문제의 기문진과 연관해서 떠오르는 생각이 있었기 때문이다.

그의 생각에 유명종은 과거 도교의 일파인 배교가 전신이라고 했고, 장춘 싸움에서는 도교의 정통인 전진 일맥의 도사도 발견했으니 저 기문진은 도교 사상에 뿌리를 둔 것임이 당연하다는 것이었다. 그렇다면 합이빈에 남겨둔 전진 벽파의 도사를 심문하면 뭔가가 나올지도 모른다. 그게 그가 합이빈에 간 이유였는데, 포로는 이미 길림 방면으로 옮겨진 다음이었다.

초립동은 다시 길림으로 향했다. 제강산의 진영에서 그는 전진 벽파의 포로뿐 아니라 전진파의 또 다른 도맥을 이은 사람을 만날 수 있었다. 적발귀 양웅이라고 하는 자였는데, 포로를 심문하기 위해 일부러 백림에서 불러온 사람이라고 했다. 같은 전진파의 동문이 아니면 포로가 무슨 소리를 하는지 알아들을 수도 없었기 때문이다.

초립동은 연길의 일을 보고하고 양웅과 함께 포로를 심문했다. 그리고 놀라운 사실을 알아냈다. 유명종은 개전 초기의 우세가 계획된 반격에 의해 열세로 바뀌고 자기들의 영역까지 위험한 지경이 되자 특별한 수단을 동원했는데, 그게 놀랍게도 전쟁에 이기기 위한 수단이 아니었다. 그들은 신도가 아니면 이해도 할 수 없는 교리와 교주의 예언에 따라 이미 패배를 기정사실로 인정하고 후일을 도모하기 위해 모종의 주술을 사용하기로 했다는 것이었다. 그게 지금 그들이 보는 기문진이었다.

이름하여 명왕 강림진(冥王降臨陣), 지옥의 왕인 명왕을 이 세상에 강림시킨다는 엄청난 주술이었다. 그것을 위해 연길과 길림에는 한 명씩의 사신과 몇 명의 신도만 남기고 나머지 신도 및 교주는 모두 장춘에 모였다는 것이었다. 교주인 유명마제(幽冥魔帝) 상천기(尙天奇)도, 전진 벽파의 수장인 흑천자(黑天子)도, 살아남은 사신 넷과 아홉 명의 사도, 수백 명의 신도들도 모두 장춘에 있다는 게 포로의 말이었다.

그래서 급히 초립동이 장춘으로 온 것이다. 그런데 성은 이미 함락 직전이고 무영이 기문진 안에 들어와 있으니 결계로 봉인하고 지켜볼 틈도 없었다. 연길의 진을 연구한 결과와 양웅의 조언, 포로가 내놓은 정보로 짜 맞춘 어설픈 지식으로 진을 일단 가장 약한 쪽으로 변형시켜 놓기는 했는데 그게 과연 제대로 될 것인지에 대해서는 확신이 없었다.

한편으로 여기 있다는 사신 넷 중 셋은 저렇게 변해서 죽었다 치고 나머지 사신 한 명과 교주, 전진 벽파의 수장 등은 어디에 있는가 하는 것도 의문이었다. 그 모든 자들, 어쩌면 강림한 명왕까지도 그와 무영, 철갑마만으로 상대해야 할 판에 이제 골칫거리가 될지도 모를 무사들까지 진입했으니 점입가경이라 아니 할 수 없었다.

무영과 철갑마가 마지막 시체 이동을 끝내고 다가오고 있었다. 초립동은 한숨을 내쉬고 자조적으로 웃었다.

"뭐, 될 대로 되겠지."

그는 품속에서 풀잎을 꺼내 입에 물었다. 구성진 가락이 풀피리에서 흘러나오기 시작했다.

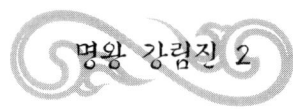

명왕 강림진 2

무영은 풀피리를 부는 초립동을 보며 멍하니 서 있다가 조금 떨어진 곳에 주저앉아 흙바닥에 손을 닦았다. 반쯤 썩은 시체들을 옮기느라 썩은 살점과 피가 묻어 고약한 냄새가 나는 그 손을 계속해서 닦고 또 닦았다. 그러나 냄새도, 검게 물든 흔적도 사라지지 않았다.

문득 초립동이 연주를 멈추고 풀잎을 입에서 떼더니 말했다.

"듣기 좋지 않아?"

무영은 그를 한심스럽다는 눈으로 바라보다가 말했다.

"설명을 해줘야겠다."

초립동이 혀를 차며 말했다.

"말투가 그게 뭐냐. 너희 나라 말을 어떻게 나보다도 못하는지 모르겠다. 내 생각엔 넌 일부러 말을 끊고 비틀어서 하는 모양인데, 그건 약하다는 증거야. 애써 고집을 부려서 너는 너라는 것을 강조하고 싶은 거겠지. 고집을 부린다는 건 약하다는 뜻이라는 거야. 너는 누가 뭐래도 너지, 굳이 그걸 강조할 필요도 없어. 언젠가 네가 더 크려면 그 말투부터 고쳐야 할 거야."

그는 다시 풀잎을 입에 물었다. 쏟아지는 말을 멍하니 듣고 있던 무영이 급히 말했다.

"시체를 옮기라고 한 이유나 말해!"

초립동이 다시 풀잎을 떼고 말했다.

"음악은 어떤 주문보다도 효과적이지. 지금 연주하는 한 곡조가 천마디 주문보다도 나을 거야. 너희 나라 사람 중에 장자(莊子)라는 분이 계셨는데 상갓집에서 노래를 해서 욕을 먹었다는 이야기를 들어봤나? 우리 나라에선 상갓집에서 노래를 해. 시신을 관에 담고 매장하러 가면서도 노래를 하지. 혼백을 달래 천지로 돌아가게 하는 데에는 노래가 최고라서 그래. 어디 할 줄 아는 노래 있으면 한번 해봐라."

무영이 일어나서 초립동에게 다가가며 나직하게 말했다.

"노래 모른다. 넌 내게 설명해야 한다."

초립동이 히죽 웃었다.

"안 해주면 패겠다는 뜻으로 들리는군. 뭐든 폭력으로 해결하는 건 필부의 방법이야. 모름지기 천하를 노리는 자라면 큰 그릇답게 해결해야지. 그래서야 어디 수하가 모이겠나!"

그는 문득 중얼거렸다.

"한낱 살인광 어린애에게 내가 무슨 말을 하는 거야. 천하를 노리는 자라니, 이깟 놈이 그렇게 될 리가 없지."

무영의 눈이 분노로 불타올랐다.

"살인광이라고?"

초립동이 냉정하게 그를 바라보며 말했다.

"살인광 아니었나? 내가 보기에 너는 한낱 살인광에 불과해. 그것도 키워진 살인광이지. 살인 기계라고 해도 좋고."

무영이 검과 도를 뽑아 들었다.

"그 말에 해명해야 할 거다. 난 누가 시켜서 살인하고, 누가 시켜서 강간하는 자들을 경멸한다. 나는 내 의지로 살인한다."

"정말 그럴까?"

초립동은 빙글빙글 웃으며 물었다.

"하늘에 맹세할 수 있나?"

무영은 발끈 화를 터뜨리려다가 초립동의 눈빛이 폐부를 찌르는 듯해서 멈추었다. 웃는 얼굴임에도 불구하고 그 눈빛은 진지하게 그를 노려보며 가슴속으로 파고들어 왔다. 그는 잠시 기억을 더듬었다. 첫 살인은 동굴을 침입한 태양종의 무사들을 대상으로 했었다. 그때 귀영을 죽였고, 그게 지금 그가 여기 있게 된 이유의 시발이었지만 당시에는 침입자들을 맞아 싸운다는 의식이 앞섰기 때문에 살인이라는 생각은 심각하게 하지 못했었다.

그가 진정 죽이고 싶어서 죽인 자는 흑웅이 처음이었다. 진정으로 그를 죽이고 싶었고, 거기 후회는 없었다. 그 후로는 무수한 살인을 했다. 그중에 과연 내키지 않는데 누군가가 시켜서 살인한 일은 없었던가. 대부분은 그에게 먼저 덤벼들었기 때문에, 혹은 전투 중에 죽였다. 죽이기 위해 싸운 것이 아니라 싸우다가 죽인 것이니 이것도 양심에 거리낌은 없었다.

덤비지 않는데 죽인 적은? '남근'이라는 그놈이 있었다. 매소봉을 강간하려 했던, 그것도 운중룡이 시킨다고 강간하려 한 놈이었다. 그런 놈은 당연히 죽어야 했다. 그놈은 '남근'이지 인간이 아니므로. 거기에도 후회는 없었다.

무영이 말했다.

"죽이면 안 될 자를 시켜서 죽인 일은 없다. 내가 죽인 모든 자들은 내가 책임질 수 있다."

초립동이 웃음을 거두고 진지하게 그를 바라보았다. 그는 가벼운 한숨을 내쉬고 옆 자리를 가리켰다.

"여기 앉아봐라. 이야기 좀 하자. 아, 무기는 앞에다 둬. 곧 써야 할 테니까."

무영이 앉자 초립동이 말했다.

"난 원래 이 싸움에 낄 이유가 없는 사람이야. 내가 몇 살로 보이나?"

무영이 그를 힐끔 보고 대답했다.

"스물다섯쯤?"

초립동은 고개를 저었다.

"나는 나이를 초월한 사람이다. 백 살이라고 해도 좋고 천 살이라고 해도 좋아. 내가 어떻게 보일지는 몰라도 나는 인간을 초월한 인간이다. 아직 신선은 아니지만 그렇다고 인간도 아니지."

무영은 그가 농담을 하나 싶어서 뚫어지게 바라보았다. 그러나 초립동은 진지하게 말하고 있었다.

"해동 구선문이 왜 강하고 왜 약한지 알아? 그쪽 사람들은 강해지기 위해서가 아니라 인간을 벗어나기 위해서 수련을 해. 적당히 강해지면 이미 인간세를 약간 벗어나 있는 사람이 된다는 거지. 그럼 세상일에 참견할 의미도, 의욕도 못 느끼게 돼. 이번 경우처럼 유명종을 막는다거나 직접 나서서 요동을 친다거나 하는 건 정말 예외적인 일인 거지. 나도 그래. 나는 저 멀리 동쪽 섬에 내 나라도 가지고 있는 사람이다. 그런데 여기 와서 이러고 있으니 얼마나 한심하겠냐."

무영이 되물었다.

"당신이 왕이라고?"

초립동이 말했다.

"그래서 네게 천하를 말할 수 있는 거야. 내가 책상머리에 앉아서 머리로만 천하를 생각하고 입으로만 천하경략을 떠드는 사람이었다면 나도 한낱 썩은 선비에 불과하겠지. 하지만 나는 내 나라와 사회, 제도가 싫었고, 그래서 내 삶과 터전을 내 손으로 만든 사람이야. 지금 너희 나라에, 너희들이 천하라고 말하는 그 나라에 가장 절실하게 필요한 게 바로 나 같은 사람이지. 하지만 난 내 나라로 만족해. 너희 나라 일은 너희들이 해결해야겠지."

그는 무영을 가리키며 말했다.

"너보고 한번 그런 게 돼보라고 말하는 거야. 물론 너는 아직 어린 애지. 뚜렷한 주관도 없고 천하의 미래를 생각하는 안목도, 야심도 없어. 그게 당연하기도 한 것이, 지금의 네 그릇에 그런 생각들이 담기다간 터져 버릴 테지. 하지만 의지도 생각도 없이 남이 시키는 대로 싸움이나 하고 다니는 삶에서 벗어날 생각도 한번 해보라는 거야. 그게 네게도, 네 나라에도 도움이 될 거라는 거지."

무영은 초립동을 노려보았나. 하는 말이라고는 진부 씨일도 인 먹힐 흰소리 같았지만 묘한 설득력이 느껴졌다. 농담치고는 지나치게 진지했다. 그래서 무영도 솔직하게 대답했다.

"생각 중이다"

초립동이 그를 바라보았다. 그 눈이 마치 그럴 줄 알았다는 듯해서 무영은 서둘러 말을 덧붙였다.

"나는 천하를 모른다. 어떻게 하는 게 천하에 도움이 되는 것인지, 내가 그걸 해야 하는 건지 물론 모른다. 하지만 알고 싶다는 생각은 했다. 어차피 해야 할 일이라면 내가 앞서서 하고 싶지 남이 시키는 대로 따르는 졸자가 되고 싶진 않다."

초립동은 무영의 어깨를 가볍게 두드려 주고 말했다.

"좋아, 지금은 그 정도만으로도 좋아. 재미있는 이야기를 해주지. 우리 해동의 선인들이 천기를 짚어서 미래를 예측했어. 너희 태양종에서 천마라 불리는 영웅이 나와 천하를 평정한다는 이야기였지. 난 미래라는 게 보였다 안 보였다 해서 그게 사실인지 잘 모르겠어. 하지만 선인들의 말은 믿으니까 그동안 유심히 봐왔단 말이다. 어느 놈이 영웅감인가 하고. 그런데 안 보이더라구. 다들 동네에서 노는 수준이지 천하를 가지고 놀 사람은 못 되더란 말야. 딱 하나 예외라면 너희 종산데, 안됐지만 그 사람에겐 천운이 없어."

"천운?"

초립동은 그 말에는 대답을 않고 혼잣말로 중얼거렸다.

"뭐, 천운이라는 게 바뀌기도 하지. 그럼 그 사람도 후본가……. 하여간!"

그는 다시 무영에게 말했다.

"네 심지가 굳은 걸 확인했으니 너도 후보로 쳐주마. 아직은 그릇이 간장 종지만하지만 나중엔 왕창 커져서 천하가 거기에 담길지 누가 알겠어. 그러니 노력해 보라구."

초립동이 일어섰다.

"이야기는 그만 하지. 저기 사람들이 온다."

무영도 일어나서 초립동이 가리키는 곳을 보았다. 구자헌과 종리매를 필두로 무저갱 대당가들이 몰려오고 있었다.

초립동이 말했다.

"저 사람들이 오면 우리가 싸워야 할 것이 뭔지 말해 주려고 기다리고 있었지. 두 번 말하는 건 싫거든."

손지백이 제일 먼저 달려와 말했다.

"멀쩡하시군요. 뭔 일 났나 했습니다. 이렇게 무사할 줄 알았으면 안 오는 건데."

농담 몇 마디를 더 하려다가 구자헌이 막는 바람에 그는 입을 닫았다. 구자헌이 물었다.

"상황은?"

무영이 초립동을 가리켰다.

"이 사람에게 들어라."

초립동이 손뼉을 치더니 말했다.

"시간이 없으니 간략하게 하겠소."

그는 그동안 그가 알아낸 것들을 간략하게 설명했다.

"그렇게 된 것인데, 지금 여기 만들어진 기문진은 나와 무영이 손을 봐서 칠정성운진(七政星雲陣)으로 바꿔놨소. 나쁜 기운이 우세하니 엄밀한 의미에서는 칠정성운진은 아니겠지만…… 어쨌든 이제 곧 일곱 명의 마신(魔神)이 튀어나올 거요. 그럼 또 문제가 남는데……."

그는 사람들의 뒤편을 힐끔 보더니 말을 맺었다.

"일단 처치하고 이야기를 계속합시다."

사람들이 초립동의 시선을 따라 쳐다보았다. 시체 더미들이 꿈틀대고 있었다. 갑자기 땅이 흔들리고 하늘에는 먹구름이 드리워졌다. 꿈틀대던 시체 더미들이 점차 산처럼 솟아오르더니 그 안에서 키가 삼 장이 넘을 듯한 거인들이 나왔다. 일곱 명의 완전 무장한 거인들이었다.

초립동이 말했다.

"태양(太陽), 태음(太陰), 중화(中華), 형혹(熒惑), 태백(太白), 사신(伺辰), 지후(地睺)라는 성군(星君), 아니, 마군(魔君)들이오. 원래는 북두칠성의 정기를 받은 신들이 소환되었어야 했겠지만 진형을 이룬 게 원한과 잔념(殘念)들이다 보니 마군 따위가 나온 것이오. 얼른 처치해 버리고 다음 놈을 기다립시다."

손지백이 어이없다는 듯 웃으며 말했다.

"얼른 해치우고 차나 마십시다 하는 이야기로 들리는군. 이놈들이 그렇게 쉽게 해치울 수 있는 놈들이오?"

초립동이 대답했다.

"저놈들에게서 마기를 걷는 건 내가 하리다. 그럼 그냥 덩치 큰 괴물에 불과하니 당신들이 힘을 합치면 어찌어찌 이길 순 있을 거요. 내가 걱정하는 건 그 뒤에 나올 놈이니 얼른 합시다."

초립동은 아까 만들어둔 원형의 진 안에 가부좌를 틀고 앉아 손가락을 모았다. 그리고는 꾸짖듯 소리쳤다.

"얼른 안 가고 뭐 하는 거요!"

명왕 강림진 3

혹자에 의하면 도가(道家)에 열세 등급의 수련법이 있는데 그중 하급의 여섯 가지를 좌도방문(左道傍門)이라 부른다 했다. 사람을 죽여 그 원한을 이용하고, 부적과 주문으로 하급 귀졸들을 불러내어 부리는 등등을 말하는 것이었다. 상위의 일곱 부류는 천둔술(天遁術)과 지둔술(地遁術), 내관법(內觀法), 내단법(內丹法), 외단법(外丹法), 부록술(符籙術)에 방중술(房中術)을 말한다 했다.

조선의 도맥은 중국과 다르게 발전해 왔다. 중국에 비하면 도가의 수련법, 혹은 술법은 보조 수단으로 사용하고 대신 신기(神氣)를 중시하는 것이 특징이었다. 신기, 즉 신과 같은 능력을 사용하는 법에는 두 가지가 있는데, 접신(接神)과 발신(發神)이 그것이다. 우사 홍련과 같은 무녀들은 어느 날 갑자기 접신을 함으로써 신기를 발한다. 그 과정과 능력은 이른바 받아들인 신이 어떤 신이냐에 따라 달라진다.

주로 억울한 죽음을 당한 선조들의 신이 무녀의 몸을 빌어 능력을 발휘하기 때문에 그 능력은 긍정적인 쪽보다는 부정적인 쪽으로 많이 사용되고, 무녀의 정기가 고갈되면 어느 날 갑자기 떠나 버린다. 그래서 일시적으로는 강한 힘을 발휘하지만 오래가지 못하는 단점을 가지고 있다.

그에 반해 발신은 도사, 선승 등의 수행자로부터 유생이나 촌로(村老)에 이르기까지 바른 뜻을 가지고 살며 수양하면 누구에게나 가능한 방법이다. 올바른 생각을 가지고 올바르게 살면 저절로 바른 기운을 발하게 된다는 것이다.

물론 천부적으로 타고난 자질이 있고 적절한 수련법으로 수련하면 그 성취의 속도와 깊이가 달라지는 것은 당연했다. 그런 수련법과 전통을 이어온 맥을 도맥, 혹은 도통이라고 부른다. 조선의 도통은 먼 옛날 단군성조(檀君聖祖)로부터 시작되어 고운(孤雲) 최치원(崔致遠)을 거쳐 고려선파(高麗仙派)와 조선단학파(朝鮮丹學派)로 이어졌다.

원래 최치원은 당나라에서 문장으로 이름을 떨치고 귀국한 후 외숙인 현준(玄俊)에게서 보사유인술(步捨遊刃術), 가야보인법(伽倻步引法) 등을 배워 이를 이청(李淸)에게 전수했다. 이청은 명법(明法)에게, 명법은 자혜도요(慈惠道要)에게, 자혜도요는 다른 사람에게 전수하는 식으로 이어져서 매월당(梅月堂) 김시습(金時習)에게까지 왔다.

김시습은 조선 역사에 보기 드문 신동이었으나 수양대군이 단종을 몰아냈다는 소식을 듣고 통분하여 속세를 등진 이후 불가와 도가의 현묘한 도리를 궁구하였다. 그가 말년에 깨우친 천둔검법연마결(天遁劍法鍊磨訣), 옥함기내단법(玉函記內丹法), 참동용호비지(參同龍虎秘旨)를 세 제자에게 나누어 전수했으니 이 법이 해동에 널리 퍼져 이후 해동 구선문 중 상당수의 토대를 이루었다.

　초립동은 어렸을 때 금강산 백운 도사(白雲道士)의 제자가 되어 도술을 배우고, 후에 신세를 비관하여 세상을 떠돌면서 여러 도맥을 접하였다. 조선의 도문(道門)은 극히 폐쇄적이라서 같은 도맥의 제자들끼리도 서로를 모르는 일이 다반사였는데, 이는 각자의 자질과 성취의 정도에 따라 알려주는 것에 차등이 있었기 때문이다.

　한편으로는 그러한 폐쇄성과 다르게 인연이 닿은 자에게는 아낌없이 전해주고 가르쳐 주는 전통 또한 있었는데, 이건 아무에게나 가능한 일은 아니었다. 그래서 구선문이라고 해서 아홉으로 나뉘어 있지만 한편으로는 종횡으로 이어져 있기도 한 것이 조선의 도맥이었다. 비인부전(非人不傳)의 전통은 중국과 조선이 함께 지켜오는 것이지만 중국에서 말하는 '비인'이 타 문파의 사람을 뜻하는 경우가 대부분인 데 반해 조선의 '비인'은 말 그대로 배울 자격이 없는 사람을 뜻하는 데에서 오는 차이였다.

　전날 백두산 병사봉에 모인 아홉 사람 중에는 그에게 스승뻘이 되는 사람도 있고 선배나 어른도 있었다. 아홉 선인들이 그를 귀여워하여 아낌없이 재주를 가르쳐 주었으니 비록 내키지 않는다고 하나 이번 일에 참여하지 않을 수 없었던 것이다.

　초립동은 자신이 만든 기문진 안에 앉아 칼을 뽑아 들었다. 그를 원형으로 둘러싼 진은 기문진이기도 하고 결계이기도 했는데, 주목적은 장춘성 안에 펼쳐진 명왕 강림진을 파괴, 혹은 약화시키기 위한 것이었다. 그러나 내심 그는 이미 늦은 것이 아닌가 걱정하고 있었다. 많지 않은 정보로 파악한 진법에 가한 변형이 너무 쉽게 먹혀드는 것이 적잖게 불안했다. 그건 즉, 명왕 강림진은 이미 소기의 목적을 달성했고,

지금은 명왕을 소환한다는 애초의 목적이 아닌 다른 목적, 이를테면 여기 들어온 사람들을 노리는 함정 정도에 불과할지도 모른다는 생각이 들었기 때문이다.

어쩌면 명왕은 상상도 못한 방식으로 이미 강림했을지도 모른다. 한낱 인간이 감히 어찌 지옥의 왕을 소환할 생각을 품었는지 알다가도 모를 일이고, 유명종의 방술이 아무리 대단하다 하나 명왕을 강림시킨다는 게 과연 가능한지도 의문이었지만 그가 가장 모르겠다 생각하는 것은 일단 불러낸 다음엔 어떻게 부려먹을 것인가, 소기의 목적을 달성한 뒤에는 어떻게 돌려보낼 생각인가 하는 것이었다.

어쩌면 유명마제 상천기라는 인간은 이미 미쳐 버린 것인지도 모른다. 그의 빗나간 야망은 천하에 군림하는 것이 아니라 천하를 파괴해 버리는 것인지도 모른다. 만약 그렇다면 이건 중국과 조선을 구분할 것 없이, 속인과 선인을 따질 것 없이 누구든 나서서 막아야 하는 일이었다.

'일단 이걸 부수고 나면 대강 알게 되겠지.'

초립동은 결심을 하고 칼을 세워 들었다. 그리고 옥함기내단법을 사용해서 신기를 최대한으로 끌어올렸다. 그를 감싸고 원형으로 꽂혀 있는 작은 깃발들이 펄럭이기 시작했다. 깃대도 누가 흔들기라도 하는 것처럼 진동했다. 그와 함께 장춘성 안에 넓게 포진되어 있는 명왕 강림진, 아니, 초립동이 변형시켜 놓은 칠정성운진이 지진이라도 만난 것처럼 진동했다. 초립동의 진과 공명하고 있는 것이다.

무영을 비롯한 태양종 무사들과 일곱 마신들은 막 싸움을 벌이기 직전이었다. 더 늦으면 곤란했다. 초립동은 모았던 신기를 한꺼번에 터뜨리며 칼을 놓았다가 잡았다. 그 순간 그의 주변에 있는 깃대들이 반으로 잘려 깃발을 떨구었다. 칼은 초립동의 손에서 한 치도 벗어나지 않았고 휘둘러지지도 않았지만 수십 개의 깃대가 동시에 잘려 나가고, 동시에 떨어졌다. 이것이 천둔검법의 위력이었다.

지진이 일어났다. 초립동을 중심으로 땅이 진동하더니 작은 균열이 만들어졌고 사방으로 뻗어 나갔다. 건물이 무너지고 시체의 산이 허물어졌다. 초립동의 주변에서 시작된 작은 균열은 뻗어 나가면서 점점 커져서 거리의 무수한 시체들을 삼켜 버렸다.

마군들이 비명을 지르고 있었다. 그들의 몸 주변에서 자연적으로 발화한 것처럼 푸른 불길이 일어나 그들을 태웠다. 무영과 태양종 무사들이 물러나서 그들을 보고 있는 동안 불은 점차 꺼지고, 일곱 마군들은 일곱 괴물로 모습을 드러내었다.

하나같이 고대의 갑옷을 입고 무기를 든 것은 불에 타기 전과 같았다. 그러나 그 얼굴들은 멧돼지, 소, 말, 양과 뱀, 호랑이와 원숭이의 모습이었다.

초립동이 칼을 내려놓고 외쳤다.

"내가 시키는 대로 치시오!"

그는 일곱 마군을 하나하나 가리키며 말했다.

"돼지는 태양이니 천문(天門)을 점하고, 뱀은 태음이니 지문(地門)을 점하고, 소는 중화니 중문(中門)을 찌르고, 말은 형혹이니 전문(前門)을 때리고, 양은 태백이니 후문(後門)을 점하고, 호랑이는 사신이니 누문(樓門)을, 원숭이는 지후니 방문(房門)을 공격하시오. 그럼 쉽게 잡을 수 있소!"

새선풍이 외쳤다.

"무슨 귀신 씨나락 까먹는 소리야! 알아듣게 말을 해!"

명왕 강림진 143

일곱 마군들이 그들을 공격했다. 돼지머리를 한 마군은 일월륜(日月輪)을 들었는데, 방금 소리친 새선풍을 향해 그걸 집어 던졌다. 삼 장이 넘는 거구답게 일월륜 또한 지름만 사 척쯤 되는 거대한 놈이라 사람 키의 절반이 넘었다. 그런 것이 무시무시한 파공성을 내며 새선풍을 향해 날아드는 것이다.

새선풍은 기겁해서 땅바닥에 엎드려 굴렀다. 일월륜이 방향을 바꾸어 땅바닥에 떨어지나 했더니 그대로 땅바닥을 풍차처럼 굴러서 새선풍을 따라갔다. 무영이 달려가서 묵염혼을 휘둘러 일월륜을 때렸다. 일월륜이 공중으로 퉁겨 올라가더니 돼지머리의 손에 다시 잡혔다.

새선풍이 바닥에서 흙투성이가 되어 일어나며 다시 외쳤다.

"알아듣게 말을 해보란 말이다, 빌어먹을!"

손지백 역시 한 마군과 싸우고 있었다. 긴 창을 휘두르는 뱀대가리의 마군이었다. 삼 장 넘는 놈이 긴 창을 사용하니 이건 창이 아니라 거대한 기둥이었다. 피하는 수밖에 없었다. 그는 화산파의 경공술을 사용하여 간신히 피하면서 초립동에게 외쳤다.

"혹시 칠문(七門)을 말한 거요? 거기가 이 괴물들의 조문(罩門)이라는 거요?"

초립동이 소리쳐 대답했다.

"그나마 당신이 좀 덜 무식하구려. 칠문 맞소. 거기가 조문이오. 건드리기만 해도 죽는단 말이오!"

조문이란 외가기공을 익힌 사람들에게 결정적인 약점이 되는 요혈을 뜻하는 것이었다. 그건 인체의 주요 사혈일 수도 있고 전혀 엉뚱한 곳일 수도 있는데, 사람마다 다르게 나타나고 절대로 남에게 가르쳐 주지 않기 때문에 파악하기 어려웠다. 그러나 만약 조문만 밝혀진다면 외가기공을 익힌 사람을 해치우는 건 아무것도 아니었다. 아이의 힘으로도 죽일 수 있었던 것이다.

손지백은 뱀대가리가 태음이니 지문을 점하라고 한 것을 기억했다.

'지문이 어디더라?'

기억났다. 그래도 한때는 도사였고, 그것도 화산파 제일의 후기지수라 불리던 그였다. 그는 곧 지문이라고 부르는 것이 미려혈(尾閭穴)에 있다는 것을 기억해 냈다. 미려혈이라면 바로 항문을 뜻하는 것이 아닌가. 그는 자기도 모르게 투덜거렸다.

"젠장, 더럽게 걸렸군!"

그는 말과는 달리 재빨리 몸을 날려서 뱀대가리가 휘두르는 창 아래를 지나 놈의 다리 사이로 파고들었다. 그리고 검을 뻗으며 몸을 날려 놈의 항문을 찔렀다. 노랗고 붉은 물이 뿜어져 나왔다. 손지백은 예상하고 있었기 때문에 최대한 신속하게, 심지어는 공격할 때보다도 빠르게 몸을 피했지만 그걸 뒤집어쓰는 걸 완전히 피할 수는 없었다.

그러나 효과는 확실했다. 손지백이 냄새 고약한 액체를 열심히 닦아내고 있는 사이 뱀대가리 괴물의 몸에서는 붉은 불길이 일어나 이번에야말로 완전히 타버리고 있었다.

초립동이 외쳤다.

"무영, 그 돼지 놈은 천문을 점하라고 했잖아! 이환궁(泥丸宮)이야!"

무영이 외쳐 대답했다.

"알아!"

그도 무당심법을 배운 몸이었다. 칠문이 어딘지 정도는 그도 알았다. 무영은 묵염혼을 곧추세우고 돼지머리 마군을 향해 달려갔다. 일월륜이 그를 향해 정면으로 날아왔다. 그는 소림 불타만공보(佛陀滿空

步)를 사용해서 최소한의 몸놀림으로 일월륜을 피하고 그대로 직선으로 달렸다. 다시 한 개의 일월륜이 날아왔다. 그는 마찬가지 방법으로 피하고 공중으로 뛰어올랐다. 그의 신형은 매처럼 허공으로 날아올라가며 돼지머리를 스쳐 지나갔다. 그의 왼손에 들린 묵염혼이 수평으로 휘둘러졌다. 돼지머리의 이마가 묵염혼에 걸려 박살났다. 이환궁은 이마에 있었다.

무영이 공중에서 회전하며 종리매에게 외쳤다.

"종리 노야! 그놈은 심장!"

종리매는 원숭이 머리를 한 손오공 같은 놈과 싸우고 있었다. 이놈은 지후마군이고, 약점은 방문, 즉 강궁(絳宮), 다시 말해 심장에 있었다. 종리매는 원숭이가 내뻗는 봉을 피해 뒤로 물러나면서 철구를 던졌다. 몸은 뒤로 미끄러지듯 물러나고 있고, 거대한 봉은 계속해서 그를 향해 뻗어오고 있었다. 그런 상황에서 철구를 집어 던진 것이니 그다지 위력이 있을 리가 없었는데 놀랍게도 원숭이는 심장 부위를 얻어맞자 그대로 피를 토하고 쓰러져 버렸다.

구자헌이 외쳤다.

"이놈은 어디냐?"

그는 소머리를 한 괴물과 싸우고 있었다. 놈은 거대한 귀두도를 사용하고 있었는데, 구자헌이 그때까지 본 적도 없고 들은 적도 없는 엄청나게 큰 칼이었다. 그걸 맨손으로 상대하려니 죽을 맛이었던 것이다. 괴물에게는 그의 특기인 독을 사용할 수도 없지 않은가.

무영이 대답 대신 공중에서 방향을 틀어 소머리 괴물 뒤로 떨어져 내렸다. 그의 묵염혼이 갑옷을 부수고 괴물의 등골로 파고들었다. 놈의 조문이 바로 거기였다.

구자헌은 산이 무너지는 것처럼 천천히 쓰러지는 소머리 괴물을 보며 뒤로 물러섰다. 무영은 이미 다른 괴물을 노려 달려가고 있었다. 철갑마가 계속 그 뒤에 따라붙어 같이 행동하고 있었는데, 손을 쓰기도 전에 무영이 다 해결해 버리고 있어서 별로 쓸모가 없었다.

구자헌이 낮은 소리로 중얼거렸다.

"저놈에게만 유용한 호위무사군. 호랑이에게 날개를 달아준 셈이야."

곧 일곱 마군이 모두 쓰러져 타버리고 재만 남았다. 지진도 이미 그쳐서 그들 주변에는 더 이상 시체의 산은 보이지 않았다. 단번에 청소가 돼버린 것이다.

구자헌이 초립동에게 물었다.

"나올 게 더 있소?"

초립동이 어두운 낯빛을 하고 말했다.

"없는 듯하오. 그게 더 문제요."

그는 폐허가 된 장춘성 안을 둘러보며 덧붙여 말했다.

"명왕은 이미 강림한 듯하오. 우리가 한발 늦은 듯싶소."

제46장
명왕 출현세

광활한 암흑의 공간에 두 개의 거대한 사람 모습이 나타났다
뭐라고도 형용할 수 없는 빛의 덩어리,
사이하고 요사스러운, 심장이 멈추도록 끔찍한 공포의 현현

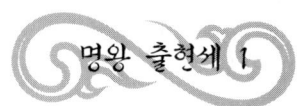

명왕 출현세 1

　장춘은 함락되었다. 격전의 아침이 지나고 대낮이 되자 자욱하던 안개가 걷히고 햇살이 장춘성을 비쳤다. 성 밖에 널린 시체와 성안의 폐허, 그 폐허 속을 걸어다니는 사람들을 불쾌할 정도로 공평하게 비춰주는 태양 아래 죽은 자와 산 자, 패배한 자와 승리한 자들이 있었다.

　바이뚜르 여진족 병력은 일만 명쯤 될 거라는 소문과는 달리 그 절반밖에 되지 않았다. 끌어내어 심문한 촌장급의 포로들에게서 들은 바에 의하면 원래는 일만이 넘었던 게 맞다고 했다. 그게 오천으로 준 것은 오늘 공격한 여진 팔기와 무저갱 무사들에 의해서가 아니었다. 저 명왕 강림진을 만들기 위해 죽은 것이었다. 유명종은 장춘성 안에 살던 몇천 명 백성들의 주검으로도 부족해서 바이뚜르 여진족까지 희생물로 요구했던 것이다.

　거부할 수 없었다고 했다. 유명마제와 흑천자가 그 사이한 눈빛으로 바라보며 오천 명의 목숨을 바치라고 했을 때, 그들 촌장들은 물론 죽어야 하는 당사자들도 겁에 질린 토끼처럼 조용히 목을 내밀 수밖에 없었다고 했다. 그들은 나란히 줄을 맞춰 서서 차례로 죽었다. 지시한 장소에 가서 스스로 목을 찌르고 쓰러졌다. 그렇게 해서 시체의 산, 시체의 거리가 만들어졌다는 것이었다.

"유명마제와 흑천자는 어디 있나?"

에오치의 질문에 포로들은 고개만 저었다. 안쪽 어딘가에 있을 것이다. 거기서 못 봤으면 그들도 모른다고 했다.

포로를 앞에 두고 에오치와 여진 팔기의 패륵들, 그리고 구자헌, 무영, 초립동이 앉아 있는 자리였다. 포로 심문과 이후의 계획에 대해 의논을 하기 위해서였다.

여진 팔기의 패륵들과 구자헌 등은 포로의 말을 듣고 서로 시선을 교환했다. 황당한 이야기였지만 믿을 수밖에 없었다. 특히 에오치는 포로들의 말을 액면 그대로 믿을 수 있었다. 유명마제를 먼발치에서 본 적이 있었기 때문이다. 아흔이 넘었을 듯한 노인이었는데 거의 시체가 된 듯 푸르스름한 얼굴에 귀기가 서린 모습이었다. 알록달록 화려한 복장이 더 기괴한 분위기를 만들었는데, 보는 것만으로도 오금이 저려 움직일 수 없도록 만드는 요사스러운 기운을 두르고 있었다. 그런 자가 정면으로 바라보며 목숨을 바치라고 했으면 에오치조차도 저항할 수 있었을지 의문스러웠던 것이다.

"포로들을 어떻게 처리할지 생각해 봅시다."

에오치의 제안에 요동 동북방 지역에 근거를 둔 우디거 부족의 패륵인 솔론이 생각해 보지도 않고 바로 대꾸했다.

"전원 죽여 버립시다."

다른 여섯 패륵들도 고개를 끄덕여 동의했다. 그동안 바이뚜르 여진족의 전횡에 얼마나 시달려 왔던가. 얼마나 많은 친족과 가축들을 희생시켜야 했던가. 그 원한은 뼈에 사무치도록 깊어서 바이뚜르 부족 전체를 멸족시키기 전에는 풀 방법이 없다는 의견들이었다.

에오치가 말했다.

"하지만 나는 이미 그들에게 항복하면 살려주겠다고 약속했소."

솔론이 손을 저었다.

"그건 당신의 약속이지 내 약속은 아니오."

그는 다른 패륵들을 둘러보며 동의를 구했다.

"우리의 약속도 아니고."

에오치는 딱딱하게 굳은 얼굴로 그들을 보며 말했다.

"나는 우리 전원을 대표해서 약속했소."

솔론이 말했다.

"취소한다고 말하시오. 당신은 그들을 살려주고 싶었지만 다른 부족들이 반대해서 하는 수 없이 그리됐다고 말하시오. 싸움에 지면 죽는 건 우리에겐 당연한 일 아니오. 저들도 당신을 원망하지 않을 거요."

에오치는 고개를 저었다.

"내 약속은 아이들의 말장난이 아니오. 한번 한 약속은 끝까지 지킬 뿐, 취소란 없소."

솔론이 말했다.

"어진 팔기는 당신 혼자만의 것이 아니오. 우리 일곱의 이름으로 요구하오. 약속을 취소하시오."

에오치는 솔론을 향해 말했다.

"당신이 일곱을 대표하는지 의심스럽소."

그는 다른 여섯을 향해 물었다.
"솔론 패륵의 말에 동의하시오?"
여섯 패륵은 고개를 숙이거나 시선을 외면했다. 에오치가 고개를 끄덕였다.
"좋소. 당신들의 뜻을 알겠소."
솔론이 반가운 빛을 띠고 물었다.
"취소하겠소?"
에오치는 천천히 일어나 칼을 뽑았다. 패륵들이 분분히 몸을 일으켰다. 논쟁이 격화되면 칼을 뽑아 들고, 때로는 생사를 가르기도 하는 것은 그들 여진족에겐 드문 일이 아니었다. 그런데 에오치는 그들의 예상을 깨고 칼을 거꾸로 잡더니 손잡이를 앞으로 해서 솔론에게 내밀었다.
"약속은 취소할 수 없소. 날 먼저 죽이시오."
서릿발 같은 눈빛이 일곱 패륵의 눈을 찔렀다. 솔론은 에오치의 눈과 그가 내민 칼을 번갈아 바라보다가 여태 아무 말도, 참견도 않고 있던 구자헌과 무영 등에게 물었다.
"당신들 생각은 어떠시오?"
구자헌은 무영과 초립동을 바라보았다. 무언의 대화가 오갔다. 구자헌은 솔론에게 말했다.
"당신들 뜻대로 하시오. 결정하는 대로 따르겠소. 죽이는 것도 당신들 일, 살려서 부리는 것도 당신들 일이니까."
솔론은 실망스런 기색으로 다시 에오치를 보았다. 에오치는 여전히 칼날을 잡고 손잡이를 앞으로 내민 채 서 있었다. 솔론의 이마에 땀이 흘렀다. 그는 도움을 구하는 표정으로 다른 패륵들을 보았다. 하나같이 깊은 생각에 빠진 것처럼 눈을 감고 있거나 고개를 외로 꼬고 있었다. 솔론은 내심 투덜거렸다. 이들은 지금 이 상황을 그와 에오치 간의 기세 싸움으로 받아들이고 있는 듯했다. 일은 실제로 그렇게 돌아가고 있었다.

실제로 그런 면이 없는 것도 아니었다. 이번 봉기의 주축이 백산 여진이긴 하지만 세력으로 따지면 그들 우디거 여진도 만만치 않았다. 그런데 매사가 에오치의 뜻대로 움직여 가고, 자연 에오치의 영향력이 점점 더해가는 것 같아서 불만스러워 제동을 걸어보았던 것이다.

그는 침을 삼켰다. 에오치가 내민 칼을 받아서 그냥 베어버릴까 싶기도 했다. 그렇게 되면 백산 여진은 팔기군에서 이탈하고 그를 잡아 죽이려고 들 것이다. 우디거 여진과 백산 여진 간의 전쟁이 되는 것이다. 나머지 여섯 패륵의 선택이 중요한데, 에오치가 죽는다면 백산 여진보다는 그에게 협조할 가능성이 컸다. 그러나……

그는 부들부들 떨리는 손으로 에오치가 내민 칼을 잡았다. 에오치가 칼날을 놓았다. 솔론은 칼을 잡아 들고 왼손으로 칼날을 잡아 다시 에오치에게 내밀었다.

솔론이 말했다.

"에오치 형의 신의는 정말 놀랍소. 동생이 졌소이다. 뜻대로 하시오."

패륵들이 비로소 한숨을 내쉬고 고개를 들었다. 에오치는 칼을 받아서 칼집에 꽂고 말했다.

"내 고집을 받아줘서 고맙소. 이렇게 합시다. 이들 오천 명은 이후 바이뚜르라는 이름을 버리고 성 없는 사람으로 살게 될 거요. 그들을 여덟으로 공평하게 나누어서 각 고산에 나누어 주겠소. 물론 그들의 가족과 가축도 함께요. 그들을 받아들여 각 부족의 일원으로 삼거나 노예로 삼거나 마음대로 하시오."

패륵들이 고개를 끄덕였다. 그들의 얼굴에 만족스러운 빛이 떠올랐다. 원한도 중요하지만 이익도 중요하다. 새로운 전사들, 혹은 노예들이 생긴다는 것은 그들에게도 나쁜 일이 아니었다.

에오치가 추가해 말했다.

"단, 이들 중 촌장급, 혹은 족장의 직계들은 전원 처형하도록 하겠소."

거기에도 불만은 없었다. 적어도 그 정도는 해야 그들의 체면이 설 것이다. 곧 처형장이 마련되고, 여진 팔기의 팔천 군사와 포로로 잡힌 오천 군사가 보는 앞에서 십여 명의 죄수들이 처형되었다. 그리고 오천 군사가 공평하게 나누어져 각 기에 편입되었다.

다음으로 할 일은 전장 정리였다. 여진 팔기의 군사가 전원 동원되어 시체 처리에 나섰다. 성 안팎의 시체들을 한곳에 모아 불태워야 했다. 그리고 장춘은 한동안, 적어도 다음 겨울이 왔다가 새 봄이 되기까지는 비워둬야 할 것이다. 그전에는 전염병의 우려가 있어서 접근하지 않는 게 좋았다.

초립동과 무영, 그리고 무영단은 장춘성 한쪽에 앉아 쉬고 있었다. 가장 먼저 성에 진입했고 괴물들과 사투까지 벌인 그들에게 청소까지 하라는 말은 없었기 때문이다. 혹은 건량을 먹고, 혹은 하릴없이 앉아서 해바라기를 하고 있는 속에서 초립동은 계속 심각한 표정을 하고 있었다. 명왕에 대한 생각을 씻지 못하고 있는 듯했다.

무영은 명왕이라는 존재가 있다고도 생각하지 않았고, 그게 지상에 강림한다고는 더욱 믿지 않고 있었기 때문에 그에게는 초립동의 우려가 기우로만 보일 뿐이었다. 그가 더 관심을 갖고 있는 것은 방금 본 에오치의 행동이었다. 무영이 종리매에게 말했다.

"에오치를 어떻게 보나?"

종리매가 반문했다.

"뭘 어떻게 본단 말이냐?"

"그냥…… 그릇이랄까 그런 것."

"난 잘 모르겠다."

종리매가 간단하게 대답했다. 그리고 한마디 추가했다.

"내가 본 사람들 중에 가장 그릇이 큰 사람은 대종사와 제강산이었다. 열여덟 마왕들 중에도 꽤 그릇이 큰 인물들이 있었지만 이 두 사람을 따를 사람이 없었지."

손지백이 끼어들었다.

"그릇, 그릇 하지만 그릇이 크다는 건 뭘 말하는 겁니까?"

그는 딱딱하게 굳은 표정으로 말을 이었다.

"대종사, 제강산…… 좋습니다. 큰 인물들이죠. 천하를 주무를 능력과 안목이 있는 자들이라고 인정합니다. 하지만 그들이 그 능력으로 무얼 했습니까. 천하를 주물러서 어떻게 만들어놓았습니까? 그러니 이렇게 말할 수 있을 것입니다. 큰 그릇이긴 하되 일그러져 있으면 거기 담긴 천하도 일그러질 수밖에 없다고."

초립동이 한마디 끼어들었다.

"무영, 너는 에오치의 그릇이 크다고 보는 것이군."

무영이 고개를 끄덕였다. 초립동이 잠시 그를 보다가 히죽 웃었다.

"그리고 너는 아까 에오치가 바이뚜르 여진족들과 신의를 지킨 것을 좋다고 보는 것이지?"

무영이 다시 고개를 끄덕였다. 그리고 말했다.

"신의는 지켜져야 한다."

초립동은 손가락을 들어 좌우로 흔들었다.

"그건 필부의 미덕이야. 천하를 움직일 큰 사람, 큰 그릇은 사기꾼일 수도 있지. 단지 거짓말을 해도 큰 거짓말을 하기 때문에 의심하는 사람도, 비난하는 사람도 없을 뿐이야."

무영이 물었다.

"에오치가 신의 때문에 한 일이 아니란 거냐?"

초립동이 고개를 저었다.

"그야 모르지. 에오치가 진심으로 그런 것일 수도 있어. 아니, 진심이겠지. 하지만 그게 약속을 지키기 위해서인 것만은 아니라는 거야. 그는 바이뚜르 여진을 몰살시키지 않고 남겨두는 게 자신과 백산 여진에게 유리하다는 것도 생각했을 게 분명해. 결과적으로 바이뚜르 여진은 그에게 큰 은혜를 입은 셈이니까 곧 말이 퍼져서 바이뚜르 여진 모두가 에오치에게 감사하는 마음을 갖게 될 거야. 다른 고산에 복속되는 사람들도 그렇겠지. 이런 게 쌓이다 보면 나중에 만약의 일이 생기게 되면 에오치의 편이 되는 건 그들 백산 여진만이 아니게 될 거야."

손지백이 말했다.

"당신은 세상을 너무 비관적으로 보는군. 그렇게 얄팍한 계산 속으로 보기엔 오천이라는 인명의 무게가 너무 무겁지 않은가."

초립동이 손지백을 향해 말했다.

"당신이야말로 세상을 너무 낙관적으로 보는군. 나는 세상을 낙관하지도, 비관하지도 않아. 현실을 현실 그대로 보려고 노력할 뿐이지. 세상을 바꿀 수 있는 힘이 있는 사람은 자신의 생각이 모두의 생각이 되게 하고, 자신이 믿는 바를 세상이 믿게 하지. 그가 어디에 있건 그가 선 곳이 바로 세상의 중심이야."

그의 표정이 점점 모호해졌다. 말을 하면서 머리로는 다른 생각을 하는 듯한 모습이었다.

"결국 에오치는 자신의 이익을 세상이 인정하는 덕목과 합치시키는 데 성공한 셈인데, 그건 그의 이익이 천하의 이익과 모순되지 않기 때문이지. 이건 소위 중화의 위인들에 비해도 그리 못하지 않은 것인데, 결국 대단한 인물이라고 볼 수도……."

그는 말을 끊고 잠시 생각하다가 자리에서 벌떡 일어나 외쳤다.

"명왕이 어디 있는지 알았다!"

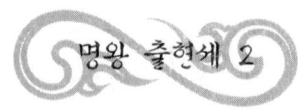

명왕 출현채 2

"그릇이니 중심이니 하는 말을 하다 보니 생각난 게 있었어."

초립동은 장춘성의 중심, 즉 아침에 일곱 마군들과 싸웠던 명왕 강림진, 혹은 칠정성운진의 중심을 향해 걸어가며 말했다.

"이 진은 그릇이라고 말했지? 사람들의 한과 정기를 모으는 그릇이란 말이야. 그릇에는 중심이 있고 물은 거기 고이게 마련이지. 그릇이 엄청나게 큰데 물은 조금 고여 있다고 생각해 봐. 그 물을 마시려면 당연히 그릇 안에 들어가서 중심으로 가야 하지 않겠어? 즉, 유명마제와 흑천자가 이 진에 고이는 정기를 흡수해서 무슨 일을 하려고 했다면 중심에 있었을 거라는 이야기야."

무영이 말했다.

"거긴 아무것도 없었다."

초립동이 고개를 끄덕였다.

"그래, 아무것도 없었지. 그래서 이상했지. 나는 사실 중심에 뭔가 있을 거라고 기대했었거든. 하지만 아무것도 없어서 다른 방식으로 생각해 봤지. 즉, 연길에서 길림, 장춘까지 세 군데에 그릇이 있으니까 그 중심은 연길과 장춘 중간에 위치한 길림에 있는 게 아닐까 하고 말이야. 그런데 전진 벽파의 포로는 유명마제와 흑천자가 여기 장춘에 와 있다고 했어. 그들은 당연히 가장 중요한 장소에 있어야 했을 테니까 장춘이 그곳이라는 뜻이지. 그럼 길림은 아니란 말이야. 도무지 이해할 수가 없었어. 혹시 포로가 거짓말을 한 건 아닐까 생각할 수밖에 없었지."

무영이 말했다.

"그럴 수 있다."

초립동은 고개를 끄덕여 보이고 말을 이었다.

"그럴 수 있지. 그런데 문득 한 가지 생각이 나더군. 즉, 이 세 개의 진은 강을 따라 만들어진 저수지 같은 것이 아닐까 하는 거야. 연길에서 모인 정기가 길림으로 흘러가서 그곳 정기와 합쳐져서 다시 장춘까지 흘러오는 거야. 여기 장춘이 그릇의 밑바닥인 셈이지. 그리고 그중에도 가장 오목한 부분이 바로 여기, 진의 중심이라는 거야."

그들은 진의 중심에 서 있었다. 주변에는 새까맣게 타버린 일곱 마군들의 잔해가 여전히 남아 있었다. 무영이 말했다.

"가장 중요한 문제가 해결되지 않고 있다. 여긴 아무것도 없다."

초립동이 말했다.

"있는데 보지 못하고 있는 것일 수도 있지."

무영이 고개를 갸웃거렸다.

"은신술?"

"일종의 결계가 있을 거야."

뒤에서 그들을 따라오며 듣고만 있던 손지백이 인상을 썼다.

"또 그놈의 결계요? 난 밀교 쪽은 전혀 몰라서 그 결계라는 게 어떻게 만들어지고 어떻게 작용하는지 통 이해를 못하겠소."

초립동은 사방을 유심히 관찰하면서 심드렁하게 대꾸했다.

"이해할 필요 없소. 그냥 당신들이 사용하는 용어로는 기문진에 제일 가까우니까 그런 거라고 생각하시오. 단지 진은 한곳에 하나만 칠 수 있지만 결계는 여러 겹 동시에 깔아놓을 수 있다는 점이 다르지. 바로 그 부분이 맹점이었소."

그는 무너진 건물들과 거리를 가리키며 말을 이었다.

"여기 포진되었던 기문진은 처음엔 분명 명왕 강림진이었소. 그걸 몇 가지 고침으로써 칠정성운진으로 바꿔놓았지. 칠정성운진과 명왕 강림진은 우보(牛步)의 원리를 공통적으로 가지고 있기 때문에 그게 가능했소."

그건 손지백도 이해할 수 있는 이야기였다. 우보란 북두칠성의 방위를 따라 걷는 것을 말하는 것인데 천신의 힘을 빌 때나, 강신과 초혼을 할 때, 주문을 외워 신통력을 발휘하고자 할 때 반드시 사용하는 보법이다. 즉, 신을 불러내는 절차 중 하나인 것이다. 명왕 강림진이나 칠정성운진이나 신을 불러내는 것은 마찬가지였으니 우보의 원리가 기본이 되는 것도 당연했다.

초립동이 말했다.

"하지만 너무 쉽게 바뀐 게 이상했소. 급히 두들겨 맞춘 방법인데 너무 쉽게 먹혀들었단 말이오. 마치 기다린 것처럼 쉽게 진이 바뀌었지. 기다렸던 것처럼 약한 적이 나타났고."

손지백이 실소했다.

"그게 약한 적이었다고? 중원에 그런 괴물이 나타났다면 두고두고 전설이 되었을 거요."

초립동은 그를 무시하고 말을 이어갔다.

"설마 이중으로 진을 쳤을 줄은 몰랐소. 진이 변할 수는 있지만 한 장소에 두 개의 진을 쳤을 리는 없다고 생각한 게 문제였소."

손지백이 물었다.

"당신 입으로 그게 불가능하다고 말했잖소."

"물론 불가능하오. 한 장소에 오행진과 팔괘진을 같이 치면 그건 오행팔괘진이거나 진도 아닌 무엇이 되는 것이지 오행진과 팔괘진의 이중 진이 되는 건 아니니까."

"그런데?"

"결계를 친 거요. 그들은 결계를 쳐서 한 장소를 두 개의 차원으로 나눠놓고 명왕 강림진을 이중으로 설치한 거요. 하나는 정기를 받아들이는 그릇으로, 다른 하나는 그렇게 모인 정기로 무엇인가를, 이를테면 명왕을 태어나게 하는 자궁으로 사용한 거요."

"명왕이 태어났다고?"

"그렇소. 내 추측에 의하면 아마도 사람으로 태어났을 거요. 아니면 누구에게 빙의(憑依)되었거나."

손지백은 한숨을 내쉬었다.

"내 사문에서도 구름 잡는 이야기는 많았소. 환정하여 몇백 년을 산다거나, 대추만 먹고 백 년을 수련해 신선이 되었다거나……. 하지만 요 몇 달 동안 듣고 본 것에 비하면 아무것도 아니구려. 오늘 당신의 말이 그중 제일이었소. 지옥 명왕이 인간으로 태어났다니."

초립동은 비웃는 기가 역력한 손지백의 말에도 심상하게 대꾸할 뿐이었다.

"보면 알 거요."

"보여주시오."

"안 그래도 보여줄 방법을 찾고 있소."

초립동은 폐허가 된 장춘성을 바라보며 말을 이었다.

"우리가 알아보지 못해서 그렇지 분명히 지금 우리 주변에 진이 설치되어 있소. 저 땅의 균열이, 무너진 건물의 잔해가, 아니면 돌멩이 몇 개가 바로 그 진을 구성하는 기물일 수도 있소. 못 알아볼 따름이오."

그는 갑자기 신색을 단정히 하고 주문을 외더니 앞으로 걸어나갔다. 바지에 똥이라도 싼 것처럼 다리를 엉거주춤 벌리고 왼쪽 오른쪽으로 비틀거리며 걷는 것이 우스운 몰골이었지만 손지백은 그게 문제의 우보라는 것을 알아보았다. 보이지 않는 것을 보려고 하는 시도인 모양이었다.

손지백은 쓴웃음을 지으며 고개를 흔들고는 무영에게 말했다.

"아무래도 헛바람만 마시게 될 듯합니다."

무영은 손지백과 초립동이 신경전이라도 하듯 벌인 대화를 모두 듣고 있었다. 대화 중의 상당 부분, 특히 초립동이 말한 내용에 대해서는 잘 이해할 수 없었지만 논지는 파악하고 있었기 때문에 지금 초립동이 하는 행동에 대해서도 이해할 수 있었다. 그리고 그는 초립동에게 상당한 신뢰를 보내는 편이었다.

무영은 주변에 무언가 특이한 것은 없나 살펴보기 시작했다. 은신술 비슷한 거라면 전진파의 정심 공부로 꿰뚫어 볼 수 있을지 모른다. 그러나 특별해 보이는 것은 없었다. 그는 약간의 실망감을 느끼며 정심기공을 중단했다. 이걸로 못 꿰뚫어 본다면 그에겐 방법이 없지 않은가. 초립동이 뭔가 밝혀내는 것을 기다려야 할 듯했다. 그는 여전히 우보로 걸으며 열심히 주문을 외고 있는 초립동을 바라보다가 문득 한 생각을 떠올렸다.

그도 주술로 몸을 감추고 있던 세 명의 사신을 꿰뚫어 본 일이 있지 않은가. 경황 중에 지나간 일이라 그 생각을 깊이 할 틈도 없었는데, 혹시 그게 다시 가능할지도 모른다. 그는 눈을 감고 정신을 통일하려고 애썼다.

처음엔 아무것도 보이지 않았다. 암흑뿐이었다. 그런데 잠시 시간이 흐르자 암흑 속에 희미한 빛이 나타났다. 그가 선 곳을 둘러싸고 거미줄 같은 방사형을 이루며 은빛 선이 사방으로 뻗어 나가고 있었다. 아니, 거미줄보다도 훨씬 복잡한 문양과 글씨, 혹은 그림들이 가득 그려져 있었다. 그 선이 모여드는 중심에 작은 불빛이 있었다. 그가 선 곳으로부터 조금 떨어진 곳이었다.

무영은 불빛을 향해 걸어갔다. 빛은 두 개였고, 그 빛이 따듯한 불빛이 아니라 얼음처럼 차갑고 어쩐지 귀기가 서린 도깨비불과 비슷한 느낌이라는 것을 차츰 알게 되었다. 빛은 차츰 사람과 같은 형태를 띠어 갔다. 웅크리고 있는 두 명의 사람이었다.

무영의 머리끝으로부터 발끝까지 한기가 흘렀다. 그 누구도 두려워해 본 일이 없는 무영이었다. 싸움에 져도, 생명의 위협을 느껴도 굴욕감과 분노를 느끼기는 했을지언정 겁에 질려 떤 적은 없었다. 그런데 지금 그는 겁에 질려 있었다. 참을 수 없는 공포 때문에 절로 이빨이 맞부딪쳐 딱딱 소리를 내고 있었다. 다리가 후들거리고 있다는 걸 스스로도 잘 알고 있는데, 의지만으로 그걸 멈출 수가 없다는 당황스러운 경험을 처음으로 하고 있었다.

그러나 그는 멈추지 않았다. 금방이라도 주저앉고 싶은, 돌아서서 도망치고 싶은 마음을 필사적으로 억누르며 한 발 한 발 다가갔다. 그의 손은 묵염혼과 파천황의 손잡이를 으스러져라 붙잡고 있었다. 희미한 두 사람의 그림자 중 하나가 시선을 돌려 무영을 보았다. 심장이 멎을 듯 소름 끼치는 눈빛이었다. 그 사람의 입이 벌어졌다. 지옥의 입구처럼 검은 암흑이 열리고 음산한 부르짖음이 무영의 귀를 때렸다.

"물러가라!"

하마터면 무영은 그 지시에 따를 뻔했다. 거역할 수 없이 강한 위압감을 풍기는 목소리, 그야말로 염라대왕의 망치 소리처럼 들리는 목소리였기 때문이다. 무영은 주춤 멈춰 섰다가 한 발 더 내디디며 외쳤다.

"죽어라!"

묵염혼과 파천황이 뽑혀 나왔다. 지금까지 그가 발휘해 본 적이 없는 신속함과 강력함을 가지고 묵염혼과 파천황이 휘둘러졌다. 묵염혼의 폭풍 같은 기세가 희미한 사람 그림자를 갈기갈기 찢어놓았다. 파천황의 날렵하고 예리한 기세가 조각난 그림자들을 다시 수백 조각으로 잘라 버렸다.

수백 수천 개의 불빛, 희미한 사람의 잔영이 허공에 흩어졌다. 그리고 다시 모였다. 광활한 암흑의 공간에 두 개의 거대한 사람 모습이 나타났다. 뭐라고도 형용할 수 없는 빛의 덩어리, 사이하고 요사스러운, 심장이 멈추도록 끔찍한 공포의 현현, 묻지 않아도 알 수 있는 명왕과 그 왕비의 모습이었다.

명왕 출현세 3

'환상인가?'

어둠 속에 떠오른 거대한 형체, 화려한 금관과 갑옷을 입고 있지만 인간의 모습이라고는 생각할 수 없는 악마의 형상 같은 것은 환상이라고도, 환각이라고도 생각할 수 있었다. 하지만 심장을 찌르는 이 공포와 한기, 강철 벽을 맨손으로 두들겨 부숴야 할 것 같은 한없는 절망감은 결코 환상도, 환각도 아니었다.

명왕이 말했다.

"꿇어라!"

싫다고 말하고 싶었다. 한낱 괴물에게 무릎을 꿇기는 싫었다. 그러나 그의 육체는 의지를 배신하고 천천히 무릎을 꿇고 있었다. 명왕 앞에 꿇어 엎드려 목을 내밀려 하고 있었다.

명왕의 왕비는 검은 관과 검은 갑옷으로 몸을 감싸 주변의 암흑 속에서 하얀 얼굴만 떠 있는 듯한 모습이었다. 그 하얀 얼굴, 창백한 입술이 말했다.

"죽어라!"

무영의 팔이 경련을 일으켰다. 파천황을 움켜쥔 오른손이 천천히 움직였다. 어둠 속에서도 새하얗게 빛나는 파천황의 예리한 칼날이 천천히 들려져서 목으로 향했다. 파천황이 무영의 목에 닿았다. 오른손을 당기기만 하면, 약간만 그으면 목이 베어져 피를 뿌릴 것이다.

명왕비가 재촉했다.

"어서 죽어라!"

무영의 팔이 경련을 일으키며 움직였다. 그러나 파천황은 움직이지 않았다. 무영의 목도 베어지지 않았다. 누군가가 칼끝을 잡고 놓아주지 않는 것 같았다. 무영은 팔에 쥐가 나도록 힘을 주었지만 파천황은 조금도 움직이지 않았다. 대신 그는 묵염흔을 들었다. 오 척 길이의 그것을 들어 올려 스스로의 이마를 때렸다. 하지만 묵염흔 또한 그의 이마 바로 앞에서 무엇에라도 막힌 것처럼 멈추어서 움직이지 않았다.

명왕이 입을 벌렸다. 깊이를 알 수 없는 심연과도 같은 그 목구멍에서 혼백을 쥐어짜는 듯한 소리가 퍼져 나왔다.

"너는 이미 마계에 들어왔으니 마계의 지배자인 나를 거역할 수 없다. 여기에서는 아무도 나를 거역할 수 없다. 네 무기는 인간세에 있어 네 뜻을 따르지 않을 수 있으나 네 육체는 네 뜻을 따르리라. 혀를 깨물어라. 심맥을 끊어 죽음을 받아들이고, 완전한 어둠의 세계에 몸을 담가라."

무영은 혀를 이빨 사이로 내밀었다. 과연 무기는 제대로 움직여 주지 않고 있지만 몸은 뜻대로, 적어도 명왕이 지시한 대로는 움직여 주고 있었다. 문득 무영의 가슴속에 강한 반발심이 끓어올랐다. 명왕의 공포 앞에 쥐새끼처럼 질려서 떨고 있는 자신이 창피했다. 차라리 직접 손을 써서 죽이지 않고 반항도 하지 못하는 그에게 이래라저래라 지시해서 자결을 강요하고 있는 명왕이 증오스러웠다.

"그냥 죽여라!"

고함과 함께 그는 눈을 떴다. 순간 눈앞의 모든 것이 사라졌다. 그는 땅바닥에 무릎을 꿇고 엎드려 스스로의 목을 베려 하고 있었다. 그걸 막은 것은 철갑마였다. 철갑마가 파천황의 칼날을 움켜쥐고 움직이지 못하게 잡고 있었던 것이다.

묵염혼을 막고 있는 것은 초립동이었다. 그는 칼을 빼 묵염혼을 가로막고 그게 무영의 이마를 때리지 못하도록 버티고 있었다. 초립동이 외쳤다.

"정신 차렸나? 넌 지금 환각에 당하고 있어! 어서 정신 차려!"

환각이라고? 무영은 고개를 저었다.

"환각이 아냐!"

그랬다. 그의 무기는 인간세에 있었다. 그러므로 철갑마와 초립동이 막을 수 있었다. 그러나 눈을 감은 동안 그의 육체는 마계, 혹은 명왕이 만든 세계에 있었다. 그러므로 명왕이 지시하는 대로 움직여야 했다. 이유는 모르지만 그의 왼쪽 눈에 박힌 오색금구단은 명왕의 세계를 볼 수 있고, 보는 만큼 그 세계에 속하도록 만들고 있는 것이다.

문득 그는 명왕의 힘은 목소리뿐인 게 아닌가 의심했다. 직접 손을 쓰지 않는 게 아니라 못 쓰는 게 아닌가 생각했다. 놈의 힘은 공포로 그의 의지를 꺾는 것뿐인지도 모른다. 그렇다면 그가 저항하지 못할 이유가 없었다. 용기와 의지만 있다면, 공포에 지지 않을 힘만 있다면 적어도 생쥐처럼 죽어가는 꼴은 면할 수 있을 것이다. 눈을 감고 다시 한 번 명왕의 세계로 들어가서 놈과 싸울 수도 있을 것이다.

하지만 이대로 눈을 감지 않고, 다시 한 번 명왕계로 들어가지 않고 지금 보았던 모든 것이 환각인 것으로 여기고 이 자리를 떠나면 어떨까? 그럼 모든 일이 없었던 것으로 끝나지 않을까? 그 가없는 공포와 절망감 속에서 다시 허우적거리지 않아도 괜찮은 것 아닐까?

그는 갈등과 고통에 충혈된 눈으로 초립동을 보았다. 초립동이 재빨리 그의 뜻을 알아차리고 말했다.

"뭔가 보았나? 보았어도 이쯤에서 그만둬. 네겐 그를 이길 힘이 없어. 그냥 내게 맡겨둬!"

무영은 그 말에 결심하고 눈을 감았다. 이길 수 없을지 몰라도 피하기는 싫었다. 지금 명왕과 다시 대면하지 않으면 앞으로도 평생 명왕을 피해 도망쳐야 할 것이다. 오늘의 기억이 두고두고 굴욕의 상처로 남을 것이다.

눈을 감음과 동시에 암흑이 돌아오고 명왕과 명왕비가 다시 나타났다. 무영은 필사적인 의지와 용기로 몸을 일으켜 명왕을 정면으로 바라보고 섰다. 그리고 배전의 의지를 끌어올려 한 발 앞으로 다가갔다. 그리고 그 다음에는 명왕을 향해 달려갔다.

명왕이 말하고 있었다.

"꿇어 엎드려라!"

명왕비도 명령했다.

"엎드려 죽어라! 자결해라!"

무영이 중얼거렸다.

"헛소리!"

명왕이 말했다.
"넌 우리를 당할 수 없다. 포기해라!"
명왕비가 말했다.
"네 무기는 우리에겐 소용없다. 그냥 죽어라!"
무영은 멈춰 서서 묵염혼과 파천황을 떨구었다. 명왕비가 말했다.
"그래, 포기해라!"
무영은 천천히 주먹을 들어 올렸다.
"무기는 안 통한다는 걸 잊고 있었다."
그의 발이 기마세로 중심을 잡았다. 그리고 무겁게 주먹을 뻗다가 멈추었다. 무형의 기운이 명왕을 향해 날아갔다. 소림 백보신권이었다. 명왕과 명왕비가 소름 끼치는 괴성을 질렀다. 암흑천지가 함께 요동 쳤다.
"시끄러워!"
무영은 내뻗은 주먹을 명왕비에게 돌리고 손가락을 튕겼다. 공간을 찢는 예리한 소리가 퍼졌다. 소림 탄지신통이었다.
괴성은 귀청을 찢을 듯 요란해지고 암흑의 공간이 기이하게 구부러졌다. 명왕과 명왕비의 모습이 허공에서 일그러지다가 산산조각이 나서 흩어졌다. 무영의 오색금구단에 떠오르던 모든 영상이 사라졌다. 그는 눈을 떴다.
무영의 눈앞에는 시체가 즐비했다. 하나같이 유명종 신도, 혹은 사도들의 시체들이었다. 어디로 사라졌는지 알 수 없었던 자들이 여기 시체로 나타났던 것이다. 초립동과 철갑마, 무영단 무사들의 눈앞에 순간적으로 나타난 모습이었다.
손지백이 중얼거렸다.

"어떻게 이런 일이!"

그가 본 것은 갑자기 무영이 이상한 짓을 하더라는 것이었다. 혼자 부들부들 떨더니 무릎을 꿇고, 곧 칼을 들어 스스로의 목을 베려고 했었다. 그걸 철갑마와 초립동이 막은 것은 다행이었지만 순간적으로 그는 무영이 실성한 줄 알았었다. 그런데 곧 일어나 무기를 버리더니 혼자 뭐라고 떠들며 달려가다가 아무것도 없는 허공에 대고 백보신권과 탄지신통을 쏘아댔던 것이다. 그 결과가 이것이었다.

아무것도 없던 폐허에 붉은 피로 그린 듯한 기이한 문양이 나타나고, 거기 몇십 구에 달하는 시신들이 나타났다. 유명종 신도들의 시신이었다. 그는 찾아 헤매던 것이 나타났음을 알았다. 어떤 방법으로 그리된 것인지는 모르지만 무영의 덕분임도 알았다. 그는 초립동에게 말했다.

"다 죽은 모양인데?"

명왕이라는 작자는 어디 있느냐고 물으려 했는데 초립동은 질문할 기회를 주지 않았다. 초립동은 묵염혼을 막기 위해 빼 든 칼을 곧추세우고 번개처럼 시체 더미를 향해 달려가고 있었다. 무영이 있는 곳이었다.

무영은 시체 더미 속에서 꿈틀거리며 일어나는 두 개의 인영을 보고 있었다. 시체 더미 속에 살아 있는 사람들이 있었던 것이다. 붉은 피로 더럽혀진 흰옷의 시체를 밀어내고 일어나는 두 사람, 열 살도 안 돼 보이는 소년과 소녀였다. 둘 다 상처를 입었는지 입가에는 피가 흐르고 있었다.

"비켜!"

초립동이 달려오며 외쳤다. 무영은 본능적으로 한 걸음 비켜섰다. 초립동이 그답지 않게 서릿발 같은 살기를 내뿜으며 달려와 칼을 휘둘렸다. 시체 더미 속에서 일어난 아이들을 향해서였다. 소년이 소녀를 품에 안고 초립동의 칼을 향해 등을 돌렸다. 소녀를 보호하려는 듯한 몸짓이었다. 무영이 급히 탄지신통을 쏘아 보내 초립동의 칼을 막으려 했다. 초립동은 칼을 돌려 탄지신통을 피하고 외쳤다.

"둘 중 하나는 명왕이야!"

순간적으로 무영의 두뇌가 회전했다. 그의 눈이 소년과 소녀를 훑고 지나가 초립동의 눈빛을 확인했다. 그리고 초립동이 진심으로 말하고 있다는 것, 그 말이 사실일 가능성이 높다고 결론 내렸다. 그는 초립동의 반대 편으로 움직여 소년과 소녀의 퇴로를 봉쇄했다.

초립동이 칼을 뻗어 아이들을 가리키며 말했다.

"그리고 아마도 유명마제와 흑천자의 환생이기도 하겠지."

소년과 소녀는 겁먹은 눈빛으로 초립동을 바라볼 뿐 아무 말도 않고 있었다. 그게 무슨 말인지도 모르겠다는 순진무구한 눈빛이었다. 초립동은 혀를 끌끌 찼다.

"이제야 당신들 속셈을 알겠다. 그 많은 목숨을 희생시켜 명왕을 강림시킨다 했더니 단지 그 목적만이 아니었군. 당신들도 젊어진 모습으로 다시 태어나고 싶었던 거야. 그래서 새롭게 천하를 노려보겠다는 것이었겠지. 아니, 애초에 명왕 강림이 아니라 그게 목적이 아니었던가? 늙어 쭈그러든 육신을 벗어버리고 새로운 젊음을 찾고 싶었던 게 아니냔 말이다."

그는 특히 소녀를 가리키며 인상을 썼다.

"내가 알기로는 유명마제도 흑천자도 남자였지. 그런데 넌 뭐지? 둘 중 하나는 아예 여자로 다시 태어나길 바랬던 것인가?"

손지백이 외쳤다.

"어이, 그건 지나친 억측 아니오?"

초립동이 고개를 저었다.

"곧 알게 될 거요."

그는 아이들을 향해 말했다.

"오랫동안 살계를 지켜왔으나 오늘 너희를 만나 깨게 되었다. 그냥 두었다간 인간세에 크나큰 해를 끼칠 것들이니 내 손을 더럽히지 않을 수 없도다."

말이 끝남과 동시에 그는 칼을 휘둘러 소년의 목을 노렸다. 무영이 본능적으로 손을 뻗어 막으려 하다가 간신히 참았다. 그때 소년이 품에 안아 보호하려 하던 소녀를 돌려서 초립동의 칼 앞에 내밀었다. 소녀의 목이 떨어져 허공으로 솟구쳤다. 소녀의 목에서 피가 분수처럼 뿜어져 나왔다. 그들 주변이 곧 피안개로 가려졌다. 허공이 온통 핏빛으로 물들었다.

초립동이 외쳤다.

"놈을 막아!"

무영은 피안개 속에서 움직이는 인영을 향해 손을 뻗었다. 대력금강수였다. 무언가가 손에 맞는 듯한 느낌이 있었다. 그러나 죽이지는 못한 것 같았다. 그가 환상 속에서, 혹은 명왕이 만든 세계 속에서 들었던 명왕의 목소리가 이 순간 사방에 울려 퍼졌다.

"아직 완성된 몸이 아니라 오늘은 이만 물러가리라. 하나 본좌가 다시 돌아오는 날, 너희들은 모두 내 손 아래에서 지옥의 고통을 맛보게 되고야 말리라."

안개가 걷히자 거기에는 더 이상 아이들이 없었다. 소녀의 머리도 사라졌다. 소년은 한 손에 소녀의 시신을 안고, 다른 손에는 소녀의 머리를 들고 피안개 속으로 사라져 버린 것이다.

초립동은 멍하니 섰다가 칼집에 다시 칼을 꽂아 넣고 초립을 바로 썼다. 무영이 물었다.

"어디 가려고?"

초립동이 대꾸했다.

"그들을 쫓아가 봐야겠다. 반드시 후환이 있을 거야."

그 말을 남기고 초립동은 허깨비처럼 사라져 버렸다. 어떤 경공도 그렇게 빠르지는 않을 것이다.

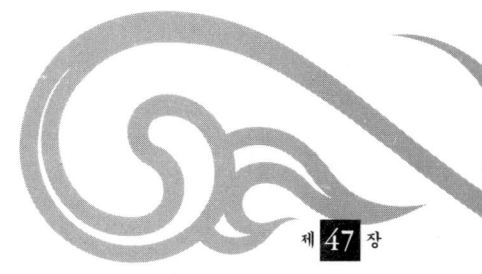

제47장
확장 무영단

> 난 이겼으므로 무릎을 꿇을 수 있다
> 지고는 결코 무릎을 꿇지 않는다

확장 무영단 1

 날이 저물어 밤이 오고, 다시 아침이 밝아올 때까지 초립동은 돌아오지 않았다. 무영은 더 기다릴 이유가 없다고 판단했다. 그들이 어디로 가건 초립동이 찾아오지 못할 리 없었다. 다음 목표를 향해 떠나야 할 때인 것이다.
 장춘성은 여진족들에 의해 정리되었다. 즐비했던 시체와 주술의 흔적이 지워진 후에도 한동안 이곳을 찾는 사람들에게는 죽음과 악령의 도시로 기억될 것이 뻔했지만 곧 찾아올 여름과 가을이, 그리고 백설의 겨울과 신록의 봄이 그 기억조차 지워줄 것이라고 에오치는 말했다.
 "우린 샤먼이 말해 주는 신을 믿지만 그보다는 하늘을, 또 그보다는 숲과 대지를 믿는다네. 이곳의 어두운 기억은 곧 잊혀지고, 우린 이곳에 새로운 도시를 세울 걸세. 자네들 종사가 약속한 대로라면 발해라는 이름 아래 말일세."

장춘성의 폐허를 바라보며 에오치가 한 말이었다. 옆에 있던 무영이 무뚝뚝하게 대꾸했다.

"종사는 약속을 지킨다, 당신처럼."

에오치가 고개를 끄덕였다.

"그러길 바라네."

그는 잠시 침묵하다가 조용히 말을 꺼내었다.

"우리 여진 사람들은 지난 십팔 년 동안 너무 많은 고통을 당했어. 원래 많지 않던 인구가 지금은 반의 반으로 줄고 그나마 산야에 숨어 산다네. 여기 이곳에서처럼 비참한 꼴을 당하기 싫어서였지."

그는 한숨을 내쉬었다.

"나는 비참한 꼴을 많이 봤다네. 그러면서 생각했지. 우리가 신께 무슨 잘못을 저질러서 이런 꼴을 당해야 하는가. 오랫동안 돌아다니며 현자들에게 물어봤다네. 아무도 만족스러운 대답을 해주지 못했지. 그때쯤에야 나는 스스로 대답을 찾는 수밖에 없다고 생각했지. 그리고 이제야 대답을 찾았네. 우리가 신께 범한 잘못은 스스로 싸우지 않았다는 걸세. 우리를 위협하는 적에게 창칼을 들고 일어나 맞섰어야 했던 거야. 그걸 안 했으니 이런 꼴이 되고 말았지."

그는 광채를 뿜어내는 눈으로 무영을 바라보며 다짐하듯 말했다.

"우린 이제 우리를 억압하는 어떤 자들에게도 맞서 싸울 걸세. 자네들 종사가 약속을 지키기를 진심으로 바라지만, 그걸 단지 기다리고 있지만은 않을 걸세. 약속을 지키도록 만들겠다는 거야. 발해라고 해도 좋고, 여진이라고 해도 좋네. 이름이 뭐가 됐든 그건 우리의 나라일세. 이 땅에 살고 있는 우리의 것이니 우리가 지킬 걸세."

무영은 아무런 대꾸도 하지 않았다. 에오치의 결의를 한마디 한마디 새겨듣고 기억할 뿐이었다. 그는 에오치의 말을 이해할 수 있을 것 같았다. 이 사람은 지금 다짐을 하고 있는 것이고, 이화태양종의 일원으로서 보자면 위협, 혹은 선전 포고를 하고 있는 것이다. 약속을 안 지키면 목숨 걸고 싸우겠다는 결의가 넘쳐흘렀다. 새로 건국되는 발해가 그들 여진족이 바라는 것과 다르게 흘러가도 싸우겠다는 뜻이 보였다.

어쩐지 이후의 일은 에오치의 뜻대로 이루어지게 될 것 같다는 느낌이 드는 한순간이었다.

발해의 주축이 될 여진족의 중심은 에오치일 수밖에 없을 것 같다. 해동 구선문은 고려하지 않아도 될 듯했다. 그들의 강력함은 초립동의 능력만 보아도 알 수 있지만 어쩐지 그들은 이 세상 사람들 같지 않아서였다. 한 발만 땅에 디디고 있는 듯한 그들의 비현실성이 현세의 이전투구를 추구할 무리로는 보이지 않게 만들고 있었다. 마지막으로 발해에 권리를 요구하고 나설 그들 이화태양종은 어떻게 할 것인가?

제강산의 속내는 누구도 알지 못한다. 그가 진심으로 약속했다는 것을 믿지 못하기 때문에 그런 것은 아니었다. 언젠가 제사장이 말해 준 대로 제강산은 순수하고 정의롭기를 바라는 사람이라는 것을 이제는 그도 믿을 수 있었다. 그런 사람의 속내를 짐작하지 못하는 것은 제강산이 머리 속으로 그리는 그림이 무영을 비롯한 여타의 사람들이 상상할 수 없을 정도로 크기 때문일 것이다.

과연 그가 생각하는 천하의 그림은 어떤 것인가. 그 속에서 발해의 역할은 어떤 것인가. 거기 따라서 에오치의 희망은 이루어질 수도, 안 이루어질 수도 있을 것이다. 하지만 적어도 방향이 다르지는 않을 것 같다는, 그러므로 혹시 이후의 전개에 차질이 생겨 우여곡절은 있을 수

확장 무영단

있지만 적어도 제강산이 바라는 발해의 모습과 에오치가 바라는 모습이 달라서 싸움이 일어날 것 같지는 않다는 예상이 무영에게는 어쩐지 확신처럼 다가오고 있었다. 그래서 그는 에오치를 향해 말할 수 있었다.

"바라는 대로 될 것이다. 그렇게 되도록 돕겠다."

에오치가 빙긋 웃었다. 여진의 미래를 염려하는 영도자의 모습에서 순식간에 마음 좋고 순박한 아저씨의 모습으로 변한 듯한 순간이었다. 그는 무영의 손을 잡고 흔들며 말했다.

"그렇게 돼야지. 이건 잊지 말게. 일이 어떻게 되어도 자넨 내 아우일세."

무영이 고개를 끄덕였다.

"잊지 않겠다."

에오치는 무영의 손을 놓고 대기하고 있던 여진 팔기의 군사들을 향해 돌아서서 노랫가락 같은 여진말로 외쳤다.

"야오, 하핫!"

출발 신호였다. 이젠 일만 삼천의 병력이 된 여진 팔기의 군사들이 그 말에 반응해 일제히 움직였다. 제강산이 기다리고 있는 길림을 향해서였다.

에오치와 무영이 대화하는 동안 멀찌감치 떨어진 곳에서 보고만 있던 무영단의 단원들이 무영의 옆으로 말을 달려 다가왔다. 그들은 여진 팔기의 군사 및 무저갱 무사들과도 조금 떨어져서 따로 대형을 만들어 이동했다.

손지백이 무영의 옆으로 다가와 물었다.

"무슨 이야기를 나누셨습니까?"

무영이 짧게 대답했다.

"이런저런."

손지백은 고개를 끄덕이고는 더 이상 질문하지 않았다. 그렇게 반나절을 말없이 행진하는 동안 무영도, 무영단의 단원들도 입을 열지 않았다. 무영이 깊은 생각에 잠겨 있어서 자연스럽게 분위기가 가라앉은 것이다.

도중에 멈추어서 식사를 하며 휴식을 취하는 동안에도 무영은 여전히 깊은 생각에 잠겨 있었다. 그러나 다시 이동을 시작하자 무영은 종리매와 손지백을 가까이 불렀다. 무슨 말을 할 줄 알았는데 한동안 무영은 입을 꾹 다물고 있었다. 답답해진 종리매가 물었다.

"무슨 일이냐? 뭐 고민이라도 있냐?"

"내가……."

무영이 천천히 말을 시작했다.

"너무 어리다는 생각을 했다."

종리매가 그게 웬 난데없는 소리냐는 듯 바라보더니 재차 물었다.

"올해 몇이냐?"

"아마 열아홉?"

종리매가 히죽 웃더니 혼잣말하듯 말했다.

"열아홉이라, 어리긴 어리지. 하지만 마누라도 있고 수하도 있으니 아주 어린 것도 아니다. 내가 네 나이 때는 한창 사부님 밑에서 수련 중이었지. 그때의 나에 비하면 넌 나이에 비해 아주 성숙한 셈이다."

무영은 고개를 저었다.

"에오치, 초립동, 종사 등에 비하면 한참 어리다. 한참 부족하다."

종리매는 무영을 처음 보는 것처럼 신기하게 바라보았다.

"그런 생각을 다 하고 있었느냐? 왜 그들과 비교하지?"

손지백이 끼어들었다.

"그거야말로 성장하셨다는 증거입니다. 초립동은 모르겠지만 에오치나 종사는 큰 인물이지요. 단순히 나이만 든 게 아니라 그릇이 큰 인물들입니다. 그들과 비교하면 단주님은 아직 작지요. 왜소하다는 기분이 드는 것도 당연합니다."

종리매가 어깨를 으쓱이며 말했다.

"어리니 좋은 것 아니냐. 내 나이가 돼봐라. 할 일은 많은데 황천길이 눈앞이니 한숨밖에 안 나오지. 넌 아직 가야 할 길이 머니 그런 생각은 천천히 해도 돼."

무영은 고개를 저었다.

"시간이 없다. 천하가 급변하고 있다. 난 그 속에서 무엇을 해야 할까? 무엇을 할 수 있을까?"

손지백이 의미심장하게 웃었다.

"주군, 많이 달라지셨습니다. 요동으로 온 지 한 달이 겨우 지나는 동안 부쩍 성장하셨다는 느낌이 듭니다. 왜 그렇게 되셨습니까?"

무영은 오늘 이야기를 많이 하기로 작정한 모양이었다. 그것도 제대로 된 어법을 사용하려고 애쓰며 생각을 털어놓고 있었다.

"나는 여태 나만 생각했다. 살아남으려고, 남에게 지지 않으려고 했다. 그것만 생각했다. 여기 와서 다른 것 느꼈다. 성안에 가득한 시체 보고 분노 느꼈다. 나와 상관없는 사람들이지만 화가 났다. 그들을 위해 싸워주고 싶었다. 내가 할 수 있는 건 싸우는 것뿐이니까. 하지만 에오치, 초립동, 종사는 달랐다."

손지백이 물었다.

"뭐가 다르다고 느끼셨습니까?"

무영이 대답했다.

"그들도 다른 많은 사람들을 위해 싸운다. 그 점에선 나와 같다. 하지만 그들은 또 생각한다. 많은 사람들이 잘살 수 있는 세상에 대해 생각한다. 그 점에서 나와 다르다. 나는……."

그는 잠시 단어를 고르는 듯 말을 멈췄다가 다시 이었다.

"왜소하다고 느꼈다. 그들에 비하면 나는 왜소하다. 모자라다."

손지백이 말했다.

"아까도 말씀드렸지만 그건 당연……!"

무영이 말을 잘랐다.

"싸우는 것 이상의 무얼 해야 할지 모르겠다. 홍진보가 말한 것 기억난다. 그릇을 만들어라? 어떻게 그렇게 할 수 있나 모르겠다. 고민스럽다."

손지백이 헛기침을 몇 번 하고는 말했다.

"홍 형이 있었다면 적당한 답변을 해드릴 수 있었을지도 모르겠습니다만, 저로서는 별달리 드릴 말씀이 없군요. 그저 시간이 해결해 줄 거라는 것밖엔."

종리매가 코웃음을 치며 말했다.

"건방진 꼬마야, 너무 앞서 가는 것 아니냐? 내가 너만할 땐 먹고 자고 여자애들 구경하는 것 이상은 생각하지 않았다. 네가 조숙한 건 알겠다만 너무 앞서 가면 꼬꾸라지는 법이야. 그냥 다가오는 일을 하나씩 처리하면 되는 거다. 그러다 보면 능력도 상승되고 그릇도 커지는 법이지. 뭘 그렇게 조급하게 생각하는 거냐. 아직 네겐 시간이 많아."

손지백이 손뼉을 쳤다.

"적당한 말이 생각났습니다."

그는 대단한 진리라도 알려주는 것처럼 진지하게 말했다.

"자리가 그릇을 만든다!"

그는 무영을 향해 웃으며 설명했다.

"예, 자리가 그릇을 만드는 겁니다. 예전에 선배가 그런 말씀을 해주셨죠. 우선은 자기에게 닥친 일을 처리해라. 조금 부담스러운 자리라도 흔쾌히 맡아라. 그 일을 하다 보면 어느새 거기 적합한 그릇이 되어 있는 걸 발견하게 될 거다. 그렇게 말씀입니다. 주군께서도 이미 단주가 되셨으니 단주에 적합하게 되려고 노력하면 되는 겁니다. 그 다음엔 그 다음을 노려볼 만한 식견이 생기겠지요. 그럼 그때 노리면 되는 겁니다. 세상일이 대개 어렵지만 어떤 건 이렇게 쉽다니까요."

종리매가 하하 웃었다.

"그 말이 맞다. 어렵게 생각하면 한없이 어렵고, 쉽게 생각하면 그만큼 쉬운 게 없지. 무엇보다도 네게는 시간이라는 강력한 협조자가 있지 않으냐. 제강산은 네 나이 세 배를 먹었다. 너보다 적어도 40년은 빨리 죽을 거라는 이야기지. 그렇지 않다고 해도 내가 보장하마."

그는 무영에게 다짐하듯 말했다.

"제강산도 네 나이 때는 너만큼 못했다. 그러니 네가 제강산의 나이가 되면 그놈보다 배는 뛰어난 인물이 될 거라는 걸 보장하겠다."

그는 손지백을 향해 시선을 돌리며 말했다.

"그나저나 우리 단주가 천하를 생각할 만큼 컸으니 어쩌냐. 우리도 그런 주군에 맞게 보필해 드려야겠지?"

손지백이 미소를 흘리며 대답했다.

"일단은 인원부터 늘려야겠지요. 익숙한 사람들끼리만 몰려다니면 그릇이 커지기는커녕 오그라들지 않으면 다행일 겁니다."
 그가 무영에게 말했다.
 "이번에 본진에 합류하면 쓸 만한 놈들로 백여 명 더 골라보죠."
 조금 떨어진 곳에서 따라오던 월영이 그 말에 소리쳐서 찬성을 표시했다.
 "그래, 우리도 수하들 좀 데리고 다녀보자! 심부름 좀 시키게!"
 무영이 희미하게 웃으며 고개를 끄덕였다.
 "그러지."
 그런데 무영단의 확장은 기대하지 않던 방식으로 이루어졌다. 조금은 이르다 싶게.

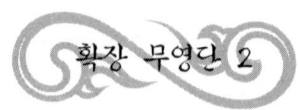

확장 무영단 2

 여진 팔기의 군사들과 무저갱 무사들, 그리고 무영단은 장춘을 떠난 지 사흘 만에 길림에 도착했다. 성벽을 둘러싸고 공격하는 제강산의 무사들과 완강히 저항하는 바이뚜르 여진족 전사들이 있을 거라고 예상하고 간 길이었지만 상황은 이미 종료된 후였다. 사흘 전 알 수 없는 이유로 길림성 안의 주술진이 무너진 이후 길림을 지키던 바이뚜르 여진족들은 급격히 전의를 잃고 항복해 왔다는 것이었다.
 여진 팔기의 패륵들과 제강산 및 태양종의 수뇌진들, 그리고 해동 구선문의 선인들이 처음으로 한자리에 모였다. 길림성의 악취와 불길한 기운에서 벗어난 구릉지 위에서였다.
 싸울 기회를 잃어서 약간은 실망한 기색을 보이는 에오치에게 제강산은 기대 밖의 제안을 해왔다.
 "우린 여진족들을 어떻게 다루어야 할지 모르오. 항복한 오천 명의 포로를 당신에게 맡기겠소."

에오치는 제강산의 눈빛을 보고 그게 진심이라는 것을 확인한 후 동석한 패륵들을 돌아보았다. 약간의 기대와 우려가 그들의 눈에, 표정에 감출 수 없이 드러났다. 장춘성에서와 달리 이번 경우에는 포로에 대한 권리가 전적으로 제강산에게만 있었다. 그걸 에오치에게 양도했으니 저 오천 명의 포로는 에오치의 것이 되어버린 것이다. 그들에게 나누어 주지 않아도 뭐라고 할 여지가 없었다.

에오치는 그런 패륵들의 기분을 예리하게 느끼면서 천천히 입을 뗐다.

"포로는 내 아들 혼타지에게 맡기겠소."

패륵들의 얼굴에 실망한 기색이 스쳐 갔다. 에오치는 그들을 돌아보며 계속 말했다.

"각 기에서 오백 명의 전사들을, 장춘에서 복속시킨 포로 말고 순수한 각 기의 전사로만 오백 명씩 내놓을 것을 제안하오."

그건 또 무슨 소리냐는 표정이 패륵들의 얼굴에 떠올랐다. 포로를 독차지한 것만으로도 부족해서 전사까지 요구하는 것인가?

에오치가 말했다.

"팔기에서 각각 오백, 합쳐서 사천의 전사들을 역시 혼타지에게 맡기겠소. 포로 오천과 합치면 구천, 이 정도 병력이면 여기 태양종의 종사를 돕기에 충분한 것이오. 이후의 계획에 따라 움직일 전사를 말하는 것이오."

칼날 같은 그의 눈빛은 더 이상 패륵들을 향하지 않았다. 제강산의 무심한 듯 깊이를 알 수 없는 눈을 향할 뿐이었다. 제강산이 고개를 끄덕였다.

"고맙소. 안 그래도 전사들을 요구할 생각이었소. 요동은 이제 평정되었다고 말할 수 있지만 아직 우리에겐 적이 남아 있소. 저기 서쪽, 요서에 말이오."

해동 구선문에서 대표로 참석한 불함 선인이 고개를 끄덕였다.

"요서까지 평정하지 않고는 이곳이 안정을 찾았다고 말할 수 없지."

제강산이 말을 이어갔다.

"요동에도 아직 유명종의 잔당은 남아 있소. 그들을 경외하고 숭상하는 바이뚜르 여진족들도 남아 있고, 변두리의 작은 부족들도 아직 그 지배 하에 있소. 그들을 복속시키는 일은 그리 어렵진 않지만 시간이 많이 드는 일이오. 각 기의 패륵들이 그 일을 해주길 바라오. 물론 우리 태양종과 해동 구선문에서도 사람을 뽑아 그 일을 도울 거요."

그는 뒤를 향해 손짓했다. 총관 사도헌이 다가와서 그들의 앞에 지도를 폈다. 요동의 산과 강이 표시된 지도였다. 제강산은 붉은 물감을 찍은 붓을 받아서 이미 여덟 개로 구획된 곳에 각 부족의 이름을 썼다.

"당신들에게 이 땅들을 주겠소. 여기는 백산 부족에게, 여기는 우디거 부족에게……. 당신들이 요구한 사냥터, 당신들의 조상이 내려온 산을 모두 포함하는 영역이오. 당신들은 이곳으로 가서 민심을 안정시키고 생업에 전념하시오. 대신 에오치 패륵이 말한 대로 일부 전사를 내놓으시오. 요서를 평정하기 위해서."

패륵들은 서로를 돌아보았다. 이것으로 그들의 전쟁은 끝난 것인가? 아무래도 그런 것 같았다. 이후의 전개는 그들의 손을 떠난 듯했다. 에오치와 그 아들 혼타지에게 전사들을 내주고 그들은 고향으로 돌아가야 할 듯했다. 차라리 그게 편했다. 그들은 전사이긴 했지만 조상이 내려온 산, 그들의 사냥터를 지키는 전사지 남의 땅에 가서 싸우길 좋아하는 군사는 아니었다.

솔론이 고개를 끄덕였다.

"에오치 패륵과 종사의 뜻을 받들어 모시겠소."

회의는 여기서 일단락되었다. 여진 팔기의 병력 재편을 위해 패륵들이 나가고, 해동 구선문의 선인들도 나갔다. 요동 각지에 보낼 샤먼, 그들의 용어로 하자면 무당들을 뽑아 패륵들에게 동행시켜야 했기 때문이었다. 여진 각 부락에 보낼 무당을 뽑는 것만으로도 소수의 해동 구선문에선 버거운 일이었다. 정든 고향 땅을 떠나서, 혹은 수행처를 떠나 이족들을 교화시킨다는 것을 즐거워하지 않는 사람들이 많은 것도 문제였다. 하지만 어쩔 수 없이 해야 하는 일이었기 때문에 불만은 별로 없었다. 무엇보다도 이곳 요동을 발해로 재편하고, 그 발해를 해동 구선문의 이상대로 만들어 나갈 수 있다는 것은 선인들에게도 만만찮은 매력이었다.

회의장에는 여진 전사 구천을 지휘하게 된 혼타지와 태양종 사람들, 그리고 해동 구선문의 불함 선인만이 남았다. 요서 평정을 위한 전략을 짜기 위해서였다.

제강산은 태양종 사람들을 향해, 특히 구자헌과 무영을 향해 말했다.

"호법원주와 호궁사자대주, 회심원주가 죽었다."

유명종과의 싸움이 만만치 않았다는 것이 그렇게 드러났다. 무저갱의 오백 무사들이 절반도 채 남지 않은 것은 전체적인 손실에 비하면 적은 것이었다. 태양종의 많은 무사들이 유명종의 방술에 당하고, 바이뚜르 여진족에게 당해 죽었고, 수뇌진에서도 그렇게 세 명이 전사한 것이다.

"사도헌은 백림에 돌려보내야 한다. 금궁원주 혼자 북해를 지키기엔 힘에 부치기 때문이다. 호교원주나 연무원주 중 하나도 동행시켜야겠지. 이제 요서를 치려면 요동에는 일부 병력만 남길 수밖에 없는데, 나는 요서로 가야 한다. 요동을 맡을 사람이 없지. 그걸 구자헌, 자네가 해줘야겠다."

구자헌이 입을 열었다.

"그 말씀은……?"

"발해를 맡으라는 말이다."

제강산이 계속 말했다.

"여진족들과 해동 구선문 사람들하고 대화해서 발해를 건국하고 다스리는 체계를 자네가 만들어주기 바란다. 자네를 발해 총독으로 임명한다."

구자헌이 말했다.

"무저갱 사람들을 데리고 하라는 말씀입니까?"

제강산이 손을 저었다.

"무저갱 사람들은 싸움엔 적합해도 무얼 다스리는 데 적합하진 않지. 포송학 휘하의 친위대는 그냥 데리고 있어도 좋지만 다른 죄수들은 다른 사람에게 맡기고 자네는 여타 병력 중에서 일부를 뽑아 쓰도록 해라."

"죄수들이 저 말고 다른 사람의 명령을 따를 걸로는 생각되지 않습니다만……?"

"무영에게 맡기겠다."

제강산이 무영을 바라보았다. 구자헌 역시 무영을 향해 시선을 돌렸다. 무영은 말없이 듣고만 있었다. 제강산이 말했다.

"무저갱 사람들을 무영단에 받아들여라. 아니, 그들을 어떻게든 네 사람으로 만들어라. 그 외의 병력들 중에서도 뽑아서 오백 명의 무사를 만들어라. 그 무사들을 데리고 요서로 가라. 거긴 이미 죽영과 흑풍이 있지. 그들과 협력해서 흑사광풍가를 치는 거다. 나는 북해와 요동을 정리한 뒤에 후군을 끌고 뒤에 가겠다."

그는 대답을 기다리지 않고 혼타지에게 시선을 돌리고 말했다.

"언제 출발할 수 있겠소?"

혼타지가 대답했다.

"여진 전사들은 언제든 명령만 떨어지면 출발합니다."

제강산이 다시 불함 선인에게 말했다.

"해동의 무사들도 무영과 함께 가도록 해주기 바라오."

초립동은 사라졌지만 아직 풍백, 우사, 운사가 남아 있었다. 그들을 말하는 것이었다. 불함 선인이 고개를 끄덕였다.

"그렇게 하지요."

제강산은 무영을 바라보았다.

"언제 출발할 텐가?"

무영이 잠시 생각해 보고는 대답했다.

"내일 아침."

무영은 회의장을 빠져나와 무영단 사람들이 기다리는 곳으로 향했다. 손지백과 종리매 등은 무영이 받은 명령을 듣고 인상을 찌푸렸다.

"인원을 늘리려고 생각하긴 했지만 하필 무저갱 놈들이냐. 골칫덩이를 떠맡은 셈이다. 그놈들이 순순히 네 말을 들을 것 같으냐?"

손지백도 고개를 저었다.

"다른 놈들은 몰라도 담오만은 결코 주인님의 밑으로 들어오지 않으려고 할 겁니다. 자존심 상하는 일이라고 여길 테니까요."

월영이 불쑥 말했다.

"딴 놈은 다 받아도 좋지만 화두타 그놈은 안 돼!"

손지백이 그녀를 힐끔 보고는 말했다.

"그놈도 안 들어오려고 할걸? 들어와도 시키는 대로 따를 것 같지도 않고."

무영이 잠자코 듣고 있다가 혈영을 향해 말했다.

"무저갱 말고 다른 무사들을 뽑아와."

혈영이 물었다.

"몇 명이나?"

무영은 손지백을 향해 물었다.

"무저갱 무사들이 몇 명이지?"

손지백이 대답했다.

"아마 이백 몇십 될걸요."

"다들 모이라고 해. 인원을 세보지."

무영이 혈영에게 말했다.

"그 인원하고 지금 우리 인원까지 합쳐서 오백 명이 되게 뽑아. 쓸 만한 사람들로만."

혈영이 고개를 끄덕였다.

"그러지."

손지백이 일어나며 물었다.

"모으는 건 좋은데 어떻게 하려고 그러시는 겁니까?"

무영이 대답했다.

"차라리 잘됐다. 모르는 자들보단 무저갱 사람들이 내겐 익숙하다. 그들부터 다스려 보겠다."

"방법은 생각하고 있으신 겁니까?"

"무저갱에는 규칙이 하나밖에 없지."

무영은 허리에 찬 묵염혼을 툭툭 치며 말했다.

"강자의 말이 곧 법이다."

손지백이 히죽 웃었다.

"그 법칙을 잊으신 줄 알았습니다."

무영은 손지백을 지그시 바라보며 대꾸했다.

"잊지 않았다."

그는 혼잣말처럼 한마디 더 내뱉었다.

"결코 잊을 수 없지."

손지백이 무저갱 무사들을 모으러 떠나자 무영은 월영을 향해 지시했다.

"먹물을 많이 준비해. 많이 쓰게 될 테니까."

월영이 입을 삐죽였다.

"그런 건 꼭 나한테 시켜."

그녀는 무저갱의 중간 두목 하나를 돌아보며 지시했다.

"야, 먹물 준비해!"

중간 두목이 수하를 향해 명령했다.

"준비해!"

월영이 일어나 그 중간 두목을 걷어찼다.

"건방지긴! 내가 시킨다고 너도 시키냐! 직접 가서 준비해!"

종리매가 혀를 찼다.

"하는 꼴들하곤."

그는 무영을 향해 말했다.

"체계를 정하고 기강부터 다시 잡아야겠다."

무영이 짧게 대답했다.

"종리 노야가 해라."

그는 무언가 말하려고 입을 벌리는 종리매에게 덧붙여 말했다.

"호법으로 임명하겠다."

종리매는 벌린 입을 다물지 못하고 있다가 한참 만에야 고개를 끄덕이고 말했다.

"하는 수 없군."

살아남은 무저갱 무사의 수는 백구십삼 명이었다. 거기에서 포송학 휘하 구자헌의 친위대 육십이 명을 뺀 나머지 무사는 백삼십일 명이었다. 손지백이 그들을 한곳에 모아두고 무영을 부르러 왔을 때, 무영은 철갑마에게 무언가를 끈질기게 설득하고 있었다. 가까이 가서 들어봤더니 자신의 목숨이 위험해져도 결코 나서지 말라는 말이었는데, 철갑마는 그저 묵묵부답 무반응이라서 그 말대로 할지 어떨지를 전혀 알 수가 없었다.

손지백이 웃으며 말했다.

"하긴 철갑마가 나서면 감히 덤빌 놈이 없겠죠. 그건 그것대로 좋은 일 아니겠습니까."

그는 말을 멈추고 고개를 저었다.

"아니, 한 녀석은 어쨌든 싸우겠다고 나서겠군요."

무영은 그게 누군지 묻지도 않았다. 담오일 게 뻔했으니까. 그와 손지백, 무영단 일행은 무저갱 무사들이 기다리는 곳을 향해 걸었다.

손지백이 말했다.

"종사의 명령은 이미 전달됐더군요. 구자헌이 말해 준 모양입니다. 하지만 분위기가 영 좋지 않습니다. 다들 반란이라도 일으킬 듯한 태세더군요."

무저갱의 무사들은 양지 바른 구릉지 한쪽에 모여 있었다. 누워 있는 놈, 앉아 있는 놈, 심지어 주사위를 굴리며 도박을 하고 술을 마시는 놈까지 있었다. 담오를 비롯한 대당가들도 혹은 앉아 있고, 혹은 누워서 잠을 청하고 있었다.

손지백이 손뼉을 쳐서 시선을 끌려고 했지만 일부러 무시하는 것인지 아무도 바라보는 사람이 없었다. 무영이 손지백을 물러서게 하고 앞으로 나섰다.

"무영이다."

그는 잠을 자는 듯 눈을 감고 있는 담오를 힐끔 바라보고 말을 이었다.

"지금부터 너희들의 주인이 될 사람이다."

무저갱 무사들 틈에서 웃음소리가 새어 나왔다. 무영은 표정을 변화시키지 않고 계속 말했다.

"너희에겐 두 가지 길밖에 없다. 무영단에 들어오거나 죽는 것이다."

누군가가 소리 질러 물었다.

"우리와 싸우겠다는 거냐? 너희들만으로?"

무영이 묵염혼을 뽑아 들었다.

"나 혼자다."

그는 손을 저어 좌우의 사람들을 물러나도록 시켰다. 철갑마조차도 물러났다. 애써 설득한 것이 효과가 있는 모양이었다.

무영이 말했다.

"거부하는 자는 나와라. 한꺼번에 덤벼도 좋다. 나 혼자 상대해 주겠다."

중년인 하나가 깔깔거리고 웃었다. 그는 앉아 있던 곳에서 일어나 손가락을 꺾으며 말했다.

"애송이가 간이 배 밖에 나왔구나. 너 혼자 우리 모두를 상대하겠다고? 죽고 싶어 환장했나?"

무영이 묵염혼을 들어 그를 가리키며 물었다.

"이름?"

중년인이 손에 강철 손톱이 달린 장갑을 끼며 대답했다.

"백골조 황염 어르신이시다."

무영은 손가락을 까닥여 그를 불렀다.

"널 첫 번째로 죽여주겠다."

"이런, 시건방진!"

백골조 황염이 인상을 일그러뜨리며 천천히 걸어나왔다. 손지백이 한마디 경고해 주려고 했지만 종리매가 막았다. 손지백이 종리매에게 속삭였다.

"음험하고 악독하기로 소문난 잡니다. 혼자 먼저 나설 놈이 아니죠. 저렇게 나서는 걸 보면 분명 암계가 있을 텐데요."

종리매 역시 낮은 소리로 대꾸했다.

"그걸 극복 못하면 어차피 무저갱 놈들을 못 다스려. 내버려 두게."

그는 말과는 달리 근심스런 눈빛으로 무영을 지켜보았다. 그가 황염

따위에게 당할 거라고 생각하는 것은 아니었다. 진짜 문제는 그 뒤였다. 무저갱 출신자들과 같은 거친 사내들은 단지 무공이 높다고 따르지는 않는다. 구자헌이 그들을 지휘할 수 있었던 것은 자격을 증명해 보였기 때문이다. 미워하기도 했지만 한 편인 동안에는 믿을 수 있는 사람이라는 것을 보여주었기 때문이다.

과연 무영이 그걸 증명해 보일 수 있을까? 이곳으로 오면서 마상에서 이미 이야기했던 것이지만 그가 보기에 무영은 아직 어린애였다. 그쪽으로 눈을 뜨긴 했지만 아직 그릇은 준비되지 않았다. 그릇은 하루아침에 만들어지지 않는 것이다. 그런 그가 몇백 명을 지휘할 수 있을까? 그것도 거칠기 짝이 없는 무저갱 무사들을?

그는 문득 이것이 제강산이 무영에게 부과한 또 하나의 시험일 수도 있다는 생각을 했다. 그릇이 커지기를 기다리지 않고, 넘치는 것들을 우격다짐으로 집어넣어서라도 크게 하려는 의도인지도 모른다. 그러다가 깨어져 버리면 하는 수 없는 일로 치부하고 치워 버리려는 것일 수도 있다.

'그렇게는 안 둘 테다.'

종리매는 속으로 다짐했다. 그리고는 무영을 마치 손자처럼 생각하고 있는 자기 자신을 발견하고 스스로 놀라 버렸다. 한때 광마라 불리도록 사납고 괄괄했던 그도 나이 아흔을 넘기고 나니 마음이 약해진 모양이었다. 그에게는 무영이나 담오, 손지백조차도 손자처럼 귀여워 보였던 것이다.

'죽을 때가 된 게야.'

종리매가 그런 생각에 잠겨 있는 사이 황염은 무영에게서 다섯 걸음도 안 떨어진 곳까지 접근했다. 그는 양손에 낀 강철 손톱을 마주쳐 쇳

소리를 내며 말했다.

"애송이, 창자를 꺼내주마!"

갑자기 그가 땅바닥을 걷어차 올렸다. 바싹 마른 봄날의 황토가 일어 무영의 시야를 가렸다. 그와 동시에 무저갱 무사 중 몇 명이 미리 준비한 줄을 당겼다. 황토가 선을 그리며 일어났다. 그 선은 무영을 둘러싸고 원형을 그리며 좁혀졌다. 미리 밧줄을 묻어두었던 것이다. 그 밧줄이 무영의 발을 졸라맨 순간 황염이 몸을 낮추어 무영을 향해 달려갔다. 다섯 걸음 거리가 단번에 한 걸음 간격으로 좁아졌다. 그의 백골조가 무영의 배로 파고들었다.

무저갱 무사들 사이에서 환성이 일었다. 미리들 알고 있었고, 어떻게 되나 흥미롭게 기다리고 있었던 것이 분명했다.

무영은 조금도 당황하지 않았다. 흙먼지를 피하지도 않았다. 그는 눈을 감고 중심을 안정시켰다. 발목을 옭아매던 밧줄이 더 이상 좁혀지지 않았다. 몇 명이 함께 당기는 힘보다 무영이 버티는 힘이 더 강했던 것이다. 그 상태에서 그는 정면으로 육박해 오는 황염을 향해 걸음을 뗐다. 발목에 걸린 밧줄이 오므라들기는커녕 다시 넓어졌다. 줄을 당기던 자들이 끌려왔다.

묵염혼이 아래에서부터 위로 반원을 그렸다. 무저갱에서 나온 이후 쌓아 올린 그의 엄청난 내공이 실린 공격이었다. 너무 단순해서 초식이랄 것도 없었지만 그걸 막을 수 있는 자는 드물었다. 황토 먼지는 그의 시야도 가렸지만 공격하는 황염의 시야 역시 가렸다. 황염은 엄청난 파공음을 일으키는 무언가가 자신을 향해 날아온다는 것은 알았지만 피할 엄두도 내지 못했다. 그저 원래 시도했던 공격을 계속할 수밖에 없었다.

퍽—!

피와 살점이 튀었다. 무영의 묵염혼은 일격에 황염의 머리와 몸을 박살 내버렸다. 곤죽이 된 살이 몇 장 앞까지 뿌려졌다. 거기 앉아 있던 무사들이 분분히 물러섰다. 무영은 천천히 눈을 뜨고 발목에 걸린 밧줄에서 빠져나왔다. 땅바닥에 쓰러진 무사들이 그를 쳐다보았다. 그들의 얼굴에는 두려움이 배어 있었다.

무영이 그들을 향해 피와 살점이 묻은 묵염혼을 내밀었다. 사내들이 땅바닥을 기어 물러났다. 무영은 다시 대당가들을 향해 시선을 돌리고 말했다.

"다음!"

장내가 물이라도 뿌린 것처럼 고요해졌다. 무영이 다시 말했다.

"한꺼번에 덤비는 게 좋을 거다."

혈면염라 최주와 화두타, 새선풍 등이 시선을 교환했다. 어떻게 할까 망설이는 것이다. 백골조 황염이 음험해서 주로 비겁한 방법을 사용하긴 했지만 무공으로만 따져도 그들보다 위였다. 그런 그가 한 방에 가버렸으니 그들 셋이 협공을 해도 이긴다는 보장이 없었다. 이 애송이는 적어도 무공 면에서는 인정할 만한 것이다. 그때 자는 것처럼 누워 있던 담오가 몸을 일으켰다. 그는 땋은 머리에 묻은 흙을 털고 머리를 크게 좌우로 움직였다. 긴 목에서 우두둑 소리가 났다. 그런 후에야 그는 사람들을 헤치고 앞으로 걸어나왔.

종리매익 눈썹이 꿈틀거렸다. 무언가 말을 하려다가 그는 끝내 참아버렸다. 늦게 거둔 이 제자가 스스로 납득 못한 일에 대해서는 죽어도 인정을 않는 고집이 있다는 걸 잘 알고 있기 때문이었다.

담오는 사람들 앞에 나오자 예의 거창한 동작으로 칼을 뽑았다. 말도 없었다. 그는 긴 칼을 곧추세워 들고 무영을 노려보았다. 무영은 묵염혼을 고쳐 쥐었다. 무저갱에서 담오와 싸웠던 일을 그는 아직 기억하고 있었다. 죽지만 않았을 뿐 무참하게 패배한 것이나 다름없던 그날 일을 또렷이 기억하고 있었다.

유감은 없었다. 오히려 멋진 사내라는 것을 인정하고 있기도 했다. 하지만 거부는 용서할 수 없었다. 여기서 기를 꺾어놓지 않으면 무저갱 무사들을 장악한다는 것은 봄날의 백일몽에 불과할 것이다.

담오가 짧은 기합을 토해내고 무영에게 달려왔다. 무영이 마주 달렸다. 천부의 신력에 종리매로부터 배운 내공이 더해진 담오의 칼이 허공을 가르고 무영의 머리 위로 떨어졌다. 무영의 묵염혼이 그것을 정면으로 받았다. 힘과 힘, 내공과 내공이 격돌했다.

챙—!

예리한 금속성이 울렸다. 담오의 칼이 절반으로 부러져 날아갔다. 남은 절반은 그의 손에 남아 있었지만 아직도 떨리고 있었다. 담오의 손바닥이 찢어졌는지 피가 흘러내렸다. 무영은 묵염혼을 거두고 그를 지켜보았다.

담오는 손바닥을 펴서 옷자락에 피를 닦았다. 다른 한 손도 마찬가지로 하고 절반밖에 안 남은 칼을 다시 움켜쥐었다. 그의 입에서 다시 기합성이 발해졌다. 그의 칼이 조금 전과는 달리 예리하면서도 화려한 변화를 보이며 무영의 전신을 감쌌다. 종리매가 혀를 찼다.

"진작에 그랬어야지."

무영은 묵염혼을 휘둘러 담오의 공격을 막았다. 그 육중한 검을 그는 한 손만으로 가볍게 움직여 변화막측한 담오의 공격들을 일일이 막아내었다. 그리고 틈을 보아 담오의 칼을 비껴 흘리고 순간적으로 파천황을 뽑아 담오의 목을 겨누었다. 눈에 보이지도 않을 정도로 쾌속한 발도술이었다.

담오는 시선을 내려 목을 겨눈 파천황을 바라보았다. 푸르러 보이도록 새하얀 칼날이 눈을 찌를 듯이 빛을 발하고 있었다. 담오는 묘한 미소를 지으며 목을 앞으로 내밀었다. 파천황에 스스로 죽으려 하는 듯한 행위였다. 무영이 물러나며 파천황을 당겼다. 그러나 파천황은 여전히 담오의 목에서 한 치 거리를 벗어나지 않도록 하는 교묘한 동작이었다.

담오가 멈춰 섰다. 그는 이제야말로 굴욕을 느끼는 듯한 표정이 되어 멍하니 서 있더니 칼을 땅바닥에 던져 버렸다. 무영은 그걸 보고서야 파천황을 거두었다. 그러나 담오는 포기한 것이 아니었다. 그는 무영이 무기를 거두자 득달같이 달려들어 무영의 목을 잡고 졸랐다. 무영은 장대한 담오의 키와 긴 팔에 끌려 대롱대롱 매달렸다. 순식간에 그의 얼굴이 붉어지고 핏줄이 솟았다. 그러나 그의 눈은 여전히 냉정했다.

무영은 냉정하고 침착하게 담오를 바라보다가 발을 내밀어 그의 가슴을 찼다. 가벼운 동작이었지만 담오는 천근거석에 부딪친 것 같은 충격을 느끼고 무영을 놓아버렸다. 무영이 허공에서 몸을 돌리며 발바닥으로 담오의 목을 때렸다. 담오가 옆으로 쓰러져 굴렀다. 무영은 쓰러진 담오에게 다가가 그를 내려다보며 말했다.

"굴복해라!"

담오가 한마디 내뱉었다.

"죽여라!"

무영이 고개를 저었다.

"난 살아 있는 부하가 필요하다. 죽은 부하는 필요없다."

담오는 땅바닥에 누운 채 웃을 듯 말 듯 기묘한 표정을 했다. 무어라 말하려는 듯 입을 달싹이다가 짧게 한마디 하고 말았다.

"난 네 부하가 되지 않아!"

무영이 말했다.

"내 부하가 되어야 한다. 넌 괜찮은 남자다. 난 널 부하로 삼고 싶다."

담오가 참지 못하고 결국 소리 높여 웃었다.

"엎드려 빈다면 모를까, 결코 네 부하가 되진 않겠다."

무영이 잠시 말을 않다가 갑자기 담오의 어깨를 잡아 일으켜 앉혔다. 그리고는 그 앞에 무릎을 꿇고 엎드렸다.

"부탁한다. 내 부하가 되어라."

담오가 어이없다는 듯 무영을 바라보았다. 무저갱 무사들이 웅성거렸다. 담오가 말했다.

"패자에게 무릎을 꿇다니, 부끄럽지도 않나!"

무영이 고개를 들고 바로 앉았다.

"부끄럽지 않다. 난 이겼으므로 무릎을 꿇을 수 있다. 지고는 결코 무릎을 꿇지 않는다."

담오는 아무 말도 하지 못했다. 무영이 말했다.

"난 네가 필요하다. 여기 무저갱 사람들도 필요하다. 모두를 내 부하로 삼겠다. 나는 내 부하가 된 모두에게 화와 복을 함께하겠다고 약속한다. 내가 앞으로 얻게 되는 것이 있다면 그건 내 것이 아니라 우리 모두의 것이 되도록 하겠다."

담오는 멍하니 주저앉아 무영의 얼굴만 바라보았다. 오색 보석의 휘황한 광채 뒤에 가려져 있는 무영의 눈빛을 애써 확인하기라도 하려는 듯이. 그가 정말 그랬다면, 그리고 그의 눈이 무영의 감정을 알아볼 정도로 충분히 예리하다면 그는 지금 무영의 눈 속에 깃든 두 가지 감정을 알아볼 수 있었을 것이다. 담오는 실제로 그러려고 했고, 또 충분히 예리한 눈을 가지고 있었다. 그리고 이 순간 무영의 눈에 떠오른 감정은 그에게도 익숙한 것이었기 때문에 쉽게 알아볼 수 있었다. 진심과 절박함이었다.

진심으로, 그리고 절박하게 그와 무저갱 무사들을 원한다는 것인가? 담오는 그런 것 같다고 생각했다. 그러니 이 꼬마의 아래에 들어가도 좋을 것인가? 두심오의 졸개였던 꼬마에게 머리를 숙여야 할 것인가? 그래야 할지도 모른다. 이 꼬마를 두심오의 졸개가 아니라 자신을 한 수에 꺾어버린 고수라고 보아야 한다. 그게 공정하다.

하지만 한 번 머리를 숙인다는 것은 모든 것을 바쳐서 그를 모셔야 한다는 뜻이다. 적어도 그에겐 그랬다. 그걸 한 번의 패배로, 한 번 머리를 숙인 것으로, 그리고 이루어질지 말지도 모를, 언제 변할지도 모를 공허한 약속 한마디로 인정해야 하는 것인가.

담오는 망설였다. 과거 제강산에게 충성을 맹세했을 때도 이렇게는 갈등하지 않았었다. 그래, 그게 당연했다. 제강산은 넘을 수 없는 벽 같은 느낌을 주는 사내였다. 하지만 이 꼬마는 아직 너무 어리고 약하다. 제강산이 어떤 태풍에도 전복되지 않을 거대한 군선 같은 느낌을 주는 사내였다면 이 꼬마는 오히려 그가 전력을 기울여 떠받치지 않으면 금방이라도 박살나 버릴 조각배 같은 느낌이었다. 그러나…… 그래도…… 그러므로…….

담오는 일어서서 옷을 털었다. 그리고는 무영을 버려두고 월영에게 걸어가서 붓을 빼앗아 들었다.

"어디에 쓰면 되나?"

월영이 명부를 내밀었다. 그는 거기에 사도 담오라는 네 글자를 적어놓고 무영을 향해 고개를 숙여 보였다. 그리고는 종리매 옆에 가서 앉았다.

최주가 일어섰다. 그가 월영을 향해 걸어가서 명부에 이름을 적고 담오처럼 무영을 향해 인사하고 들어갔다. 화두타도 일어났다. 그때 새선풍이 그의 다리를 걸어 넘어뜨렸다. 화두타가 발끈 성을 냈다.

"무슨 짓이냐!"

새선풍이 앞으로 나와 붓을 들고는 말했다.

"난 죽어도 네놈 아래에 이름을 쓰긴 싫어!"

그는 붓을 명부에 대고는 잠깐 멈추었다. 그는 붓을 다시 떼고 머리를 긁적였다.

"난 글자를 모르거든. 대신 좀 써줘."

월영이 한심하다는 듯 그에게서 붓을 빼앗아 들고 새선풍이라고 썼다. 그리고는 다시 붓을 넘겨주고 말했다.

"점은 직접 찍어!"

지켜보던 혈영이 일어나며 중얼거렸다.

"원래 있던 스물한 명에 오늘 들어온 백삼십일 명, 아니, 백삼십 명을 더하면 백오십일 명. 삼백사십구 명만 더 뽑아오면 되겠군."

손지백이 손을 저었다.

"삼백오십 명 맞춰서 뽑아오시오. 단주는 인원에 포함되지 않는 법이니까."

확장 무영단 3

 무저갱 무사들을 해산시키고 무영과 종리매, 월영과 손지백, 사도담오, 철금마검 공손번, 화두타, 혈면염라 최주, 새선풍 등 대당가급의 인물들이 모였다. 물론 철갑마는 항상 그렇듯이 무영 뒤에 따라붙어 있었다.

 손지백이 말했다.

 "우린 곧 요서로 가야 하오. 그전에 최대한 군량이며 장비를 챙기고, 무사들은 쉬게 해야 하오."

 최주가 말했다.

 "장비며 군량은 그렇다 치고, 이 근처에 쉴 곳이 마땅치 않소. 길림은 시체 냄새로 진동을 하고, 인근 부락도 거의 폐허 상태니 말이오."

 손지백이 무영을 향해 말했다.

 "인원과 장비만 준비되면 바로 떠나는 게 좋겠습니다. 요서를 향해

가다가 적당한 곳에서 쉬며 정비를 하는 편이 차라리 낫겠지요. 가다 보면 적당한 산성 같은 게 있을 테니 말입니다."

최주가 동의했다.

"요서로 가는 게 아무리 급해도 휴식은 취해야 합니다. 무저갱을 떠난 이후 지금까지 한 번도 쉬질 못했습니다. 무사들의 피로가 극에 달해 있습니다. 지금까진 긴장한 덕에 견딜 수 있었지만 조금만 더 무리하면 다들 쓰러져 버릴 겁니다."

무영은 고개를 끄덕였다.

"쉬게 하자."

손지백이 말했다.

"장비 중에선 뭐니 뭐니 해도 말이 중요합니다. 지금부터 싸워야 할 적들은 말을 자기 발 대신 쓰는 자들이니까요. 우린 전원 말을 타야 합니다."

화두타가 고개를 저었다.

"여기 있는 말을 모두 모아도 천 필이 간신히 될 텐데 종사가 그중 반이나 내주겠소?"

손지백이 무영을 보며 말했다.

"어떻게든 받아내야죠."

무영이 역시 고개를 끄덕였다.

"받아내겠다."

새선풍이 투덜거리듯 말했다.

"말을 제대로 타는 놈도 드물 텐데 말이 있으면 뭐 해."

무영이 새선풍을 향해 말했다.

"너는 말을 잘 타나? 흑풍의 동생이지? 그럼 잘 타겠군."

새선풍이 어깨를 으쓱였다.
"걸음보다 말타기를 먼저 배운 사람이 나요."
"그럼 네가 가르쳐라!"
"내가? 내가 왜?"
무영은 잠시 그를 바라보다가 손가락을 까닥여 불렀다. 새선풍은 못마땅한 표정으로 무영의 손가락을 보더니 하는 수 없다는 듯, 그러나 싫은 기색을 감추지 않고 어기적거리며 다가왔다.
"내가 강아지야? 손가락으로 부르게."
가까이 다가온 그를 향해 무영이 말했다.
"두 번 말하게 하지 마라. 내가 명령하면 넌 따라야 한다."
새선풍은 인상을 일그러뜨리고는 다시 어기적거리며 돌아가려고 했다. 그때 무영이 주먹으로 새선풍의 뺨을 후려쳤다. 새선풍이 땅바닥에 뒹굴다가 고개를 들고 침을 뱉었다. 피와 부러진 이빨이 같이 튀어나왔다. 새선풍이 욕설을 뱉었다.
"이런 빌어먹을……!"
무영이 말했다.
"잊지 말라는 경고다."
새선풍의 눈이 뒤집혔다. 그는 짐승 같은 고함을 지르며 무영을 향해 달려들었다. 무영은 일어나지도 않았다. 대신 새선풍이 가까이 오자 번개처럼 몸을 뒤집어 물구나무를 서며 발로 새선풍의 턱을 갈겼다. 새선풍은 공중에 떠서 일 장 가까이 날아가 뒹굴었다.
종리매가 일어나 천천히 새선풍에게 다가갔다. 새선풍은 혼절한 상태였다. 종리매가 새선풍의 옆구리를 가볍게 걷어찼다. 새선풍이 비명을 지르며 눈을 떴다. 가장 아픈 부위를 내공을 불어넣어 걷어찬 것이다.

종리매는 사슬에 달린 철구를 들어 새선풍의 얼굴 위로 흔들었다.

"어떻게 할까? 그냥 이대로 네 머리를 뭉개진 두부로 만들어줄까?"

새선풍은 종리매의 살기 넘치는 눈빛을 보며 그 검은 얼굴이 창백해질 정도로 겁에 질려 버렸다.

종리매가 다시 말했다.

"어서 대답해 봐! 다시 또 단주님께 불손한 행위를 할 테냐?"

새선풍이 중얼거렸다.

"아, 안 하겠습니다."

"더 크게 말해!"

새선풍이 외쳤다.

"안 그러겠습니다!"

종리매는 비로소 철구를 치웠다.

"네가 무저갱에서는 제법 큰소리를 쳤지만 단주님 앞에서는, 그리고 내 앞에서는 하룻강아지에 불과하다는 걸 잊지 마라."

그는 대당가들을 돌아보며 말했다.

"경고하는데, 지금 이 시간부터 전원 단주님께 말할 때는 공손한 태도를 취하도록! 함부로 하는 작자가 있으면 내가 용서치 않겠다!"

손지백이 중얼거렸다.

"에구, 무서워라. 시어머니가 생겼네."

종리매가 인상을 썼다.

"뭐라고 했나?"

손지백이 얼른 대답했다.

"시키는 대로 충실히 따르겠다고 했습니다!"

"좋아."

종리매는 만족한 듯 표정을 풀고 자리에 와서 앉았다.

"단주님이 이왕 절 호법으로 삼으셨으니 그 다음 직계도 정해야겠소이다. 언제까지나 도적놈들처럼 당가니 뭐니 하며 지낼 순 없는 일이니 말이오."

손지백이 말했다.

"안 그래도 그 이야기를 꺼낼까 했습니다만, 일단 혈영 형이 돌아온 뒤에나 이야기가 가능할 것 같아서 않고 있었죠. 어떤 사람들을 데려올지 모르니 말입니다."

월영이 불쑥 말했다.

"마침 저기 오네요."

"벌써? 그렇게 빨리 무사들을 다 선발했을 리가 없을 텐데?"

손지백이 믿을 수 없다는 듯 말했지만 사실이 그랬다. 혈영은 건장한 사내 넷을 데리고 그들에게 다가오고 있었다.

"저 넷은 누구야?"

종리매가 눈을 가늘게 뜨고 보다가 기묘한 표정을 지었다.

"저 아이들이라면 나도 좀 알지. 배화사귀(拜火四鬼) 황씨 형제다."

혈영은 곧바로 무영에게 다가와서 입을 열었다.

"다 뽑았다. 배화사귀라고 하지."

배화사귀로 소개된 사내들은 기묘하게도 똑같은 용모에 똑같은 체구를 하고 있었는데, 가슴팍에 천(天), 산(山), 해(海), 하(河)라고 수를 놓은 옷을 입고 있었다. 천이라고 새겨진 옷을 입은 사내가 말했다.

"황천(黃天)입니다."

산이라고 새겨진 옷을 입은 사내가 말했다.

"황산(黃山)입니다."

세 번째와 네 번째 사내들 역시 마찬가지 방식의 이름을 갖고 있었다.

"황해(黃海)입니다."

"황하(黃河)입니다."

무영이 고개를 끄덕였다.

"무영이다."

혈영이 입을 벌렸다. 그때 종리매가 외쳤다.

"단주님께 공손히 말해라!"

혈영이 입을 다물었다가 분위기를 살펴보고 고개를 끄덕였다.

"그러죠."

그는 다시 무영에게 말했다.

"전 이 넷만 뽑았습니다. 믿을 만한 친구들이죠. 이들에게 다시 열 명씩 무사를 뽑으라고 할 생각입니다. 이 친구들이 믿는 무사들이라면 역시 믿을 수 있을 겁니다. 그들이 나머지 인원들을 뽑으면 됩니다."

손지백이 피식 웃었다.

"간단하고 편한 방법이구려."

혈영이 그를 보며 말했다.

"단주님은 나를 믿고 사람을 뽑으라고 했다. 나 역시 이들을 믿고, 이들은 자기가 뽑은 사람들을 믿을 거다. 결국 단주님은 그들을 모두 믿어야 한다. 나는 그게 가장 좋은 방법이라 생각했다."

무영이 고개를 끄덕였다.

"믿는다."

손지백이 손뼉을 쳤다.

"좋습니다. 그럼 이제 직계를 정해야겠군요. 아니, 편제를 정하면 직계는 자연히 정해지는 것이니 편제를 어떻게 짤 것인가 하는 것부터 고민해 보죠. 단주님께 무슨 좋은 계획이 있습니까?"

무영이 고개를 저었다. 그리고 손지백에게 말했다.

"말해 봐라."

"그러죠."

손지백이 짧게 대답하고 전원을 향해 계획을 설명했다.

"호법은 여기 종리 노야께서 이미 맡으셨으니 그만이고, 나머지 전원을 오십 명씩 나눌 것을 제안합니다. 오십 명, 혹은 마흔아홉 명 정도로 일개 향(香)을 만드는 거지요. 그리고 여기 있는 사람들이 전원 향주(香主)가 되어 그들을 지휘합니다."

최주가 잠깐 좌중의 사람들을 둘러보고는 말했다.

"여기 지금 단주님을 포함해서 열다섯이 있소. 단주님은 제외, 호법님도 제외, 저기 철갑 노형도 제외해야 할 테니 나머지는 열두 명이오. 이들 열둘이 전부 향주가 되면 무사가 부족하지 않소?"

손지백이 기다렸던 것처럼 대답했다.

"두 명은 제외요. 여기 혈영 형과 월영…… 에…… 여협은……."

그는 말을 끊고 키득거리며 웃었다.

"여협이란 호칭은 참 오랜만에 사용하는구려. 마도천하가 된 이후 협(俠)이란 글자는 금기시되었으니 말이오."

월영이 코웃음을 치며 말했다.

"그 소리 나도 오랜만에 들으니 간지럽군요. 그냥 월영이라고 불러요."

손지백이 고개를 저었다.

"앞으로는 월영 당주(堂主)라고 부르면 될 거요."

"당주?"

"그렇소. 두 분은 당주가 되는 거요. 당주가 각각 다섯 개씩의 향을 통솔하면 되겠지. 무영단 휘하 혈영당(血影堂)과 월영당(月影堂)이오."

그는 대당가들을 둘러보며 말했다.

"우리야 어중이떠중이 낭인 집단에 가깝지만 그래도 두 분은 태양종 안에서도 번듯한 서열을 갖고 계시잖소. 무공도 우리보단 낫고. 두 분을 당주로 모신다고 부끄러울 일은 없을 것 같소만?"

그는 특히 담오를 바라보고 있었다. 담오는 시종일관 말없이 자신의 부러진 칼만 만지고 있다가 손지백의 시선을 의식하고 고개를 들었다. 그는 혈영을 향해 말했다.

"언제 나랑 한번 붙어준다고 약속하면 당신 휘하에 들어가겠소."

혈영이 이빨을 드러내며 웃었다. 그를 잘 아는 사람들에게도 매우 보기 드문 일이었다. 혈영이 말했다.

"바라던 바다."

화두타가 손을 들고 말했다.

"난 월영당에 들어가겠소이다."

그는 두 손을 모아 합장하고 말을 이었다.

"죽어도 치마폭 밑에서 죽고 싶은 게 이 가련한 땡초의 소원이외다. 나무아미타불."

월영이 허리에서 채찍을 풀어 손에 감아쥐었다.

"나도 바라던 바다! 즐겁게 괴롭혀 주마."

화두타가 찔끔하며 짐짓 비굴한 표정으로 말했다.

"그저 살살 때려주시기만 바랄 뿐이외다. 아미타불."

월영이 코웃음을 치며 고개를 돌리고 황씨 형제들을 가리켰다.

"나머지 넷은 이들로 하겠어요."

종리매가 고개를 저었다.

"안 돼! 둘만 데려가라. 나머지 둘은 혈영 밑에 가."

월영이 인상을 썼다.

"형제들이 뭉쳐 있는 게 낫잖아요."

종리매는 완강하게 거부했다.

"나중에 다시 합치더라도 일단은 나눠."

월영이 답답한 듯 말했다.

"이 사람들은 별호조차 배화교에 몸 바친 귀신들이라고 불릴 정도로 독실한 신도들이에요. 이 사람들이 뽑을 무사들도 안 봐도 뻔하죠. 다들 배화교 신도들이겠지요. 하루 세 번씩 꼬박꼬박 기도하는 사람들이라구요. 그런 사람들이 무저갱의 거친 무사들과 잘 어울려 지낼 수 있을 것 같아요?"

손지백이 혈영을 바라보았다. 왜 하필 신도들이냐는 뜻이 담겨 있는 눈빛이었다. 혈영이 그 의미를 알아보고 혼잣말하듯 중얼거렸다.

"의리만큼, 때로는 의리보다 더욱 믿을 만한 게 신앙이다."

종리매가 말하고 있었다.

"그래서 섞어놓아야 한다는 거다. 무영단이 절반으로 나뉘어서 서로 남 보듯 하지 않으려면 초기에 약간의 충돌이 있더라도 섞어놓아야 해."

그는 대당가들을 보며, 그리고 황씨 형제들을 보며 다짐하듯 말했다.

"일단 한 조직에 몸을 담는 이상 우리는 하나다. 이 원칙을 지키지 않고도 제대로 돌아가는 집단을 난 본 적이 없어."

손지백이 무영을 향해 물었다.

"어떻게 하겠습니까?"

무영이 대답했다.

"호법의 말대로다."

손지백이 철갑마를 가리키며 물었다.

"저분은 어떻게 할까요?"

무영이 잠시 고민해 보고 대답했다.

"호법이다."

이렇게 해서 무영단의 새 편제가 정해졌다. 호법은 종리매와 철갑마, 양 당을 두는데 혈영당과 월영당으로 하고 각각 혈영과 월영이 맡았다. 혈영당에는 사도 담오와 새선풍, 혈면염라 최주와 황천, 황산 형제가 소속되었다. 월영당은 손지백, 화두타, 철금마검 공손번에 황해, 황하 형제였다. 향주 휘하에는 다시 여덟 명, 혹은 아홉 명 단위로 조를 나누어서 조장을 정하도록 했는데, 주로 무저갱의 중간 두목들과 황씨 형제들이 뽑을 무사들 중에서 선발하기로 했다. 열 명 이하의 숫자로 단위를 만들어 움직이는 것이 전투에 가장 효과적일 거라는 최주의 제안 때문이었다.

결국 무영단은 이당(二堂), 십향(十香), 오십조(五十組)의 체제로 정리되었다.

무영이 일어나 선언했다.

"전원 출정 준비를 해라."

그는 잠깐 생각해 보고 덧붙여 말했다.

"앞으로 열흘간 우리의 최대 과제는 이동과 휴식이다."
그는 새선풍을 바라보며 명령했다.
"기마 수련을 병행하도록."

제48장

쇼서 신빈보

▎원거리에서는 활, 돌격전에서는 창, 근접전에서는 칼

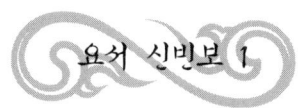

요서 신빈보 1

출정 준비는 생각보다 쉽지 않았다. 북해로부터 계속해서 물자 보급이 이루어지긴 했지만 거리가 너무 멀어 시간이 오래 걸렸고, 길림에서 장춘, 연길까지 광범위하게 전선이 형성되어 있었기 때문에 정확한 시간, 정확한 장소에 보급이 이루어지지도 않았다. 이런 경우 인근에서 징발하는 방법도 있었지만 요동 지역의 상당 부분, 특히 길림, 장춘, 연길 일대는 황무지나 다름없게 황폐해져 버렸기 때문에 그것도 불가능했다. 총관 사도헌에게 가서 식량을 내놓으라고 말해도 알아서 구하라는 대답을 들을 뿐이었다.

성질을 눌러 참고 사도헌의 군막을 나오는 무영과 그를 수행한 철갑마를 손지백이 불렀다.

"단주님, 거기 계셨군요!"

그는 태양종의 무사 하나와 동행하고 있었는데, 종사 제강산이 보낸 전령이었다.

"종사의 호출이 있답니다."

무영은 고개를 끄덕여 보이고 제강산의 군막을 향해 걸었다. 손지백이 따라붙어서 물었다.

"가신 일은 어떻게 됐습니까?"

무영이 대답했다.

"잘 안 됐다."

손지백이 투덜거렸다.

"식량도 없이 굶으며 가라는 건가. 젠장! 선봉으로 나가는 병력에겐 특별 대우가 필요하다는 점을 강조하시지 그러셨습니까."

"그래 봤다. 소용없었다."

"말에 대해선 말씀해 보셨습니까?"

"말했다. 그것도 거절됐다."

제강산의 군막이 보였다. 무영이 말했다.

"종사에게 직접 말해 보겠다."

손지백은 밖에서 기다리고 무영과 철갑마만 군막 안으로 들어갔다. 안에는 백림으로부터 도착한 전령과 구자헌, 제강산이 있었다. 그리고 여진족 중에서도 에오치가 참석했고, 해동 구선문에서는 불함 선인이 있었다.

무영이 도착한 것을 보더니 구자헌이 제강산에게 말했다.

"그럼 말씀하신 대로 진행하도록 하겠습니다."

제강산이 고개를 끄덕였다.

"그래 주게."

구자헌이 인사하고 나갔다. 에오치와 불함 선인도 그 뒤를 따랐다.

무영은 그들이 발해 건국 문제에 대해 의논했을 거라고 짐작했다. 에오치가 그의 옆을 지나가다가 문득 멈춰 서서 말했다.

"언제 출발하지?"

무영이 대답했다.

"준비만 되면 곧."

"무슨 준비가 필요한가?"

"식량과 장비, 말."

에오치가 웃었다.

"우린 그런 건 전사들 각자가 준비하는 게 규칙일세. 자네들도 그렇게 해보지?"

무영이 고개를 저었다.

"전통이 다르다."

"뭐, 그건 그렇지. 자네들이 출발한 후에 혼타지가 뒤를 따를 걸세. 나와는 이제 한참 동안 못 보겠지. 부디 건강하고, 혼타지도 잘 보살펴 주기 바라네. 나중에 한가해지면 백산으로 놀러 오도록 하게. 나는 동생을 소홀히 대하는 사람이 아닐세."

에오치는 무영의 어깨를 두드려 주고 나갔다.

무영은 그제야 제강산에게 인사했다. 제강산이 백림에서 도착한 전령을 가리켰다.

"곽대우는 알고 있겠지?"

전령은 바로 곽대우였던 것이다. 곽대우가 활짝 웃으며 다가와 무영의 손을 잡고 흔들었다.

"건강한 걸 보니 기쁩니다. 전공도 많이 세우셨다면서요? 참, 단주도 되셨다고?"

무영은 가볍게 고개를 숙여 인사했다. 곽대우가 말했다.

"종사께 골치 아픈 몇 가지 소식을 전해 드린 참이었습니다. 그중 몇 가지는 단주님께서도 들으면 도움이 될 겁니다."

그는 재미있는 소문이라도 들려주는 듯한 말투로 이야기를 시작했다.

"총단에서 연거푸 사자들이 도착하고 있습니다. 당장 이 분쟁을 끝내고 제자리로 돌아가라는 명령을 갖고 온 것이었죠. 금궁원주가 어찌어찌 버티고는 있지만 힘에 부쳐서 절 보내더군요. 종사께서 어떻게 좀 해줬으면 하는 모양인데, 종사께선 그냥 무시하라시는군요. 금궁원주가 울상이 될 걸 생각하니 안됐습니다. 하하."

하나도 안됐다는 기색 없이 웃고는 곽대우가 말을 이었다.

"사실 우리 쪽보다 사자군림가와 흑사광풍가의 싸움이 그쪽에선 더 관심사겠지요. 총단에서도 유명종에는 별로 호감이 없을 테니까 말입니다. 그들이 걱정하는 건 우리가 흑사광풍가를 도와 전쟁에 뛰어드는 겁니다. 그래서 자꾸 경고를 보내서 우릴 주저앉히려는 거지요. 잘 협상하면 요동을 삼킨 것까지는 인정해 줄지도 모르죠. 하지만 종사의 야심은 거기서 그치지 않잖습니까. 잘 아시겠지만……."

그는 제강산을 돌아보며 하하 웃고는 다시 무영에게 말했다.

"사자군림가와 흑사광풍가의 싸움이 문젠데, 예상했던 것보다 이곳 싸움이 길어지니까 사자군림가도 못 참았나 봅니다. 일제히 반격을 해서 흑사광풍가를 요서와 달단 경계까지 밀어냈지요. 지금 싸움은 철령(鐵嶺)과 개원(開原) 중간쯤에서 벌어지고 있답니다. 그러니까 거기로 가셔야 하는 거지요. 천천히 가도 보름이면 도착할 겁니다."

제강산이 말했다.

"광견(狂犬)은 개원에 있다고 했지?"

곽대우가 히죽 웃으며 대답했다.

"맞습니다. 광견, 즉 흑사광풍가의 가주인 광풍혈랑(狂風血狼) 양소(梁紹)는 개원에, 사자군림가의 가주 철사자 요굉도는 철령에 있습니다. 적어도 열흘 전에는 그랬다는 뜻입니다. 전황에 큰 변화가 없다면 지금도 거기 있을 겁니다."

제강산은 탁자 위에 놓여 있던 두루마리 하나를 집어서 무영에게 내밀었다. 무영이 두 손으로 받아 들자 제강산이 말했다.

"흑사광풍가와 약속한 것은 개전 초기의 전개에 대한 것뿐이었다. 서로 싸우는 척하다가 유명종과 사자군림가가 움직이면 그때부터 각자의 싸움을 하자는 것이었지. 그 후의 일에 대해서는 아무런 약속도 없었다. 하지만 광견은 자기들이 불리해지면 우리가 도와줄 거라고 기대하고 있는지도 모른다. 그 일을 추진한 밀사들이 그렇게 착각할 법한 태도를 보이기도 했을 테고."

그는 무영이 쥔 두루마리를 가리키며 말을 이었다.

"그건 정식으로 전쟁을 선언하는 서한이다. 그걸 광견에게 갖다 줘라. 난 전략적으로 적을 기만하는 건 괜찮다고 생각하지만 사기를 치긴 싫다. 그러니 그걸 전하라는 것이다."

무영은 두루마리를 품속에 집어넣었다.

"그렇게 하겠다."

제강산이 다시 말했다.

"서한이 광견에게 전해진 다음에."

그는 강조해 말했다.

"알겠지? 반드시 그 후라야 한다. 서한이 광견에게 전해진 다음에 흑사광풍가의 아무 병력이라도 좋다. 그들을 쳐서 이겨라. 그 다음에 철령으로 가서 첫 승리는 나, 제강산이 사자군림가에 전하는 선물이라고 말하란 말이다. 기억했겠지?"

무영이 대답했다.

"기억했다."

제강산이 고개를 끄덕였다.

"좋아. 가도 좋다."

"요구할 것이 있다."

무영은 식량과 장비, 말에 대해 말했다.

제강산은 간단하게 거절했다.

"여기도 그런 건 모자란다. 약탈을 하건 훔치건 알아서 구해라."

무영은 무어라 항의하려다가 그냥 고개를 끄덕였다.

"알았다."

그가 고개 숙여 인사하고 군막을 나오자 곽대우가 따라 나와 소매를 잡았다.

"아직 한 가지 더 들려 드릴 일이 있습니다. 아주 흥미있어하실 일이지요."

그는 은밀한 이야기라도 한다는 듯 목소리를 낮추어 이야기를 하며 한편으로는 무영을 끌고 군막에서 떨어졌다.

"사도 총관은 아주 인색한 사람이지요. 그래서 총관 자리를 맡긴 했겠습니다만, 간혹 너무 인색해서 보기 흉할 때가 있습니다. 이번 경우가 그렇죠. 수백 명의 무사를 이끌고, 고작 사흘 거리인 합이빈까지 가는데 군량과 장비, 말을 잔뜩 끌고 간단 말입니다. 합이빈에 가면 또 구할 수 있는데."

그는 제강산의 군막을 힐끔 돌아보고는 장난꾸러기 같은 미소를 지으며 말을 이었다.

"종사도 말씀하셨지요. 약탈을 하건 훔치건 알아서 구하라고. 그러니 지시대로 하시면 됩니다. 중요한 건 태양종 안에서 훔치거나 약탈하지 말라는 명령은 없었다는 거지요."

무영은 잠시 생각해 보고 고개를 끄덕였다.

"알아들었다. 원래 그렇게 하려고 했다."

곽대우가 하하 웃더니 무영의 소매를 놓아주고 말했다.

"제가 참견할 필요도 없었군요. 좋습니다. 잘되길 빕니다."

무영이 떠나려고 하자 곽대우가 다시 말했다.

"사도 총관은 내일 출발한답니다."

무영이 말했다.

"우린 오늘 밤 출발한다."

곽대우가 싱긋 웃었다.

"황씨 형제들은 저와 친한 사이니 잘 보살펴 주시기 바랍니다. 성실한 사람들이니 부려먹을 만할 겁니다."

무영은 가볍게 손을 흔들고 기다리는 손지백에게 걸어갔다. 손지백이 다가와서 물었다.

"어떻게 됐습니까?"

무영은 그 말에 대답하지 않고 명령을 내렸다.

"향주급 이상 전원 집합시켜라."

태양종의 군막들 위로 어둠이 깔렸다. 무영을 선두로 한 무영단 무사들이 어둠 속에서 움직이고 있었다. 일부 무사들은 가지고 있던 짐과 이미 확보한 소수의 말을 끌고 대기하고 있었고, 그 외의 무사들은 전원 도둑처럼 조용히 움직여 사도헌 휘하의 병력들이 숙영하는 곳으로 접근하고 있었던 것이다.

그들은 마치 야습이라도 하려는 것처럼 소리나는 물건은 단단히 묶고, 불빛을 반사할 만한 물건은 천으로 싸거나 흙을 묻혀 가려두었다. 심지어 무영조차 금구단이 박힌 왼쪽 눈을 감고 움직일 정도였다.

어둠 속에서 한 사람이 은밀히 다가와 속삭였다.

"이상없습니다. 적은 우리의 접근을 모르고 있습니다."

황씨 형제들 중 장남인 황천이었다. 무영의 옆에 있던 손지백이 히죽 웃으며 말했다.

"언제부터 그들이 우리 적이 된 거지?"

무영이 손을 움직여 향주들을 불러 모으고 말했다.

"계획대로 한다. 사람은 죽이지 말고 목적만 달성한 후 신속하게 빠져나가는 걸 잊지 마라."

향주들이 고개를 끄덕였다. 그리고 두 패로 나뉘어 월영이 지휘하는 한 패는 식량과 이불 등의 장비를 쌓아둔 곳으로, 혈영이 지휘하는 다른 한 패는 말을 묶어둔 곳으로 향했다. 태양종의 말들은 관리상 편하다는 이유로 모두 한곳에 모아두고 있었는데, 그건 무영단에게 다행한 일이었다. 사도헌이 확보한 말들로도 부족했기 때문이었다.

무영은 월영과 함께 움직이고 있었다. 잠시 더 걸어가자 화톳불이 밝혀져 있고 보초 몇 명이 서성거리고 있는 것이 보였다. 그들은 땅바닥에 엎드렸다. 월영이 뒤를 향해 속삭였다.

"보초를 처리해!"

손지백과 공손번, 황해, 황하 형제가 땅바닥을 기어 보초들을 향해 접근했다. 화두타가 속삭였다.

"이런 일이야말로 빈승이 전문이거늘, 어찌 빈승만 가지 못하게 하시오?"

그는 보초를 처리하는 일에 참견하지 못하도록 미리 금지되었던 것이다. 월영이 낮게 코웃음을 치고 말했다.

"당신이 가면 다 죽일 거잖아. 나중에 귀찮아진다구."

보초들이 풀썩풀썩 쓰러졌다. 월영이 일어나 달렸다. 명령은 없었지만 그녀 휘하의 무사들이 전원 그 뒤를 따랐다. 그들은 식량과 장비를 손에 잡히는 대로 들었다. 월영이 목소리를 억제하며 외쳤다.

"이불을 꼭 챙겨! 땅바닥에서 자고 싶지 않으면 말이야! 적어도 내 이불은 반드시 챙겨!"

화두타가 낮은 소리로 대답했다.

"당주님의 이불은 빈승이 이미 챙겨두었소이다. 하하."

"저건 사사건건 나서네. 언제 정말 혼을 내줄 테다."

월영이 이를 갈고는 다시 명령했다.

"솥이랑 그릇도 잘 챙겨! 약도!"

그들로부터 조금 떨어진 곳에서 소란스러운 소리가 들려왔다. 말들이 부르짖는 가운데 사람들의 외침도 있었다. 월영이 중얼거렸다.

"들켰나?"

손지백이 말했다.

"말들에겐 입이 있으니 우리처럼 조용하게 모든 일을 처리할 순 없었겠죠."

소음이 점차 가까워지고 있었다. 우레 같은 말발굽 소리였다. 자다 말고 뛰쳐나온 무사들이 외쳐 대고 있었다.

"적이다! 야습이다!"

"도둑이야!"

"뭐건 잡아! 막아!"

혈영이 선두에서 말을 몰고 다가왔다. 그 뒤로 혈영당의 무사들이 각자 말 한 필씩을 더 끌고 달려오고 있었다.

월영이 외쳤다.

"전원 말을 타라! 짐을 잊지 마!"

무영을 비롯한 전원이 말에 올랐다. 무영이 외쳤다.

"가자!"

사도헌이 군막에서 뛰어나오고 있었지만 이미 늦었다. 그는 멍하니 서서 무영과 무영단의 무사들이 말을 달려 사라지는 모습을 보고 있을 수밖에 없었다.

해동 구선문에서 무영단에 파견한 세 사람, 풍백과 우사, 운사는 미리 짐을 싸서 대기하고 있는 무영단 사람들과 함께 기다리고 있었는데, 숙영지에서 소란이 일어나고, 요란한 소음과 함께 말들이 달려오는 것을 보고 어이가 없다는 듯 웃었다.

풍백이라 불리는 중, 유정이 말했다.

"어처구니없는 집단 아닌가. 자기들 것을 자기들이 약탈하다니."

운사라 불리는 삿갓검객이 중얼거렸다.

"어쨌든 답답한 사람들은 아닌 것 같군요. 같이 다니면 지루하진 않겠습니다."

그러는 사이에 기마대가 그들 목전에까지 도착했다. 무영을 비롯한 무영단 무사들은 멈추지 않고 그대로 달렸다. 무영이 외쳤다.

"따라와!"

해동 구선문의 세 사람까지 포함해서 총원 오백사 명이 된 무영단은 새벽이 오기까지 꼬박 달려서 예전에 유명종과 여진족들을 막았던 그 산성으로 들어갔다. 여기서 그들은 사흘간 휴식을 취하고 다시 요서를 향해 출발했다. 서두를 것 없는 길이었다. 그들은 천천히 유람하듯 길을 가면서 중간중간에서 식량을 구하기도 하고, 기마술에 능숙치 못한 사람들은 새선풍에게 배우도록 하기도 했다.

다시 사나흘 후에는 본격적인 기마 전술 훈련이 시작되었다. 기마술이 단기간에 습득되는 것은 아니었지만 최소한 대형을 짜고 전술에 맞추어 움직일 수는 있어야 흑사광풍가를 상대할 수 있었기 때문이다. 그들은 각 조별로 따로 또 같이 움직여 병진을 구성하고 전진과 후퇴를 연습했다. 적을 포위하고, 혹은 적진 돌파를 하고, 뒤를 방어하면서 후퇴하는 법을 조별로, 향별로, 그리고 전체가 동원되어 연습하기도 했다.

무영 역시 연습 대열에서 빠지지 않았다. 새선풍은 전날 얻어맞은 원한을 잊지 않았는지 그에게만 더욱 어려운 과제를 주기도 했는데, 무영은 불평 한마디 하지 않고 묵묵히 가르침에 따랐다. 새선풍이 은근히 성질을 긁는 말을 하기도 했지만 무영은 수련 시간 동안은 결코 화내지 않았다. 나중엔 새선풍이 지쳐서 괴롭히기를 그만두고 말았다.

종리매와 월영이 우려했던 대로 무저갱 출신의 무사들과 배화교 신도인 무사들은 물과 기름처럼 따로 움직였다. 휴식 시간이 되면 무저갱 무사들은 자기들끼리 모여 도박을 하거나 놀았고, 배화교 신도들 역시 따로 모여서 기도를 하고 예배를 했다. 무저갱 무사들은 그들을 비웃고, 배화교 신도들은 역으로 무저갱 무사들을 경원했다.

손지백이 이 점을 걱정해서 대책을 강구해야겠다고 말했다. 그러나 종리매는 걱정할 것이 없다고 말했다.

"싸우면 돼. 함께 싸우면 동지애가 생기지. 억지로 뭘 할 필요가 없어. 그보다 향주들은 조장들이나 잘 가르쳐 둬. 무사들을 직접 다루는 건 결국 그들이니까."

그렇게 며칠을 더 가자 드디어 그들 앞에 요서의 흙이 밟혔다. 멀리 산 위에 성이 보였다. 사자군림가의 거점 중 하나인 신빈보(新賓堡)라는 곳이었다.

월영이 물었다.

"저기 잠깐 들러볼까요?"

뭔가 그럴듯한 음식과 편한 잠자리가 제공될지도 모른다는 기대를 은근히 하고 물어본 것인데 무영이 그걸 허락했다. 단지 그녀가 기대하는 방식이 아니었다.

"가서 전황이 어떻게 진행되는지 물어보고 와라. 특히 흑사광풍가가 아직도 개원에 있는지 확인해라."

"거기 있다고 하면요?"

"개원으로 간다."

그는 그를 바라보는 당주와 향주들을 향해 선언했다.

"우리는 적의 심장부를 찌른다."

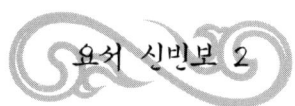

요서 신빈보 2

신빈보로 떠난 월영은 반 각이 안 되어 혹을 달고 돌아왔다. 아니, 정확히 말하면 그녀의 잘못은 아니었다. 신빈보에 닿기도 전에 문제의 '혹' 을 만나 같이 온 것뿐이었다. 신빈보를 지키는 사자군림가의 무사들이었다.

무영은 멀리서 그들을 보고 수하들에게 명령했다.

"피풍의 착용!"

무영단의 무사들이 일제히 피풍의를 착용했다. 피풍의란 어깨에 걸쳐서 목 앞쪽에서 여미는 긴 천, 혹은 옷으로, 목 위의 부분을 길게 만들어 일굴까지 기리게 하면 흙먼지가 이는 곳에서는 아주 유용한 것이지만 지금 무영단 무사들이 입은 것은 바람 가리개라는 원래의 목적보다도 이화태양종 소속이라는 표시를 하기 위한 행동이었다. 피풍의의 등에 태양 문양이 수 놓여 있기 때문이었다.

그게 잘한 행동이라는 건 사자군림가의 무사들이 다가오면서 드러났다. 그들은 방금 빨아 입은 듯 깨끗한 옷 위에 반들반들 광을 낸 갑옷이며 투구를 착용하고 있어서 그야말로 정예병이 뭔지를 몸으로 보여주는 듯한 모습이었다. 그에 반하면 무영단 무사들의 복장은 각자 제멋대로 입은 것들이고, 그간의 전투 때문에 찢어진 놈, 더럽혀진 놈, 핏자국 가득한 놈 등 거지꼴이 따로 없을 정도였다. 태양 문양이 그려진 피풍의가 없었다면 도적 떼로 몰려 토벌당해도 할 말이 없었을 것이다.

하지만 피풍의를 입었건 안 입었건 그쪽에서는 비슷하게 보는 모양이었다. 백여 명쯤 되어 보이는 사자군림가의 기마무사들은 화살이 닿을 정도의 거리가 되자 양쪽으로 나뉘어서 학익진을 형성하더니 멈춰서 활을 꺼내 들었다. 그리고 선두의 서너 명만이 월영을 앞세우고 다가왔다.

무영단의 향주들은 모두 무영의 뒤에 도열해서 그 모습을 보고 있었는데, 그중 혈면염라 최주가 감탄사를 발했다.

"과연 사자군림가답소. 저 정연한 대오하며 완벽한 진형이라니."

화두타가 그 말을 받아 말했다.

"과연 누가 대강 가르쳐 준 엉터리 기마술에 기마 진형과는 차원이 다르구려."

새선풍이 발끈 화를 냈다.

"시간이 없어서 제대로 못 가르친 거지, 시간만 있었으면 누가 저걸 못해! 좋아, 오늘부터 두 배로 수련시켜 주마! 못 따라오기만 해봐라!"

화두타가 무어라고 받아치려고 했지만 사자군림가의 무사들이 가까이 와서 그만 입을 다물었다.

사자군림가의 선두로 달려온 마상의 기사는 금빛 찬연한 갑옷과 사자 머리를 흉내 낸 투구를 쓰고, 손에는 고대의 장군이나 사용할 법한 방천화극(方天畵戟)을 들고 있는 사십 대의 장년 사내였는데, 무영을 비롯한 무영단의 무사들을 의심스러운 눈으로 말없이 훑어보더니 불쑥 말했다.

"두목이 누군가?"

화두타의 말에 성질이 난 상태였던 새선풍이 마침 잘 만났다 하고 눈을 뒤룩거리더니 무영에게 말했다.

"시건방진 놈 아닙니까. 손 좀 봐줄까요?"

무영에게 말한 것 같지만 방천화극을 든 기사에게도 들리게 충분히 큰 소리로 말했으니 사실은 욕설에 위협이나 다름없었다. 방천화극을 든 기사의 뒤를 따라온 기사 둘이 발끈 화를 내며 앞으로 나섰다. 그들 중 오른쪽에 있던 기사가 새선풍을 노려보며, 그러나 말은 방천화극을 든 기사에게 했다.

"보주(堡主)님, 건방지기 짝이 없는 도적놈이로군요. 제가 손 좀 봐 줘도 되겠습니까?"

새선풍이 하하 웃고는 이번에는 그 기사를 노려보며, 그러나 말은 무영에게 하는 것처럼 했다.

"주인이 시건방지더니 졸개는 더욱 그렇지 않습니까. 제가 저놈 죽여도 될까요?"

그의 손은 어느새 안장 양쪽에 꽂아놓은 쌍도끼를 꺼내 쥐고 있었다. 상대편 기사의 눈빛도 뜨겁게 달아올랐다. 그는 옆구리에 끼고 있던 장창을 꼬나 쥐고는 새선풍을 향해 위협적으로 흔들었다.

"예의를 모르는 도적놈의 새끼. 나와라! 목에 바람구멍을 만들어

주마!"

 새선풍 역시 욕이라면 누구에게 뒤질 일이 없는 자였다.

 "이런 똥물에 튀겨 죽일 놈! 누구한테 그 따위 소리야! 그래, 잘 만났다. 네놈 창으로 네놈 입부터 똥구멍까지 일자로 꿰어서 구워 먹어버릴 테다! 덤벼라!"

 금방이라도 도끼를 휘두르며 달려나가려 하는데 무영이 손을 들어 제지했다. 새선풍은 이미 무영의 바로 그 손에 한 대 얻어맞은 기억이 있었기 때문에 본능적으로 움찔하며 멈추었다.

 무영이 방천화극을 든 기사에게 말했다.

 "이화태양종의 무영단이다. 내가 단주 무영이다."

 방천화극을 든 기사가 눈에 이채를 띠었다.

 "당신이 바로 무영이었나? 흠……."

 새선풍이 정신을 차리고 무영에게 나가 싸우게 해달라고 조르려 했다. 그걸 종리매가 눈을 한 번 흘기는 것으로 막았다. 대신 혈영이 무영의 옆으로 조금 나아가서 방천화극을 든 기사에게 말했다.

 "여맹부! 우리 단주께 예를 표해라!"

 방천화극을 든 기사는 원래 혈풍을 알고 있었던 모양, 그가 자신의 이름을 불러도 놀라지 않고 못마땅한 듯 얼굴만 실룩거렸다.

 "혈영쯤 되는 사내가 여기서 뭘 하고 있는 건가? 당신이 두목인 줄 알았는데……."

 혈영이 무뚝뚝하게 재차 말했다.

 "예를 표해!"

 방천화극을 든 기사는 다시 한 번 얼굴을 실룩거리더니 하는 수 없다는 듯 성의없게 인사했다.

"사자군림가 신빈보주를 맡고 있는 봉선화극 여맹부다. 귀하의 신원과 목적이 파악되기 전에는 제대로 대우를 못함을 이해하기 바란다."

무영이 말했다.

"적은 아직 개원에 있나?"

"적이라면 흑사광풍가를 말하는 건가? 아니면 우리?"

무영은 신비로운 빛을 내뿜는 보석의 눈과 함께 여맹부를 노려보았다. 여맹부 휘하 기사들이 잠시 그 빛에 도취된 듯 말을 잃었다. 무영이 말했다.

"우리의 적은 광풍혈랑 양소다. 그는 아직 개원에 있나?"

여맹부가 무영의 시선으로부터 눈을 돌리며 대답했다.

"어제 도착한 보고에 의하면 그는 아직 거기 있는 것 같다. 정확하진 않아. 그놈들과 싸우게 되면 항상 그렇듯이 전선은 철령과 개원 사이에 넓게 펼쳐져 있으니까. 뿔뿔이 흩어져서 기마대로 기습하고 다니는 게 그들의 싸움 방식이지. 그중 어디에 있을지는 알 수 없다."

무영은 고개를 끄덕이고 뒤를 향해 명령했다.

"출발!"

여맹부가 급히 막았다.

"어디로 가겠다는 건가? 내게 허락을 받지 않고는 아무 데도 못 간다!"

"허락?"

무영이 생소한 단어를 들은 것처럼 중얼거렸다.

"우릴 막겠다는 거냐?"

여맹부의 얼굴이 붉으락푸르락했다.

"여긴 사자군림가의 영역이다! 당신들이 누구건 허락없이 맘대로 돌아다닐 수 있는 곳이 아니란 말이다!"

무영은 눈살을 찌푸리며 그를 바라보았다. 이 사람이 도대체 뭘 원하는지 이해할 수가 없었다. 문득 그는 여맹부라는 이름을 언젠가 들어본 일이 있는 것 같다는 생각을 했다. 그게 언제, 누구로부터였던가.

무영이 말을 않고 있자 손지백이 나섰다. 그는 점잖은 미소를 짓고는 여맹부의 앞으로 말을 움직여 다가가서 역시 점잖게 공수하고 말했다.

"무영단 향주 손지백이라 하오. 저희 단에는 단주님을 비롯하여 말씀을 아끼시는 분들이 많으니 제가 대신 말씀드리도록 하겠소이다. 지금 우리는 귀 사자군림가를 도와 흑사광풍가를 치고자 이동하는 중이오. 영역 통과를 막을 이유는 없는 것 같구려. 물론 허락은 받아야겠지요. 그러니 말씀해 주시오. 어떻게 하면 허락을 내주시겠소?"

장창을 든 기사가 중얼거렸다.

"이제 좀 예의 갖춰 말하는 놈이 나왔군."

손지백의 귀에 들리게 하는 소리였고, 당연히 손지백도 들었다. 불끈 성질이 치밀어 올랐지만 그는 겉으로 전혀 표시를 내지 않고 못 들은 척 담담하게 여맹부만 바라보았다. 여맹부가 헛기침을 몇 번 하더니 말했다.

"나는 귀하들이 우릴 도우러 올 거라는 이야기를 들은 적이 없다. 귀하들을 통과시켜 주라는 사전 명령을 받은 일도 없지. 그러니 귀하들이 내 영역을 통과해서 이동한 뒤에 개원의 흑사광풍가 놈들을 칠지, 아니면 우리 사자군림가의 뒤를 칠지 알 수 없는 일 아닌가. 만약 그렇게 돼서 뒤통수를 맞게 되면 그 책임은 모두 내게 돌아올 것이니 내가 명령도 안 받고 귀하들을 통과시켜 줬다가 그 후환을 무엇으로 감당하겠느냐."

손지백이 고개를 끄덕거리고는 말했다.

"보주의 말씀이 옳소이다. 당연히 그러시겠지요. 하지만 전장의 형세가 화급을 다투고 있으니 여기서 상부의 확인을 기다릴 수도 없는 노릇 아니겠소. 또한 금번 우리 이화태양종과 귀 사자군림가의 협조 체제는 동맹의 서약만 않았을 뿐이지 동맹을 맺은 것과 같다는 것은 보주도 잘 아실 것 아니오. 우리가 바로 그 동맹의 사자라오. 이런데도 통과시켜 주지 않겠소?"

여맹부가 인상을 썼다.

"동맹의 사자? 그런 게 온다는 소리도 들은 적 없다. 만약 진짜라면 증거물을 보여라. 서신이나 신패 같은 것이 있을 것 아닌가. 그리고 동맹의 사자라면 우리 가주께 가야지 왜 개원으로 간다는 거냐?"

손지백이 손을 저었다.

"큰일 날 소리 마시오. 귀 가주께 직접 전달해야 할 서신을 귀하에게 어찌 보여주겠소. 그리고 우리가 귀 가주를 바로 찾아가지 않고 개원으로 가는 데에는 우리 종사의 엄명이 있어서요. 그 자세한 내용 또한 귀하에겐 밝힐 수 없소. 군략에는 비밀 엄수가 제일인데 공연히 귀하가 우리를 붙잡아두는 바람에 이미 여러 사항을 밝히고 말았소. 만약 잘못되면 이 부분에 대해서는 귀하가 책임을 져야 할 거요. 논란은 이쯤 하고 그만 가도록 허하심이 어떠하오? 우리가 여기서 오래 붙잡혀 있느라 일을 제대로 못하면 그 책임은 우리를 그냥 통과시켰다가 돌아올 책임에 못지않을 거요."

여맹부가 고민스럽다는 듯 한참 동안이나 인상을 쓰고 있더니 끝내 고개를 저었다.

"난 통과시켜 줄 수 없다. 증거를 보여서 날 납득시키든지 아니면 상부에 보고를 보내 회신이 돌아오는 것을 보고서야 결정하겠다. 그때까지 너희들은 우리 신빈보의 감시 하에 있어야 한다."

손지백도 인상을 썼다.

"보기보다 답답하시구려. 말씀하신 것은 하책 중에도 최하책이오."

그때 월영이 말했다.

"여기서 며칠 있지 뭐. 며칠 쉬다 가도 좋잖아."

손지백이 뭐라고 말하려 했는데 예상치 않았던 담오가 먼저 입을 열었다.

"대장간 있나?"

손지백이 담오를 돌아보며 물었다.

"뭐라고?"

담오는 손지백이 아니라 여맹부를 바라보고 있었다. 그는 갑자기 칼집에서 칼을 뽑았다. 일전에 무영의 묵염혼에 의해 부러진 반 동강이 칼을 보여주며 그는 다시 물었다.

"이걸 고칠 대장간 있나?"

길림에서 숙영하는 동안 고칠 시간도 고칠 수 있는 장인도 없었고, 또 보통 대장장이와 기구로는 고칠 수 없는 강한 재질로 만들어진 것이라 아직도 부러진 채인 것이다. 이동해 오는 내내 그는 병든 연인을 바라보듯이 칼을 붙잡고 있었던 것인데, 혹시 신빈보에는 그걸 고칠 수 있는 대장간이 있는지 궁금했던 모양이었다.

손지백도 보검과 보도에 민감한 무사로서 부러진 애병을 바라보는 담오의 심정은 충분히 공감하고도 남았다. 하지만 지금 그 이야기할 때인가. 그는 한숨을 내쉬고는 말했다.

"이봐, 지금 그런 이야기를……."

그때 무영이 말했다.

"날 아나?"

이건 또 무슨 소린가 해서 바라보니 무영이 여맹부를 향해 질문한 것인 모양, 여맹부가 당황해하고 있었다.

"그게 무슨 소리냐?"

무영이 말했다.

"마교혈맹록 칠백팔십사위 봉선화극 여맹부 맞지?"

여맹부가 심장이라도 꿰뚫린 것처럼 아픈 표정이 되었다. 거기 대고 무영이 못을 박았다.

"나는 백오십위다. 날 아나?"

여맹부가 항변하듯 소리쳤다.

"아직은 아니지! 아직 총단의 승인이 안 떨어졌다!"

손지백이 이 순간 크게 깨달아서 외쳤다.

"우리 단주님을 알고 있었군!"

여맹부는 얼굴에 경련이라도 일어난 것처럼 뺨을 실룩거리더니 투덜거리듯 말했다.

"새파란 어린아이가 빙궁 제삼설녀와 싸워 이겼다는 소문은 제칠설녀로부터 들었다. 직접 보니 정말 어린아이 아닌가."

무영이 눈빛을 빛내며 물었다.

"설녀가 지나갔나?"

여맹부가 대답했다.

"이십여 일 전에 지나갔다. 그런데 넌 왜 말투가 그 모양이냐. 아무리 마교 서열이 높다고 해도 종파가 다르면 직계의 어른처럼은 대우할 수 없다. 하물며 아직 총단의 승인이 떨어지지 않은 지금 내게서 윗사람 대우를 받을 거라고 생각하지 마라."

손지백이 소리 내어 웃었다. 그는 이제야 여맹부의 기분을 짐작할 수 있었다. 졸개들이라면 몰라도 보주씩이나 되는 사람이 사자군림가와 이화태양종, 흑사광풍가가 얽힌 이번 전쟁의 흐름을 모를 리가 없었다. 사실 이런 상황이라면 되도록 아는 사람이 적게 얼른 통과시켜 주고 수하들에게는 비밀을 엄수하도록 하는 것이 옳았다. 그래야 기습의 효과가 더해질 테니 말이다.

그런데 오늘 여맹부는 대적이라도 하는 것처럼 수하들을 잔뜩 끌고 나온 데다가 꼬치꼬치 따져 가며 방해를 하고 있다. 융통성없는 멍청이인 줄로만 알았더니 다른 감정이 있었던 것이다. 그것도 극히 개인적인 감정이. 마교혈맹록에 이름을 올리고 있는, 그리고 거기 대단히 의미를 두고 있는 사람이 아니고서는 이해하기 어려운 감정이었다.

여맹부가 얼굴을 시뻘겋게 물들이며 외쳤다.

"왜 웃나! 웃지 마! 무례한 것들!"

무영이 중얼거렸다.

"이것 참, 어떻게 할까……?"

손지백이 입을 벌리다가 다시 닫았다. 무영의 표정없는 얼굴에 내재된 분노를 민감하게 느꼈기 때문이다. 이 다음에 벌어질 일은 보지 않아도 알 수 있었다.

과연 무영이 여맹부를 향해 말했다.

"무례한 게 어떤 건지 보여주마."

말과 함께 그의 발이 말의 배를 때렸다. 말이 놀라 길게 부르짖으며 달리기 시작했다. 그와 여맹부의 사이는 말 세 마리 간격에 불과했다.

순식간에 무영이 여맹부의 옆을 스쳐 가며 그의 목을 낚아채서 옆구리에 끼고 달렸다. 여맹부가 버둥거렸지만 무영의 팔뚝은 강철 같고, 그 힘은 부드러우면서도 강력해서 저항해 볼 여지가 없었다.

그렇게 여맹부를 옆구리에 낀 채로 무영은 활을 든 사자군림가의 대열을 향해 달렸다. 혈영을 위시한 무영단의 무사들이 그 뒤를 따르려 하자 종리매가 손을 들어 제지했다.

"그냥 둬라!"

종리매의 명령을 안 듣는 것은 철갑마뿐이었다. 그만이 말을 달려 무영의 뒤를 따랐다. 사자군림가의 무사들이 활시위에 화살을 걸었다. 그러나 쏠 수는 없었다. 무영의 옆구리에 낀 여맹부를 다치게 하지 않고 무영만 맞힌다는 보장이 없었다. 게다가 그들의 엄정한 기강으로는 여맹부의 명령 없이 공격을 시작한다는 것은 있을 수 없는 일이었다. 하지만 명령을 내려야 할 바로 그 사람이 인질이 된 상황 아닌가. 그들로서는 어떻게도 할 수 없는 상황이었다.

무영은 그렇게 사자군림가 무사들 앞을 시위하듯 달려서 다시 제자리로 돌아왔다. 그리고 여맹부를 말 위에 던지듯 내려놓은 뒤 여맹부가 목을 움켜쥐고 콜록대는 것을 무심하게 바라보았다. 여맹부를 호위하던 장창의 기사와 대도를 든 기사는 어쩌지도 못하고 바라만 보고 있다가 여맹부가 말에 다시 앉자 떨어지지 않도록 좌우에서 부축했다.

숨통이 트이자 여맹부는 불같이 화를 냈다.

"죽여, 죽여 버릴 테다!"

무영이 좌우를 물러나게 하고 말했다.

"죽여봐라!"

무영이 천천히 묵염흔을 뽑아 오른손에 고쳐 쥐었다. 그리고는 여맹부로부터 조금 떨어진 곳으로 말을 몰아갔다.

여맹부가 노한 눈으로 그를 바라보다가 그 또한 좌우를 물러서게 했다. 그리고는 무영에게 끌려 다니면서도 놓지 않았던 방천화극을 세워 들었다. 이래서 계획되지 않은 일기격전(一騎激戰)이 벌어지게 되었다.

무영과 여맹부는 고대의 장군들처럼 마상에 올라 서로를 바라보다가 동시에 말을 몰아 달려갔다. 무기로만 보아서는 여맹부가 우세했다. 방천화극은 바로 이런 전투에 사용하기 위해 만들어진 무기였다. 빠르게 질주하는 말 위에서 길고 무거운 방천화극을 휘두르면 그 위력이 극대화되기 때문이었다. 그래서 고대의 장군들이 방천화극이니 청룡언월도 같은 무겁고 긴 무기를 사용했던 것인데, 여맹부는 여포의 후예라고 자칭할 만큼 바로 그 무기에 정통해 있었다.

여맹부의 잘 훈련된 말이 일직선으로 달려 무영의 옆을 스쳐 갔다. 그의 방천화극은 어마어마한 파공음을 내며 무영의 허리께를 노리고 휘둘러졌다. 이런 공격을 받으면 막거나 피하거나 두 가지 방법밖에 없었다.

만약 무영이 관우처럼 팔 척 장신이고, 청룡언월도 같은 무겁고 긴 무기를 사용했다면 정면으로 막을 수도 있었을 것이다. 그래서 멈춰 선 채 몇 수를 나누어볼 수 있을 것이다. 이렇게 말을 타고 한 번 격돌하여 공방을 주고받는 것을 한 합(合)이라고 하는데, 여맹부의 전력에 열 합 이상을 겨뤄본 경험은 거의 없었다. 마상 전투에만 한정해서 하는 이야기지만 대개는 격돌한 순간에 승부가 나기 마련이고, 그렇게 되지 않아도 두 번째, 혹은 세 번째 격돌부터는 더 이상 교차하며 싸우는 게 아니라 멈춰 서서 무기술을 겨루게 되는 게 일반적이기 때문이었다. 고대의 장군들이 백 합을 겨뤘다거나 하는 것은 과장이 실렸거나, 아니면 정말 실력이 막상막하인 두 고수가 겨룬 것일 터였다.

지금도 그래서 단 일 합 만에 승부는 나버렸다. 무영이 겁도 없이 방천화극에 비해 터무니없이 가벼울 게 분명한 검을 휘둘러 정면으로 마주쳐 왔고, 그걸 지푸라기처럼 가볍게 날려 버리고 허리를 베어버리겠다는 각오로 휘두른 방천화극이 맥없이 끊어져 버렸다. 하늘이 뒤집히고 온몸에 통증이 엄습해 왔다. 다시 정신을 차렸을 때 여맹부는 피를 흘리며 하늘을 바라보고 있었다. 누군가가 그를 내려다보며 이름을 부르고 있었는데, 눈앞이 어지러워 사람 얼굴은 서너 개로 보이고 귓가에 들리는 소리는 매미 소리처럼 시끄럽기만 할 뿐 뜻이 들어오지 않았다.

조금 더 시간이 지나자 간신히 일어나 앉을 수 있었다. 그때에야 그는 자신이 무영의 일격에 말에서 떨어져 뒹굴어 버렸다는 사실을 깨달았다. 처참한 패배였다. 마상 전투에 있어서만은 자신이 있었던 그가 어린애처럼 간단하게 져버린 것이다. 그는 비틀거리며 일어났다.

"나, 난 아직 지지 않았다. 내……."

그는 그의 애병인 방천화극이 반 동강이가 나서 땅바닥에 뒹굴고 있는 것을 힐끔 보고 원래 하려던 말을 바꾸었다.

"내 칼이 건재하는 한 난 진 게 아냐!"

그가 허리에서 칼을 뽑아 들었다. 근접전에 사용하도록 만들어진 요도(腰刀)였다. 장창과 대도를 든 기사, 여맹부의 시위들이 말렸지만 그는 듣지 않고 무영을 향해 걸어갔다. 무영이 말에서 뛰어내리더니 그를 향해 다가왔다. 거침없는 걸음이었다. 여맹부는 무영의 전진에 두려움을 느끼고 그가 채 가까워지기도 전에 요도를 휘둘렀다. 그러나 이번에도 어떻게 된 일인지도 모른 채 그는 땅바닥에 엎드려 있고, 요도는 어딘가로 날아가 버렸다.

놈은 터무니없이 강했다. 도저히 그가 상대할 자가 아니었다. 그런 생각을 하는데 누군가가 그의 목덜미를 잡아 끌어 올렸다. 무영이었다. 무영이 그의 얼굴을 들여다보며 말하고 있었다.

"이래도 통과 허가를 내리지 않을 테냐?"

않겠다고 말하면 목을 뽑아버릴 듯한 위압감이 밀려왔다. 여맹부는 힘없이 대답했다.

"허락하겠소."

무영이 잠시 침묵하다가 다시 말했다.

"생각이 변했다. 그냥은 못 간다. 식량과 물자, 길 안내할 사람까지 내놔라."

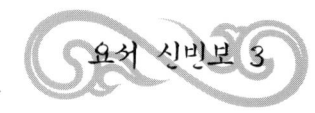

요서 신빈보 3

"이건 아주 위험한 일입니다, 단주님."

손지백은 들릴 듯 말 듯한 목소리로 거의 속삭이듯 말하고 있었다. 그들을 호위하듯, 혹은 호송하듯 신빈보로 안내하고 있는 사자군림가의 무사들 귀에 안 들려야 할 뿐 아니라 바로 뒤에서 따라오는 월영 휘하 향주들과 무사들의 귀에도 들리지 않기를 바라고 있기 때문이었다.

무영단이 지금처럼 확장된 뒤부터 그는 자신의 역할을 무영의 조언자로 생각하고 있었다. 종리매가 기강을 잡고, 자신은 필요한 때에 적절한 조언을 하는 역할을 해야 한다고 생각하고 있었던 것이다. 지금의 모습은 어쨌건 그는 한때 명문 화산파의 촉망받는 후기지수였고, 여기 무영단의 다른 사람들은 하나같이 마교의 마인이거나 흑도의 폭한들이었다. 제대로 머리가 돌아가는 건 자신 외에 없을 것이 당연했다.

혈영은 익히 소문을 들은 대로 싸움밖에 모르는 살인마고, 월영은 머리 빈 계집애에 불과했다. 그 휘하 향주들도 마찬가지였다. 황씨 사형제는 예상대로 충직하게 명령을 따르고는 있지만 나머지 시간 동안은 하루 세 번 태양을 향해 경배하는 것 외에는 별 생각이 없는 것 같고 무저갱 대당가 출신의 향주들은 노는 것 외에는 관심이 없는 듯했다.

새선풍은 머리도 뼈로만 이루어진 놈 같고, 화두타는 음흉하긴 하지만 영리한 것 같진 않았다. 혈면염라 최주가 그나마 과거 일개 방파의 주인이었던 사람답게 간혹 그럴듯한 소리를 하긴 했지만 시야가 좁고 둔했다. 철금마검 공손번은 그놈의 철금이 애인이라도 되는지 신주단지 보듬듯 안고는 하루 종일 그것만 만지고 있었다. 이런 상황에서 제대로 머리가 돌아가는 건 자기뿐이라고 생각하는 게 단지 그의 오만은 아닐 것이다.

그러니 지금 같은 상황에서 적절한 조언을 해주는 것이 그의 임무일 텐데, 그걸 다른 사람들이 듣지 못하게 해야 했다. 무영의 권위를 살려주기 위해서였다. 결정을 내리기 전이라면 몰라도 한 번 결정을 하면 무조건 따라야 한다. 결정된 사항에 대한 이의, 혹은 불만은 나중에 따로, 다른 사람 모르게 해야 한다는 것이 그의 생각이었다. 그래서 지금 조언을 하려 하고 있는 것이다.

무영의 독단적인 결단 이후 뭐라고 해볼 틈도 없이 일이 진행되어 변경될 여지가 별로 없긴 했지만 이런 명백한 위험을 그냥 두고 볼 수는 없었다.

"여맹부가 단주님에게 지긴 했지만 그걸로 간단히 승복할 거라고 보시면 안 됩니다. 사자군림가 놈들은 통일대전 때부터 대종사를 옆에서 호위했다는 자부심 하나로 유명했던 자들입니다. 놈들은 반드시 보복

하려고 할 겁니다. 그런 상황에서 놈들의 심장부로 들어간다는 것은 호랑이 아가리에 들어가는 것과 다름없습니다."

무영의 요구에 의해 그들은 지금 신빈보로 들어가고 있었던 것이다. 군량과 물자를 제공받아 나르기 위해 따라온 월영당 무사들과 함께였다. 거기에 대장간에서 칼 고치겠다고 담오까지 따르고 있었다. 밖에 남아 있는 것은 종리매와 혈영당의 무사들인데, 그들만으로는 안에서 무슨 일이 일어났을 때 바깥에서 구원병 역할을 하기에는 부족했다. 자칫 잘못하면 무영 휘하 월영당 무사들이 신빈보에 갇혀 함정에 빠진 맹수 꼴이 되고, 밖에서는 그들을 구원하기 위해 달려온 혈영당 무사들이 공성전을 벌이다가 궤멸될 우려가 있는 것이다. 최악의 상황이라 하지 않을 수 없었다.

그런데 무영은 그 위험을 아는지 모르는지 태연하기만 했다.

"여기도 호랑이가 있나?"

"진짜 호랑이가 있다는 말씀이 아니라……."

비유를 못 알아들은 것이라 생각하고 답답해하는데 정말 비유를 못 알아들은 것은 손지백이었다. 무영이 바로 뒤이어서 이렇게 말했던 것이다.

"날 잡아먹을 만한 호랑이가 있나?"

손지백은 입을 다물었다. 무영의 눈이 많은 것을 함축해서 말해 주고 있는 듯했다. 그 생각을 읽으려고 노력하며 그는 생각했다. 지금 무영의 말에는 일리가 있다. 무영과 철갑마 정도의 무공이라면 신빈보 아니라 더한 함정도 헤집어 버리고 뚫어버릴 수 있을 것이다. 그런 자신감도 나쁜 것은 아니다. 하지만 무공에 대한 자신감 때문에 이런 위험한 곳에 마구 뛰어들다간 언젠가 당할 날이 올 것이다.

손지백이 말했다.

"호랑이도 굶주린 이리 떼에 포위되면 당하지 못하는 법입니다."

무영이 희미하게 웃었다.

"난 혼자가 아니다. 네가 있고 월영당이 있지 않나."

손지백도 웃었지만 씁쓸한 웃음이었다.

"저야 물론 어떤 상황에서도 죽음을 각오하고 싸우겠지만……."

그의 말을 다 듣지도 않고 무영이 나직하게, 진지하고 힘있게 말했다.

"너도, 월영당도 똥개는 아니다. 나는 내 부하들이 어떤 이리보다도 낫다고 믿는다."

손지백은 말문이 막혀 입을 다물었다. 무영이 자기 자신과 철갑마의 힘만을 믿고 함부로 결정한 게 아니라는 뜻으로 받아들여졌기 때문이다. 하지만, 그래도 위험하기는 마찬가지였다. 그러나 이렇게 믿고 있다는데 더 무슨 말을 하랴. 그는 웃고 말았다.

"단주님, 언변이 정말 비약적으로 발전하셨습니다."

농담처럼 한 말이었는데 무영은 진지하게 대꾸했다.

"노력하고 있다."

이제야말로 손지백으로서는 할 말이 없었다. 문득 그는 무영이 자신이 생각하는 범위를 넘어서고 있다는, 그것도 엄청난 속도로 그렇게 되고 있다는 생각을 했다. 자신이 무언가 잘못 생각하고 있는 것은 아닌가 하는 의혹이 들 정도였다.

그러는 사이에 그들은 산의 경사면을 따라 갈지자로 난 길을 지나 웅장한 성문 앞에 도착했다. 좌우로 성벽이 돌출된 사이로 깊숙이 들어가서 만들어진 성문, 이른바 옹벽(擁壁) 구조라고 하는 것이었다. 이런 성을 공략하려고 성문을 두들기다간 양쪽 성벽에서 퍼붓는 기름과 불화살에 당하게 되는 것이다.

무거운 기계음과 함께 성문이 열리고, 안으로 들어서자 오 장도 떨어지지 않은 곳에 또 한 겹의 성벽이 있었다. 게다가 성안도 오르막 경사, 건너편 성벽 꼭대기가 까마득한 산 정상처럼 보이는데 그 위에는 무수한 사자군림가의 무사들이 활을 든 채 지켜보고 있었다. 아마도 이중 성벽 구조를 가지고 있는 모양인데, 내성(內城)의 성문은 그들이 방금 통과한 외성(外城)의 성문과 직선상에 있지 않고 성벽과 성벽 사이로 백여 장이나 이동해서야 있었다. 그 사이는 계속 양쪽 성벽 위에서 활을 든 무사들이 내려다보는 아래로 지나가야 하니 등골에 식은땀이 흘러내리지 않을 수 없었다.

두 번째 성문을 통과해서야 비로소 비교적 넓은 공간이 나왔다. 오가는 사람들도 있고, 거리를 따라 인가와 창고 등속의 건물들이 세워져 있었다. 비로소 사람 사는 곳 같은 느낌이 드는 곳이었다.

그러나 손지백은 여기서 진심으로 혀를 내둘렀다. 저 높은 곳 산 정상에 또 하나의 성이 세워져 있었던 것이다. 두 겹 성벽으로 방어가 된 안쪽에 백성들의 거주지가 있고 그 안쪽에 다시 하나의 성이 있어서 유사시 전원 그곳으로 후퇴 후 항전한다는 구조인 것이 분명했다. 진정한 철옹성(鐵甕城)이 무엇인지를 눈으로 보는 듯한 기분이었다.

앞장서서 안내하던 여맹부가 돌아서서 다가와서는 말했다.

"군량과 물자는 이곳 창고에서 받아 가시면 될 거요. 수하들이 처리하게 두고 단주는 보(堡)에 가서 차나 한잔하심이 어떻소?"

무영이 사양했다.

"차에는 관심없다. 대장간이 어딘가?"

여맹부가 모욕받은 듯한 표정을 감추지 못하고 말했다.

"그 또한 수하들에게 맡기고 우린 들어갑시다. 단주에게 차 한잔 대접하지 못하고 돌려보내면 손님 대접에 소홀했다고 가주께 꾸중을 들을 것이오."

무영은 조용히 여맹부를 바라보다가 말했다.

"차는 대장간으로 보내라."

여맹부가 이제야말로 못 참겠다는 듯 입을 벌렸다가 다시 다물었다. 그는 말고삐를 거칠게 잡아채 돌아서더니 호통 치듯 말했다.

"안내해 드려라! 요구하시는 건 뭐든 드리도록!"

장창을 든 기사가 다가와 말했다.

"물자는 저를, 대장간은 우익부장(右翼副將)을 따라가시면 됩니다."

무영이 월영에게 말했다.

"월영당은 물자를 받아서 혈영당과 합류해라. 대장간에는 나와 철갑호법, 담 향주만 간다."

월영이 고개를 끄덕였다.

"그러지요."

무영이 다시 명령했다.

"무기를 주로 챙겨라. 특히 활을."

월영이 다시 고개를 끄덕였다.

"그러지요."

무영이 장창을 든 기사에게 시선을 돌리더니 물었다.

"기마대의 싸움에서는 어떤 무기가 좋은가?"

장창을 든 기사가 잠시 당황해서 대답을 못하는 사이 대도를 든 기사가 다가와 대답했다.

"원거리에서는 활, 돌격전에서는 창, 근접전에서는 칼이라는 게 기마 전투의 기본이오."

무영이 그를 향해 물었다.

"당신은 왜 그걸 쓰나?"

우익부장은 자신의 무기인 대도를 슬쩍 들어 보이더니 대답했다.

"제대로 쓸 자신만 있으면 이게 창과 칼의 역할을 같이 하니 편하오. 창보다 효용이 다양하고 칼보다 위력적이지요."

무영이 월영을 향해 말했다.

"돌아가서 혈영과 이 부분에 대해 말해 보도록."

그리고는 우익부장을 가리키며 말했다.

"개원으로 같이 가자."

우익부장이 눈살을 찌푸렸다.

"개원으로?"

무영이 고개를 끄덕였다.

"안내자다. 여맹부에게 말해라. 그리고 대장간은 어디냐?"

우익부장은 정신이 없는 듯 잠시 말을 못하고 섰더니 고개를 흔들고는 말했다.

"제멋대로인 분이시군. 좋소, 따라오시오."

여태 한마디도 못하고 서 있던 손지백이 급히 무영에게 말했다.

"저희를 먼저 보내고 셋만 남으시겠다고요?"

무영이 고개를 끄덕이고 그를 바라보았다. 그 눈빛을 보고 손지백이 기가 질려 고개를 숙였다.

"명령대로 하겠습니다."

무영이 말했다.

"위험은 안에만 있는 게 아니다. 명심해라."

손지백은 잠시 멍하니 섰다가 무엇인가 깨달은 듯 눈을 빛냈다.

"알겠습니다!"

신빈보에 밤이 왔다. 무영과 철갑마, 담오는 신빈보의 대장간 화덕 앞에서 담오의 칼이 수리되는 것을 기다리며 말없이 앉아 있었다. 재차 삼차 여맹부가 식사 초대를 했지만 거절하고 저녁 내내 이곳에서만 기다리고 있는 참이었다.

만월이 떠올라 산성의 밤을 밝히고, 대장간 화덕에서 뿜어져 나오는 열기와 빛은 대장간 안을 환히 밝혀서 횃불을 따로 밝힐 필요가 없게 만들었다. 그 열기 때문에 굵은 땀방울을 흘려대던 대장장이가 집게를 화덕 안에 집어넣어 담오의 칼날을 끄집어내었다. 그리고는 모루 위에 올리고 망치로 한두 번 두들겨 보더니 고개를 저으며 도구들을 다 내려놓았다.

"소용없습니다. 대체 뭘로 만들었는지 저녁 내내 달구었는데 전혀 물러지지 않는군요. 어지간히 강하다는 강철도 제법 다뤄보았습니다만 이런 건 처음 봅니다."

쇠가 물러지지 않으면 이을 방법이 없다. 담오의 칼 또한 보기 드문 명도 중 하나인지라 신빈보의 화덕 열기로는 다룰 수가 없는 셈이었다.

"백림으로 가야 하나……."

담오의 얼굴에 어두운 기색이 깔리는 것을 보며 무영은 말없이 화덕과 그 속에 꽂혀 있는 칼, 그리고 땅바닥에 뒹구는 칼날을 바라보았다. 과연 저 화덕의 불길로는 기별도 안 가는지 칼날은 차갑게 식은 듯한 청광을 발하고 있었다. 그는 손을 내밀어 칼날을 잡았다. 대장장이가 기겁을 하고 외쳤다.

"아직 뜨거울……!"

그는 말을 채 맺지 못하고 입을 헤벌린 채 서 있었다. 무영이 아무런 감각도 없다는 듯 칼날을 만지작거리고 있었던 것이다.

"이 정도라면……."

무언가 가늠하듯 칼날을 만지던 무영이 칼날을 내려놓고 윗옷을 걸어 허리춤까지 내렸다. 그리고는 다시 한 손에 칼날을 잡고 다른 손은 화덕 속으로 집어넣어 반 토막이 된 칼을 꺼내었다. 붉게 타오르는 화염 속에 맨손을 집어넣어 불에 달궈진 부분을 움켜쥐고 꺼내는 믿지 못할 모습이었다. 그 다음은 더욱 믿기 힘든 일이 벌어졌다.

부러진 부분을 각 손에 움켜쥔 무영의 몸이 붉게 빛나기 시작했다. 특히 그의 양손은 붉은색 다음엔 파란색으로, 그 다음엔 하얗게 백열(白熱)하고 있었다. 그의 몸에서 나오는 열기 때문에 사람들이 뒤로 물러앉아야 할 정도였다.

이윽고 무영이 말했다.

"이 정도면 된 것 같은데?"

그는 부러진 칼날 부위를 마주 대고 모루 위에 올려놓았다. 대장장이가 땀을 뻘뻘 흘리며 다가와서 시험 삼아 망치를 휘둘러 칼날을 때렸다. 그가 외쳤다.

"됐습니다, 됐어요! 조금 겹쳐서 놓으세요! 예, 그렇게 잡고 계세요!"

대장장이가 망치를 휘둘러 댔다. 숨을 헐떡이며, 비 오듯 땀을 흘리며 하다가 끝내 못 참고 뒤로 물러서고 말았다. 무영의 손에서 뿜어져 나오는 열기를 견디지 못하는 것이다. 담오가 나서서 망치를 뺏어 들었다. 그리고는 직접 칼날을 두들기기 시작했다.

잠시 후 무영이 칼날에서 손을 뗐다. 담오도 망치를 대장장이에게 넘겨주고 말했다.

"마무리하시오."

칼날은 이미 연결되어 있었다. 비전문가인 두 사람이 한 일이라 삐뚤어지고 일그러진 부분이 있을 뿐인데, 이것은 대장장이의 날랜 솜씨로 금방 마무리할 수 있는 일이었다. 대장장이가 난생처음 본 기사에 혀를 내두르며 작업을 하는 동안 무영은 웃통을 벗은 그대로 대장간 밖으로 나가 밤하늘을 바라보았다. 담오가 그 뒤를 따라 나왔다.

담오는 원래 무영에게 고맙다는 말을 하려고 나온 것이었지만 천성이 무뚝뚝한지라 말을 못하고 옆에 서 있기만 했다. 애써 힘을 끌어내어 말하려 하다가 그는 대장간 안에서 비쳐 나오는 불빛 속에서 무영의 목을 보았다. 무영의 목에 감겼던 고리가 없어진 것을 그는 새삼 깨닫고 말했다.

"목걸이를 풀었군요."

무영이 고개를 끄덕였다. 원래 말이 많은 사람이 아닌 데다가 익숙지 않게 공손한 어조로 하려니 더욱 어색한 담오였다. 그러나 그는 한 마디를 더 했다.

"새장에서 풀려난 것 같습니다."

무영은 고개를 저었다.

"난 아직 종사의 손 안에 있다."

두 사람은 더 이상 말하지 않았다. 그러나 담오는 이 순간 무영이 그보다 훨씬 앞서 나가고 있다는 것, 그리고 언젠가는 종사를 넘어설 사람이라는 것을 절감하고 있었다. 그에게는 강철의 벽과도 같이 느껴졌던 종사 제강산을 무영이라는 어린 꼬마가, 잘못 만지면 금방이라도 망가져 버릴 것 같은 느낌의 어린애가 넘어서고 능가해 버릴 것 같다는 막연한, 그러나 어쩐지 기대되는 믿음이 생기고 있는 것이다.

무영단 본대는 신빈보를 바라보는 평원에서 야숙을 하고 있었다. 밤이지만 만월이 비추고 온 하늘엔 별이 가득해서 사방을 훤히 살펴볼 수 있는 장소였다. 그런 곳에서 오랜만에 포식을 한 무영단 무사들이 뒹굴며 자고 있었다. 하지만 자는 건 절반뿐이었다. 나머지 절반은 땅이 움푹 꺼진 곳이나 자연히 만들어진 구덩이, 혹은 바위 그늘 같은 곳에 은신해서 경계를 서고 있었다.

무영이 암시한 대로 위험한 것은 신빈보 안만이 아니었다. 신빈보가 그들을 적대시하고 해치기로 마음먹는다면 안이든 밖이든 위험한 건 마찬가지였고, 기마대가 주축이라는 점을 감안하면 신빈보로부터 며칠 거리를 떨어져 있어도 언제든 기습의 가능성이 있었다. 그래서 차라리 여맹부가 딴생각을 할 틈을 주지 않고 기를 꺾어놓기 위해 그 내부에까지 들어간 것이 무영의 의도였을 거라는 게 월영의 추측이었다.

"상식적으로만 생각하는 사람들에게는 그런 행동이 당황스럽겠지. 뭔가 다른 속셈이 있지 않나 의심스럽기도 할 테고……. 반면 생각대로만 행동하면 만만하게 볼지도 모른단 말야. 그런 걸 생각한 걸 보면 단주도 꽤나 영악하단 말이지."

월영이 그렇게 말하자 손지백이 씁쓸하게 웃으며 대꾸했다.

"그냥 하고 싶은 대로 한 것 아닐까요. 단주는 실제로 아직 어리니 말이오. 월영 당주의 말씀대로라면 좋겠지만, 어쩐지 꿈보다 해몽이 좋다는 말이 자꾸 떠오르니……."

월영은 픽 웃었다.

"아무려면 어때. 단주는 어린애라도 우린 어른이잖아. 다행히 단주는 어린애라도 무식하게 강한 어린애니 뭘 해도 위험해지진 않겠지. 우린 어른답게, 우리 나름대로 머리를 써서 행동하면 되지 않겠어?"

"호, 그렇게 생각할 수도 있군요. 미처 그렇게는 생각해 보지 못했소."

그때 혈영이 짧은 헛소리를 냈다. 누군가 접근한다는 신호였다. 월영이 눈을 빛내더니 채찍을 풀어 쥐었다. 그리고는 한순간 채찍을 휘둘러 땅을 후려쳤다. 땅거죽이 들리며 검은 그림자 하나가 튀어나왔다.

"에고고, 너무 아프게 때리진 마시오, 당주!"

배불뚝이 술 단지 같은 체형의 사내, 화두타였다. 그는 연이어 가해지는 월영의 채찍질을 땅바닥을 뒹굴어 피하며 엄살을 떨었다.

"아이고, 부처님 돌아가시네! 나찰녀 손에 부처님이 해탈하고 마시네!"

월영이 이를 갈며 말했다.

"염탐을 마쳤으면 곱게 돌아와서 보고를 할 것이지, 몰래 숨어서 기어오는 건 뭐야! 무슨 짓 하려고 했어! 불어!"

혈영이 손을 저어 말렸다.

"보고나 듣자."

월영이 간신히 채찍질을 그치고, 향주들이 모여들었다. 그들의 시선을 받으며 화두타는 흙먼지를 털어내고 이야기를 시작했다.

"생각한 대로 전개되고 있었소. 여맹부는 낮에 단주에게 당한 치욕을 갚으려고 암습을 준비시킵디다. 원래는 단주를 주연(酒宴)에 초빙해서 포위, 감금한 다음 단주의 명령을 빙자해서 우리를 외성 안에 끌어 들여 섬멸, 혹은 포획하려고 한 모양인데 단주가 응하지 않고 대장간에만 있어서 기회를 못 잡은 모양이오. 그래서 이번에는 단주는 내버려 두고 기마대와 궁수들을 내보내 우리 숙영지를 기습하겠다고 했는데, 내부의 반대에 막혀 끝내 포기하고 말았소."

최주가 의문을 표시했다.

"사자군림가의 기강은 엄하기로 정평이 났는데 여맹부의 명령을 거부하는 움직임도 있었단 말이오?"

화두타는 번들거리는 머리를 쓰다듬으며 대답했다.

"아까 낮에 여맹부를 호위해서 온 두 기사가 신빈보의 좌우익부장(左右翼副將)인 모양입디다. 그 둘이 여맹부 다음 서열인데, 그들이 반대했소. 여맹부도 둘이 함께 반대하니 어쩌지 못하고 물러서더구려."

새선풍이 퉁방울 같은 눈을 뒤룩거리며 말했다.

"창을 든 놈은 나랑 죽니 사니 했는데 왜 반대했지?"

화두타가 흐흐 웃고는 대답했다.

"그 친구는 시주와는 다르게 명예를 알더구려. 원칙도 알고. 진 건 진 것이고, 약속은 약속이니 지키자, 명백히 적이라고 밝혀진 것이 아니니 기습도 안 된다. 나중에 가주의 명령이 있다면 모를까 지금은 그냥 보내주자 그렇게 말합디다."

손지백이 의문스러워서 물었다.

"당신이 그걸 다 들었단 말이오?"

월영이 대신 대답했다.

"왕년에 강호 십대자객의 일 인이라고 인정받을 정도의 위인이 그 정도 잠입 염탐도 못하면 목매달아 죽어야지 살아서 뭣 하겠어."

화두타가 짐짓 울상을 짓고 울먹였다.

"당주는 이 부처님의 애끓는 연정과 오매불망 님만을 그리는 순정을 정말 몰라주는구려. 어찌 말마다 가시요, 눈길마다 서릿발인 게요."

월영이 다시 채찍을 쥐고 앙칼지게 소리쳤다.

"네놈이 그렇게 행동을 하니 그렇지!"

혈영이 손을 저어 말리고 화두타에게 물었다.

"그래서 단주님은 안전한가?"

화두타가 대답했다.

"오는 길에 잠깐 들러봤더니 칼이 식기만 기다리고 있더구려."

손지백이 혀를 내둘렀다.

"당신 잠입술도 참 대단하지만 애초에 그런 생각들을 한 것도 대단하오. 그들이 암습을 획책할 거라는 건 대체 어찌 알았소? 염탐할 생각은 또 어찌했소? 나도 가능성은 있다고 생각했지만 확신하진 못했는데."

그는 말을 하면서 점점 더 화가 나서 원망하듯 월영에게 말했다.

"나 빼고 언제 회의라도 했소?"

월영이 그를 멀뚱멀뚱 쳐다보며 대꾸했다.

"뭐 그런 걸 회의까지 해서 결정해? 그냥 당연한 거 아닌가?"

최주가 고개를 끄덕였다.

"나 같아도 당연히 암습을 획책했을 테니 놈들도 뻔히 그러리라고 생각하고 있었소. 단지 진짜로 하느냐 안 하느냐, 하면 어떻게 하느냐 하는 게 문제일 뿐."

화두타가 침을 뱉고는 말했다.

"계략이라고 세운 게 너무 뻔해서 시시하기까지 하더구려. 모름지기 암습이란 실행 직전까지 낌새를 못 채게 하는 게 기본, 한번 시도하면 철저하고 확실하게 숨통을 끊어놓는 게 그 다음인 법이거늘, 좋은 기회 다 놓치고 뻔히 기다리고 있는데 암습은 무슨 암습. 그놈들이 포기해서 다행이지 정말 왔으면 호된 맛을 보여주는 건데 그랬소이다.”

손지백은 멍하니 화두타와 월영, 최주 등을 바라보다가 한숨을 내쉬고 벌렁 누워 탄식하듯 말했다.

“난 정말 인생 헛살았구려. 당신들의 악독함에 감탄했소. 졌소이다!”

새벽빛과 함께 무영과 철갑마, 담오가 돌아왔다. 이름을 노준혁(盧俊赫)이라고 하는 신빈보 우익부장을 안내인으로 대동하고서였다.

제49장
개원 광풍칸

> 흑사광풍가 가주가 있다면 예를 갖추겠다
> 광풍칸이나 법왕 따위는 난 모른다

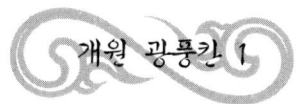

개원 광풍칸 1

 철령과 개원은 빠른 말로 하루 밤낮을 달리면 닿을 정도의 거리를 두고 동서로 떨어져 있었다. 철령에서부터는 요서에서 보기 드문 산악 지역이 펼쳐져 있고, 철령에서 멀어지면 다시 산은 낮아지고 계곡은 대지 속으로 사라져서 요서의 대평원이 펼쳐지고, 이 평원이 개원을 지나면 달단의 황야에 다름없는 지형이 되었다. 그 철령과 개원의 중간쯤에 무영단의 무사들이 숙영하고 있었다. 신빈보를 떠난 지 나흘째 되는 날이었다.
 바람이 불었다. 요서의 하늘이 멀리 몽고로부터 불어온 먼지바람으로 뿌옇게 흐려졌다. 그 하늘 아래 흩뿌려진 바늘처럼 화살들이 날았다.
 "아아, 한심하군."
 혈면염라 최주는 화살이 땅에 떨어지기 전에 이미 한탄부터 하고 있었다. 결과를 보지 않아도 뻔하기 때문이었다. 건너편 구릉에 방원 오장이 넘는 큰 원을 그려놓고 백여 보 떨어진 곳에서 쏘는 것인데도 원 안에 들어가는 화살이 거의 없었다. 무영단 무사 전원이 돌아가면서 세 발씩 쏘아 보낸 결과가 그랬다.

무림인은 활을 거의 사용하지 않는다. 귀족 자제들이 고대로부터 내려온 육예(六藝)의 전통에 따라 활 쏘기 연습을 했던 것을 제외하면 활을 주 무기로 쓰는 것은 관부, 혹은 군부의 병졸들이나 수적, 해적밖에 없었다. 마도천하가 된 지 십팔 년, 무영단 무사들이 북해로 온 지도 같은 시간이 흘렀다. 혹시 그런 식으로 활 쏘기를 배운 자라고 해도 활을 어떻게 잡는지조차 잊어버리기에 충분한 시간인 것이다.

하지만 여기 요서의 대평원에서는 사정이 달랐다. 신빈보 우익부장 노준혁의 말대로 기마대와 기마대의 싸움에서 첫째는 활이었다. 달단과 몽고의 대평원에서는 더 말할 것도 없지만 요서만 해도 낮은 구릉들이 넓게 펼쳐진 평원 지형이 많았다. 이런 곳에서는 먼저 보고 먼저 쏘는 쪽이 압도적으로 유리하다. 게다가 흑사광풍가의 주류를 이루고 있는 몽고족 전사들은 오랫동안 막힌 데 없는 지평선을 보며 자란 덕에 다른 지역 사람들보다 훨씬 멀리 볼 수 있다는 설도 있었고, 그들의 활은 해동의 것만큼이나 강력하고 정교한 것으로 유명했다.

안내인인 노준혁의 말에 의하면 흑사광풍가의 전사들은 일 인당 화살 서른여섯 개씩 가지고 다니는데, 인마 살상용인 장전(長箭)을 스무 개, 적진 교란용인 단전(短箭)을 열 개, 나머지 여섯은 기공 파괴용인 철릉전(鐵棱箭)이라고 했다. 먼 곳에서 적을 보면 먼저 장전을 쏘아 사살한다. 대규모의 병력과 병력이 만나면 단전을 쏘아 적을 흩어놓고 장전으로 하나씩 사살한다. 만약 적이 무림인으로 기공의 고수인 것 같으면 삼각으로 날을 깎아 만든 특수한 화살로 집중 사격해서 죽인다. 이것이 흑사광풍가의 전술이라는 것이다.

이 전술을 가능하게 하는 것은 그들의 좋은 활과 화살, 그리고 천부적인 궁수의 자질과 오랜 수련이라고 했다. 장비와 수련은 흉내 낼 수 있어도 궁수의 자질이라는 것은 사람의 힘으로 어쩔 수 없는 것이라 사자군림가에서도 활에 있어서만은 흑사광풍가에 한 수 접어주고 들어간다는 것이 노준혁의 말이었다. 그러니 때늦은 궁술 수련은 포기하는 게 좋으리라는 것인데, 지금 이 순간 최주는 그 충고를 절감하고 있는 참이었다. 몇 번을 시켜봐도 제대로 쏘는 놈이 없지 않은가.

최주는 혈영을 향해 물었다.

"중단할까요?"

무영단 무사들의 무공 수련에 대해서는 혈영이 책임을 맡기로 했기 때문에 그에게 물어보는 것인데, 혈영은 쓰다 달다 아무런 말도 않고 궁술 수련을 지켜보고 있다가 질문을 해서야 입을 열었다.

"계속 시켜."

혈영의 명령은 단순하고 짧았다. 원래 말이 많은 사람이 아닌 걸 알고 있으니 그런가 보다 하지만 지금처럼 헛수고를 계속해야 한다는 느낌이 들 때는 그래도 계속하라는 명령은 참으로 괴로운 일이 아닐 수 없었다. 하지만 거부하거나 이유를 달기도 어려웠다. 최주는 순순히 고개를 숙였다.

"알겠습니다."

그런데 혈영이 오늘은 친절하게 덧붙여서 명령했다.

"거리를 줄여서 다시 시험해. 스무 명씩 시험해서 상중하로 등급을 매기고 반 이상 맞히는 자만 상급으로 분류하고 그놈들만 궁술 수련을 시켜라. 혹시 열 발 쏴서 여덟 발 이상 맞히는 자가 나오면 특급으로 분류해서 따로 관리하도록. 쓸 데가 있을지도 모르니까."

"알겠습니다."

최주가 대답하자 혈영이 한마디 덧붙였다.

"궁술은 최 향주가 책임져라."

"그러겠습니다."

대답은 시원스럽게 했지만 최주의 표정은 그리 밝지 못했다. 그 자신도 중원에 있을 때 간혹 재미 삼아 활을 쐈을 뿐이니 이렇다 하게 가르칠 만한 것도 없었다. 거기에 이미 본 것처럼 제대로 활을 쏘는 놈이 있을 거라는 기대도 할 수 없었다. 성과가 별로일 듯한 것이다.

지금 무영단 안에서는 각 사람의 역할이 정해져 가는 도중이었다. 딱히 정해놓은 것은 아니지만 자연스럽게 혈영이 단원들의 무공 수련 분야를 맡고, 월영은 보급 분야를 맡게 된 듯했다. 새선풍이 가장 먼저 역할을 차지해서 단원들의 기마술 수련 교두가 되었다. 그리고 그 다음이 최주 자신인데, 하필이면 자신도 없고 성과도 기대가 안 되는 궁술 교두가 된 셈이었다. 잘한다고 상이 나올 리 없고 못한다고 벌을 줄 것도 아니겠지만 어쩐지 기분이 좋지 않은 것이다.

'열심히 해보는 수밖에.'

최주가 고민스럽게 자리를 떠난 이후 혈영은 노준혁을 향해 말했다.

"다음은 창 이야기를 해봅시다."

안내인으로 따라왔다가 졸지에 병법에 대한 고문 역할을 하게 돼버린 노준혁은 잠시 불만스런 표정으로 생각에 잠겼다. 그가 이화태양종 무사들에게 흑사광풍가와 싸우는 방법에 대해 조언을 해줄 이유는 없었다. 하지만 안 해줄 이유도 없었다. 그가 아는 것들은 사자군림가가 오랜 기간 흑사광풍가와 싸우며 수립한 병략과 병법들이라 그냥 알려주기는 적잖이 아까운 것이긴 하지만 그건 또 흑사광풍가와 싸울 경우에만 유효한 것들이다. 알려주면 결국엔 사자군림가에 도움이 될 일인 것이다.

그리고 사실 그가 알려준다고 해도 기본적인 것 이상을 이 도적 떼 같은 무리들이 습득할 거라는 기대도 하지 않았다. 입 아프게 떠들었더니 헛수고로 끝나지나 않을까 그게 더 걱정인 상황이었다.

노준혁은 마음을 정하고 이야기를 시작했다.

기마대와 기마대가 만나면 멀리서 활을 쏜다. 화살은 소모품이나 다름없기 때문에 떨어지면 그것으로 끝, 그 다음엔 서로를 향해 돌격하거나 도망가는 수밖에 없다. 돌격할 경우 가장 자주 사용되는 무기가 창이다. 그 다음엔 대도와 같은 장병기다. 여태 사자군림가와 흑사광풍가의 싸움은 그런 식으로 전개되었다.

여기에서도 흑사광풍가의 상대적인 우위가 드러난다고 했다. 과거 징기스칸의 몽고족이 중원을 점령하고 멀리 서방의 여러 나라까지 침범하여 세계적인 대제국을 건설한 원동력은 말과 활, 그리고 창이라는 이야기가 있었다. 몽고 전사들의 창은 길이가 일 장을 넘어가는 장창인데, 그들은 한쪽 팔뚝에는 양가죽을 겹쳐서 만든 방패를 끼고, 다른 손에는 장창을 들고 전진하며 말을 발처럼 사용하고 창을 손처럼 사용하는 놀라운 기마창술을 자랑한다는 것이었다.

사자군림가가 그에 대항해서 세운 전략이 세 가지였다. 하나는 장창과 대도의 수련인데, 이것은 적극적으로 대처하는 방법이었다. 다음은 일 장 오 척이 넘는 장창과 전신을 가리는 방패를 장비한 보병의 밀집대형으로 기마대를 무찌르는 방법인데, 이것은 소극적인 대처이긴 했지만 상당히 효과가 있었다.

마지막 하나가 가장 효과적이었는데 그건 지형을 이용하는 것이었다. 기마대가 제 힘을 발휘하지 못하는 험한 산악 지대에서 싸우는 것이었다. 그래서 지금 적을 개원까지 몰아내고도 철령에서 더 전진을 못하고 있다는 것이다. 적의 저항이 강해지는 시점부터는 철령의 험한 지형에 의지하지 않고는 대등한 싸움을 할 수 없기 때문이었다.

혈영당 휘하의 향주로서 옆에 배석해 듣고 있던 담오가 말했다.

"흑사광풍가가 강하다는 이야긴가?"

그는 노준혁을 정면으로 노려보며 한마디 덧붙였다.

"사자군림가보다도 더?"

노준혁이 불쾌하다는 듯 말했다.

"그렇지 않소. 싸움 방식이 그렇다는 것이지 전력이 그렇다는 것은 아니오."

담오는 표정없는 얼굴로 말했다.

"사자군림가는 흑사광풍가를 요서에서 몰아내지 못하고 있다."

노준혁이 항변했다.

"그건 우리가 약해서가 아니오. 단지…… 단지……."

담오는 여전히 표정없는 얼굴, 담담한 눈빛으로 노준혁을 바라보고 있었다. 그게 더 노준혁을 불쾌하게 만들었다. 뭐라고 항변해도 결과를 보기 전에는 믿지 않는 사람이라는 느낌이 들었기 때문이다. 그는 변명하기를 포기했다.

"직접 보면 알게 될 거요. 한 사람 한 사람이 강하다고 이길 수 있는 상대가 아니라는 걸 말이오."

담오가 역시 담담한 어조로 말했다.

"한 사람 한 사람은 사자군림가가 강하다는 말인가?"

노준혁이 더 참지 못하고 담오를 노려보며 말했다.

"원한다면 직접 보여주겠소."

담오도 물러서지 않았다. 그는 기다렸다는 듯 말을 향해 걸어가 그 긴 다리로 등자도 밟지 않고 말에 올라탔다. 그리고는 칼을 뽑았다. 무영의 도움으로 제 모습을 찾은 그 긴 칼이었다. 노준혁이 혈영을 향해 물었다.

"저 사람 원래 싸움을 좋아하는 거요, 아니면 내게 유감이라도?"

혈영이 대답했다.

"몸으로 느끼기 전엔 아무것도 안 믿는 사람이오."

노준혁은 하는 수 없다는 듯 고개를 흔들고는 대도를 움켜쥐고 말에 올라탔다. 그리고는 담오를 향해 대도를 겨누었다.

"죽어도 후회없기 바라오!"

비무 중 위험하지 않은 게 어디 있을까마는 그중에서도 마상 비무는 극도로 위험했다. 무기의 위력도 위력이거니와 말에서 잘못 떨어지기만 해도 죽거나 병신이 되기 때문이었다. 그래서 마상 비무는 수련 중에도 극도로 통제된 상황에서 하기 마련인데 오늘 갑작스럽게, 실전에 다름없는 마상 비무를 하게 되니 경고한 것이다.

그러나 담오는 노준혁의 친절한 경고가 귀에 들어오지도 않는다는 듯 성급하게 말의 배를 걷어찼다. 말은 담오를 싣고 직선으로 노준혁을 향해 달려갔다. 노준혁이 급히 말을 부려 마주 달려갔다. 담오의 긴 칼은 노준혁의 대도에 비해 그리 짧지 않았다. 그러니 적어도 무기 면에서는 담오가 밀리지 않았다. 아니, 오히려 두 손으로 사용하게 돼 있는 대도를 한 손으로 휘둘러야 하는 노준혁에 비해 유리하기까지 했다. 두 사람은 순식간에 일 합을 교환하고 비껴 지나갔다.

혈영의 눈에 이채가 스쳤다. 기마술에 있어서는 사자군림가 출신의 노준혁이 우세할 거라고 예상했었다. 그러니 노준혁이 담오의 칼을 피해 대도를 찔러 넣기만 하면 노준혁의 승리일 거라고 생각한 것이다. 하지만 그와 다르게 노준혁이 담오의 칼을 맞받게 된다면 이번에는 담오의 승리일 것이 거의 확실하다고 생각했었다.

담오의 칼이 수리된 후 이미 한 번 겨뤄본 바에 의하면 담오의 무공은 혈영에게 그리 뒤지지 않았다. 특히 담오가 사용하는 저 장도의 중량감과 파괴력, 그러면서도 예리한 그 기세는 그의 세 날 도끼조차도 튕겨 내고 밀어붙이는 수준이었으니 노준혁이 상대적으로 무거운 무기를 쓴다고 해도 그 칼을 버틸 수 있을 거라고는 기대하지 않았던 것이다.

노준혁은 그가 생각한 것보다도 더 고수인 모양이었다. 어쩌면 여맹부보다도 더. 그게 여맹부가 저 노준혁과 좌익부장의 반대를 무시하지 못했던 이유일지도 모른다.

그런 생각을 하는 사이에 담오와 노준혁은 벌써 삼 합을 교환하고 있었다. 혈영은 재빨리 말에 올라타고 두 사람이 겨루는 사이로 달려 들어 갔다. 담오와 노준혁이 비껴 지나갔다가 다시 격돌하기 직전이었다. 그는 도끼를 휘둘러 담오의 장도를 튕겨냈다. 그리고 왼손에 감은 철갑으로 노준혁의 대도를 막았다.

"그만!"

노준혁이 질린 듯 그의 팔을 바라보았다. 몇십 근에 달하는 중병기를 단지 팔뚝에 두른 철갑으로 막는 그 힘에 놀란 듯했다. 혈영이 다시 말했다.

"시험은 끝났다. 피를 볼 필요는 없다."

담오가 고개를 끄덕이고 말을 안 탔을 때와 다름없이 거창한 동작으로 칼을 집어넣었다. 노준혁은 말고삐를 당겨 말을 뒷걸음질치게 했다. 고도의 기마술이 없이는 가능하지 않은 동작이었다. 그리고 대도를 비스듬히 땅으로 기울여 혈영과 담오에게 경의를 표하고 말에서 내려갔다.

그때 최주가 돌아왔다. 혈영이 궁술 훈련은 어떻게 됐냐는 뜻을 담고 바라보자 최주가 변명하듯 말했다.

"궁술 쪽은 잘 진행됐습니다. 해동에서 온 세 사람 중 유정이라는 화상이 궁술에도 일가견이 있더군요. 그 화상의 도움을 받아 궁술 기본부터 가르쳤죠. 앞으로도 도움을 주겠다고 합니다. 더 수련할 생각이었는데 월영 당주가 무사들을 데려가서 중단했습니다."

그는 갑자기 묘한 미소를 지었다.

"무사들을 모두 홀랑 벗겨서 강물에 던져 넣더군요. 한쪽에서는 옷을 빨게 하고 말입니다."

그때 화두타와 새선풍, 공손번이 말을 몰고 달려왔다. 마치 도망쳐 오는 듯 화급한 태도였다. 화두타는 말이 채 멈추기도 전에 호들갑을 떨며 말부터 하고 있었다.

"저런 여자는 처음 봤소이다! 무슨 여자가 창피한 것도 모르고 사내들 옷을 홀랑홀랑 벗겨서는 구석구석 들여다보고 있으니 말이외다."

담오가 물었다.

"왜?"

공손번이 말에서 내려서며 씁쓸한 표정으로 말했다.

"상처나 아픈 곳이 없는지 조사한답니다. 치료받기 싫어서 내버려뒀다가 상처가 심해져서 나중엔 쓸모가 없어지는 걸 방지한다는군요. 황씨 형제들이 월영 당주를 도와서 같이 하고 있습니다."

노준혁이 고개를 끄덕였다.

"무사들의 전력을 유지시키기 위해 반드시 해야 할 일이긴 하지요. 우린 매일 아침 점검하고 있소. 말과 함께."

새선풍이 인상을 썼다.

"젠장, 죽기 싫으면 각자 알아서들 자기 몸 챙기는 거지, 그런 것까지 우리가 챙겨야 하나?"

그는 잠시 말을 멈추었다가 갑자기 고개를 끄덕이며 말했다.

"그래도 말을 매일 점검하는 건 중요하지. 벌써 서른 필 정도가 못 쓰게 됐는데, 매일 점검하면 좀 나을지도……."

그는 갑자기 퉁방울 같은 눈을 뒤룩거리며 혈영에게 말했다.

"혈영 당주, 말은 매일 점검하도록 합시다. 무식한 것들이 말은 그저 때리면 달리는 줄 알고 거칠게 부려서 말 상태들이 정말 말이 아닙니다. 그놈들은 말이라는 동물이 얼마나 섬세한지 모른다니까? 말 다리가 부러지면 그놈 다리도 부러뜨리고, 말이 못 쓰게 되면 그놈도 목을 베어버린다고 엄명을 내려주시오!"

혈영은 아무 말도 않고 하늘을 바라보았다. 해가 지고 있었다. 그쪽에 사자군림가의 거점인 철령이 있을 것이다. 그리고 그 반대 편, 내일 아침 태양이 떠오를 그 방향에 흑사광풍가의 거점인 개원이 있다. 지금 무영과 철갑마, 종리매, 그리고 손지백이 가 있을 그곳이었다.

혈영이 중얼거리듯 말했다.

"새벽이다."

그는 향주들을 향해 조금 더 또렷하게 명령했다.

"새벽이 오기 전에 준비를 마치도록."

개원 광풍칸 2

 무영과 철갑마, 그리고 종리매와 손지백은 개원을 중심으로 포진한 흑사광풍가의 천막군 속으로 들어서고 있었다. 전원 검은 옷을 차려입은 흑사광풍가의 기마대가 앞뒤 양 옆으로 그들을 둘러싸고 있어서 그들은 마치 흑룡강 검은 물결에 실려 흘러가는 몇 장의 가랑잎 같은 모습이었다. 그런 속에서도 종리매는 태연히 고개를 돌려 서쪽 지평선으로 가라앉는 해를 바라보며 중얼거렸다.
 "식사 시간에 맞춰 왔군."
 새벽에 무영단의 숙영지를 떠나서 저녁에야 도착한 것인데, 그건 그들의 계획대로였다. 그게 맞았음을 식사 시간이라는 말로 돌려서 표현한 것인데, 손지백이 장단을 맞추듯 말했다.
 "이런 상황에서도 식사 생각이 나십니까? 당장이라도 우리 가죽을 벗겨 버리고 싶어하는 놈들 속에서요."

종리매가 짐짓 시무룩한 표정을 지었다.

"나이가 드니 먹는 것밖엔 낙이 없어. 양소는 모르는 사이도 아니니 밥도 안 주고 돌려보내진 않겠지."

"돌려보내 주기만 해도 다행이죠."

그들을 포위, 호송하고 있던 흑사광풍가의 누군가가 몽고어로 고함을 질렀다. 무사 하나가 창대를 거꾸로 잡고 손지백의 옆구리를 찔렀다. 손지백은 말에서 떨어질 뻔하다가 간신히 몸을 지탱했다. 그리고는 몽고어로 욕설을 퍼부었다. 다시 찌르려는 무사를 누군가가 고함을 질러 제지했다. 손지백이 투덜거렸다.

"무식한 놈들, 사자 대접을 이따위로 하다니."

무영단을 멀리 대기시켜 두고 그들 넷만 사자로 흑사광풍가에 찾아온 것이다. 원래는 무영과 철갑마만 오려고 했었다. 전쟁 중에도 사신은 죽이지 않는다는 고대의 규범을 흑사광풍가가 지킬 거라고 믿을 수가 없으니 선전 포고나 다름없는 통첩장을 전달하고 나면 전달자는 잔혹하게 살해당할 가능성이 높았다. 그러니 어떤 상황에서도 탈출해 나올 수 있는 자신과 철갑마가 사신으로 가겠다는 것이 무영의 뜻이었다. 거기에 종리매가 자기도 흑사광풍가 따위는 두렵지 않다는 식으로 고집을 부려 따라붙었고, 손지백이 몽고어를 몇 마디 할 줄 안다는 이유로 동행했다. 그래서 그들 넷이 여기 있게 된 것이다.

무영은 물론 다른 사람들도 굳이 손지백이 동행할 필요는 없다고 생각했다. 손지백의 몽고어 실력이 인사말 몇 마디 외에는 한참 단어를 생각해서 더듬거려야 할 정도 수준인데다가 흑사광풍가의 구성원 대다수가 몽고족이긴 하지만 그래도 마교의 일원이니 중국어를 할 줄 아는 사람이 많을 거라고 생각했기 때문이었다.

그런데 실제는 그렇지 않았다. 개원에 가까워지면서 흑사광풍가의 기마대 일단이 나타나 그들을 포위했지만 그중에 중국어를 아는 사람은 아무도 없었다. 더듬거리긴 했지만 손지백이 흑사광풍가의 가주를 만나러 온 사자라는 사실을 전달하지 못했다면 싸우는 수밖에 없었을 것이다. 그런 상황은 개원에 도착할 때까지 여전해서 열 명, 스무 명 단위의 기마대가 계속해서 합류해 수백 명의 집단이 되도록 중국어를 할 줄 아는 자는 아무도 없었다. 혹은 할 줄 알아도 모르는 척한 것뿐일 수도 있지만.

그걸 두고 종리매는 심상치 않다고 말했었다. 그가 아는 과거의 흑사광풍가는 한족이 반, 몽고족이 반으로 섞여서 만들어진 집단이었다. 달단의 자연 환경은 가혹하다. 절반 이상이 사막이고 나머지도 황량한 광야에 풀이나 듬성듬성 자라서 양이나 키울 수 있을 뿐인 공간이었다. 그 황량한 땅을 근거지 삼아 하루는 중원을, 다른 하루는 북쪽의 몽고 부족을 침탈해서 식량과 재화를 약탈하는 집단이 흑사광풍가였다. 그래서 그 우두머리가 한족인 광풍혈랑 양소일 수 있었던 것이다.

그런데 지금 보면 흑사광풍가는 거의 몽고족으로 채워져 있지 않은가. 어쩌면 이들의 뒤에는 푸른 늑대의 자손을 자부하는 몽고국(蒙古國)이 있을지도 모른다. 그게 종리매의 우려였다. 그리고 그의 우려대로 흑사광풍가의 뒤에 몽고국이 있다면 이화태양종은 요동에 이어 요서에서도 전쟁에 가까운 대규모 전투를 치러야 할지도 모른다.

그런 이야기를 낮은 소리로 나눠가며 도착한 개원의 흑사광풍가 거점은 몽고의 도회를 그대로 옮겨온 듯한 모습이었다. 개원이라는 명칭이 있는 걸 보면 원래는 이곳에도 성이 있었을 것이다. 요서 땅에 사는 요서 여진족의 부락이 있고, 사자군림가의 거점이 있었을 것이다. 그런데 지금은 그런 흔적을 찾아볼 수가 없었다.

불이라도 질러 태워 버렸는지 깨끗하게 치워진 평원에는 숲처럼 들어선 천막, 몽고족의 언어로 '파오'라고 부르는 천막들뿐이었고, 그 천막 사이로 몽고족 전사들이 말을 끌고, 혹은 타고 돌아다니고 있었다. 이쯤 와서는 그들을 둘러싼 몽고족 전사들의 수는 천여 명을 헤아리게 되었다. 그들이 파도처럼 밀려와서 무영 일행을 실어다 놓은 곳은 천막군(群) 중에서도 가장 거대한 천막, 거의 삼층 누각을 연상케 하는 거대하고 화려한 천막의 앞에 있는 광장이었다. 몽고족 전사들이 파도처럼 밀어붙였다가 썰물처럼 빠져나가서 만든 텅 빈 공간에 그들 넷만 동그마니 서 있었다.

천막의 문이 열렸다. 가죽 갑옷을 입고 가죽 방패와 휘어진 칼을 든 몽고족 전사들이 열을 지어 나왔다. 그 뒤로 제법 화려한 복장을 한 장군급의 전사들이 따르고, 가죽 옷을 짧게 받쳐 입은 여인들이 따랐다. 마지막이 금은으로 장식한 옷을 입어 마치 제왕처럼, 몽고족의 대칸(大汗)처럼 차려입은 육십 대의 사내와 소매 없는 붉은 가사 위에 알록달록한 천을 둘러 감싸고 화려한 금관을 쓴 라마승 한 명이 나와 여인들이 가져다 놓은 호피 의자에 앉았다.

종리매가 눈살을 찌푸렸다. 대칸처럼 차려입은 자는 기대했던 대로 광풍혈랑 양소였지만 라마승은 전혀 예상하지 못한 자였기 때문이었다.

"저놈이 왜 여기 있지?"

그쪽에서도 그를 알아본 모양이었다. 라마승은 신기한 물건을 본다는 듯한 어조로 종리매를 가리켰다.

"이게 누군가. 광마 종리매 아니신가."

그는 거무스름한 얼굴에 날카로운 눈이 인상적인 깡마른 노인이었는데, 목에는 작은 해골들을 염주처럼 엮어서 걸고 있고, 손에는 괴이한 모양의 물건들을 들고 있었다. 하나는 테두리에 방울들을 단 작은 수레바퀴 같은 것이었고, 다른 하나는 손잡이 양쪽으로 칼날이 달린 작은 칼이었다.

라마교를 잘 아는 사람이라면 그게 의식용의 법륜(法輪)과 번개칼이라는 것을 알아볼 수 있었을 것이다. 더 나아가서 이 라마승을 아는 사람이라면 저 법륜과 번개칼이 단순히 의식용의 법기(法器)가 아니라 하나는 섭혼륜(攝魂輪)이라고 해서 듣는 사람들의 혼백을 앗아가는 섭혼술을 발휘하는 무기요, 다른 하나는 뇌정추(雷霆錘)라는 이름으로 그렇게 넋이 나간 사람들의 목숨을 거두어가는 치명적인 기문암기(奇門暗器)임을 알아볼 수 있을 것이다.

종리매가 그런 사람이었다. 그는 신강(新疆) 소뇌음사(少雷音寺) 출신의 이 사악한 라마승을 잘 알고 있었다.

"욘돈…… 욘돈자무쓰?"

라마승이 희미하게 웃으며 말했다.

"법륜활불(法輪活佛)이라고 불러주게나. 오랜만에 그 이름을 들으니 반갑긴 하지만 여기 사람들에게는 법륜활불로 더 잘 알려져 있거든."

종리매가 언짢은 기색을 하고 물었다.

"욘돈이건 법륜이건 당신이 여기 왜 있는 건가? 보패범천종은 산서에 있지 않은가."

소뇌음사가 중심이 되고 신강 제 종파가 모여서 만들어진 보패범천종은 지금 산서를 영역으로 하고 있다. 종리매가 알기로는 법륜활불, 욘돈자무쓰는 보패범천종 안에서도 상당한 위치의 승려였다. 그런 사람이 흑사광풍가에서 뭐 하고 있는 것일까?

법륜활불이 합장하며 대답했다.

"총단에서 봉공이라는 과중한 책무를 맡겨주셔서 봉사하는 중이지."

종리매는 '아' 하고 감탄사를 발했다.

"그래서 여기 어정거리고 있었군."

법륜활불이 노한 눈빛으로 그를 노려보았다. 그가 더 말하기 전에 시립한 장군 중 하나가 외쳤다.

"사자는 광풍칸(狂風汗)께 예를 표하라!"

종리매가 어리둥절해서 중얼거렸다.

"얼씨구, 광풍칸? 그건 또 뭐야?"

법륜활불이 엄숙하게 말했다.

"달단을 정복하시고 몽고를 복속시키셨으며 이제 곧 요서까지 병탄하실 위대한 칸을 이름이다. 이 몸은 그 아래에서 법왕(法王)의 자리를 책봉받았노라."

종리매가 소리 높여 웃었다.

"어린애 장난 치고들 앉았군. 서로 칸이니 왕이니 높여주니 기분 좋던가?"

사방에서 노한 고함 소리가 터져 나왔다. 종리매는 그런 소리들엔 신경도 쓰지 않고 무영을 향해 말했다.

"단주, 여기엔 흑사광풍가 가주가 없나 봅니다. 칸이니 법왕이니 하는 정신 나간 종자들만 있군요. 그냥 돌아가지요."

무영이 한 걸음 앞으로 나서서 제강산이 준 두루마리를 꺼내 들었다.

"나는 이화태양종 무영단 단주 무영이다. 이화태양종 종사가 보낸 서신이 여기 있다. 흑사광풍가 가주가 여기 있으면 나와서 받아라."

다시 노호가 터져 나왔다. 법륜활불이 소리쳤다.

"먼저 예를 갖춰라!"

무영이 그를 노려보며 말했다.

"흑사광풍가 가주가 있다면 예를 갖추겠다. 광풍칸이나 법왕 따위는 난 모른다."

시립한 전사들이 분분히 무기를 뽑아 들었다. 무영은 오연히 그들을 바라보았다. 조금도 위축된 기색을 보이지 않는 그의 모습에 오히려 둘러선 사람들이 장식처럼 보일 지경이었다.

광풍칸이라 불린 인물, 광풍혈랑 양소가 광소를 터뜨렸다.

"좋아. 제강산의 부하답다. 그 용기를 높이 사서 무례를 용서해 주겠다."

그는 자신의 가슴을 두드리고 말했다.

"본좌가 양소다. 이제 예를 표하겠나?"

무영이 무릎을 꿇고 고개를 숙였다가 일어났다. 그리고는 서신을 내밀었다. 양소가 옆에 선 장군에게 눈짓을 하자 장군이 다가와 서신을 받아갔다. 양소는 서신을 펴서 읽었다. 그의 얼굴이 단번에 일그러졌다. 그는 무영을 흉포한 눈으로 노려보며 물었다.

"제강산이 여기 뭐라고 써놨는지 알고 있나?"

무영이 고개를 끄덕였다.

"안다."

좌중이 아수라장처럼 변했다. 무영의 건방진 말투가 그들을 자극했던 것이다. 양소가 앉아 있던 호피의의 팔걸이를 손으로 때렸다. 팔걸이가 박살났다. 그것을 신호로 좌중이 조용해졌다. 한 장군이 앞으로 나서서 말했다.

"저놈들을 불경죄로 잡아 오마분시(五馬分屍)하심이 옳은 줄 압니다."

양소가 코웃음을 치고 말했다.

"급하지 않다. 물러나라!"

그는 다시 무영을 노려보며 물었다.

"내용을 알고도 전하러 왔으니 죽을 각오는 했겠지?"

무영이 짧게 대답했다.

"전혀."

양소가 어이없다는 듯 실소를 흘리며 물었다.

"살다살다 너처럼 겁없는 놈은 처음 본다. 대체 뭘 믿고 그러는 것이냐?"

법왕이 말했다.

"광마 종리매 따위가 네 목숨을 지켜줄 거라고 생각했다면 큰 오해다. 그 정도라면 본 법왕이 간단히 해치워 버릴 수도 있으니까 말이야."

종리매가 한 걸음 나섰다.

"정말 많이 컸군. 어디 나와서 해치워 봐라."

무영이 손을 들어 제지했다. 그는 양소를 향해 말했다.

"내가 믿는 것은 내 무기뿐이다. 나는 서신을 전했으니 돌아간다. 막고 싶으면 막아라."

양소가 그를 노려보다가 다시 물었다.

"넌 도대체 누구냐? 왜 네 이름을 들은 적이 없지?"

무영이 대답했다.

"난 무영이다. 앞으론 자주 듣게 될 거다."

양소가 잠시 말을 않고 노려보기만 하다가 다시 말했다.

"사신이라는 신분을 생각해서 이 자리는 떠나게 해주겠다. 그러나 여기를 벗어나면 그 뒤에는 네 목숨을 보장 못한다. 아니, 반드시 널 죽여 가죽을 벗기겠다. 이 부서진 의자 대신 네놈 가죽으로 의자를 만들어 앉으리라. 자, 가거라!"

종리매가 비웃듯이 웃으며 말했다.

"양소, 꽤나 인색하군. 손님에게 술 한 잔, 음식 한 점 안 주고 그냥 보내나?"

양소가 이번에는 종리매를 노려보다가 이를 갈며 소리쳤다.

"음식을 줘라!"

그는 자리에서 일어나 천막 안으로 들어가 버렸다. 법륜활불이 종리매를 노려보며 말했다.

"처참한 죽음이 기다리고 있을 테니 맛있게 먹어라. 마지막 음식이 될 테니까."

그 역시 들어가고 잠시 후 주안상이 그들 앞에 차려졌다. 양의 젖에 차를 섞은 유차(乳茶), 양의 젖을 발효시킨 베스다그(치즈의 일종), 양고기 구이, 그리고 말 젖을 발효시켜 만든 마유주(馬乳酒)가 차려져 있는 전형적인 몽고식 상차림이었다. 종리매는 마유주를 한 모금 마시고, 양고기 구이를 한 입 뜯어 씹다가 뱉었다.

"맛도 더럽게 없군. 단주, 먹을 만한 게 아니오. 돌아갑시다."

그들은 분노로 이글이글 타오르는 몽고족 전사들 사이를 태연히 걸어나와서 말에 올라탔다. 그리고 천막군을 빠져나갔다.

요서 추격전 283

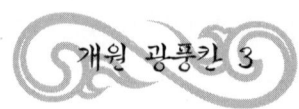

개원 광풍칸 3

천막군을 빠져나가자마자 종리매는 하늘을 보며 웃었다.

"그놈 안색 봤나? 썩은 간덩이처럼 검게 죽어서 조금만 더 놀렸으면 속이 터져 죽었을지도 모르겠더군. 그래 볼 걸 그랬나."

손지백이 오랫동안 숨을 참았다가 간신히 쉬는 것처럼 긴 한숨을 내쉬었다. 그리고는 고개를 절레절레 흔들며 말했다.

"전 정말 조마조마해서 죽는 줄 알았습니다. 미친개의 악명은 과거 강호무림에 자자했었죠. 오늘처럼 모욕을 받고 참을 성질이 아니라고 들었는데 정말 의외로군요. 참았으니 다행이지 만약 중간에 화라도 터뜨리면서 몽땅 잡아 죽이라고 했으면 어떻게 하려고 그러셨습니까?"

"죽도록 싸우는 거지, 달리 뭘 하겠나?"

간단하게 대답해 놓고 종리매는 씩 웃었다.

"그놈이 정신이 나간 게 틀림없어. 광풍칸이라니. 정말 지나가는 개가 웃겠다. 왕처럼 차려입고 점잔을 빼고 있길래 조금 더 건드려 본 거지. 얼마나 참나 하고. 과연 예전보다는 조금 더 참더군. 그게 이름 값일까? 하하."

손지백이 쓰게 웃었다.

"지금 웃을 일이 아닙니다. 놈들을 자극한다는 원래 목적은 충분히 달성했습니다만, 좀 초과 달성을 한 것 같군요. 저길 보십시오."

그들이 막 빠져나온 천막군 밖으로 흑사광풍가의 전사들이 쏟아져 나오는 것이 보였다. 중무장한 기마무사들이었다.

종리매는 그걸 보고도 여전히 웃었다.

"벌집을 건드린 것 같군. 자, 계획대로 하세."

"어떤 계획 말입니까?"

"물론 도망가는 거지."

말과 함께 종리매는 말에 박차를 가했다.

"난 무거워서 미리 가겠네. 어서 따라오게."

종리매를 선두로 일행은 쏜살같이 달려서 도주하기 시작했다. 그들의 뒤로 흑사광풍가의 기마무사들이 구름같이 따라붙었다. 도주는 오래가지 못했다. 손지백을 제외하면 철갑마는 철갑, 종리매는 철구에 사슬, 무영은 묵염혼과 파천황이라는 무거운 무기를 지니고 있어서 말이 지탱해야 할 무게가 적지 않았다. 게다가 기마술에 있어서도 추격하는 흑사광풍가 무사들이 우위인 게 당연했다. 금세 그들의 거리가 좁혀져서 가장 후미로 달리는 철갑마의 말꼬리가 추격자의 말머리에 닿을 정도였다.

종리매가 외쳤다.

"그래도 활은 안 쏘는군. 다행이야. 아주 귀찮았을 텐데 말이야!"

손지백이 외쳐 대답했다.

"산 채로 잡아가고 싶나 보죠! 가죽을 벗겨야 할 테니 말입니다. 전 가죽이 벗겨지긴 싫군요. 추울 것 같아요!"

무영이 외쳤다.

"계속 달려라!"

그는 말에서 뛰어내려 오던 방향으로 달렸다. 그의 손에는 어느새 파천황과 묵염혼이 들려 있었다. 그는 추격자들을 맞아 달려가서 막 철갑마의 등을 장창으로 찌르려 하는 무사를 향해 뛰며 그 목을 파천황으로 날려 버렸다. 그리고는 말등을 밟고 뛰어 그 뒤로 따라붙는 두 기마무사의 머리 위로 날아갔다. 묵염혼과 파천황이 독수리 날개처럼 동시에 움직였다. 두 개의 머리가 다시 공중에 떴다. 하나는 반쯤 박살 난 머리였다.

땅에 내려선 무영을 향해 흑사광풍가의 기마무사들이 덮쳐 왔다. 긴 창이 고개를 내밀었고, 무쇠 같은 말발굽들이 그를 밟아 짓이기려 달려들었다. 무영은 묵염혼과 파천황을 양쪽으로 늘어뜨리고 기다리다가 그들을 정면으로 맞아 나갔다. 그때 그의 옆을 스쳐서 검은 그림자 하나가 앞으로 뻗어갔다. 철갑마였다.

철갑마의 무공은 항상 그래 왔듯이 이번에도 놀라운 위력을 발휘했다. 그는 바늘 숲처럼 빽빽한 창날들 사이로 허깨비처럼 파고들었다. 수백 명의 대장장이들이 있는 힘껏 내려치는 쇠망치들처럼 땅을 굴러대는 말발굽 사이로 그림자처럼 미끄러져 들어갔다. 그리고 창대를 잡아당기고, 말의 배를 때리고, 발목을 가볍게 받쳐 주는 극히 단순하고 손쉬운 동작으로 기마대의 전열을 무너뜨려 버렸다. 그가 뛰고 나는 그 한 동작마다 한 사람씩 죽어 쓰러졌다.

무영도 이에 지지 않았다. 그는 해일처럼 밀려오는 기마대를 향해 한 개의 돌멩이처럼 무모하게 뛰어들었다. 그리고 양손의 묵염흔과 파천황으로 해일보다 더 거센 돌풍을 일으켰다. 파천황이 그어지는 곳에 말과 사람이 함께 동강나 나뒹굴고, 묵염흔이 움직이는 곳에 살과 뼈가 함께 파편이 되어 튀었다. 그의 양손은 보이지 않을 정도로 빠르게 움직이고, 발은 유연하면서도 정확하게 안전한 자리를 디뎠다.

"아아아아악—!"

비명 같은 고함 소리를 지르며 칼을 휘둘러 오는 흑사광풍가의 전사가 있었다. 언뜻 본 기억이지만 양소의 옆에 시립하고 있던 장군 중 하나였다. 무영은 아래에서 위로 파천황을 그어 올렸다. 거대한 말의 배가 찢겨져 터지며 장군의 몸이 기울었다. 무영은 파천황에 더욱 힘을 주어 위로 끝까지 그어 올렸다. 장군의 칼이 무영에게 닿기 직전에 그는 이미 옆구리에서 어깨까지 잘려서 뒹굴었다. 무영은 그를 돌아보지도 않았다. 적은 아직 많았고, 그에게는 적을 상대할 충분한 힘도, 이유도 있었다. 그는 다시 해일 속으로 뛰어들었다.

얼마나 시간이 지났을까. 무영에게는 한없이 긴 시간 같기도 하고 찰나의 순간 같기도 한 시간이 지났다. 철갑마가 종횡으로 전열을 흩뜨리고 그가 돌풍을 일으키며 적진을 헤집고 다닌 그 길고도 짧은 시간이 지나고 문득 정신을 차린 것은 광마 종리매와 손지백까지 전투에 참여하고 있는 걸 발견한 순간이었다.

사방에는 쓰러진 사람과 죽은 말, 주인 잃은 말들이 돌아다니고 있었다. 끊임없이 밀려오던 적의 기마대도 주춤거리며 물러서는 듯했다. 무영이 외쳤다.

"후퇴!"

그는 주인 잃은 말 한 마리를 잡아타고 다시 외쳤다.
"후퇴해!"
손지백과 종리매가 말에 올라타고 달렸다. 무영도 그 뒤를 따랐다. 철갑마가 바람처럼 달려와 무영의 옆에서 뛰었다. 말의 속도에 못지않은, 아니, 그보다 훨씬 빨리 달릴 수 있지만 무영에게 맞춰서 뛰고 있다는 느낌이 드는 경신술이었다. 잠시 더 달리자 손지백과 종리매가 버리고 온 말들이 앞에서 서성거리고 있었다. 그들은 속도를 늦춰 철갑마를 말에 태우고 남은 말의 고삐를 안장에 묶고 다시 달렸다.

정신을 차리고 전열을 재정비한 추격대가 밤이 오기 직전에 다시 그들을 따라잡았다. 또 한 번의 혈투가 벌어졌다. 이번 싸움은 저녁때의 싸움보다 더욱 처절했다. 추격대는 무영 일행을 잡거나 죽이지 못하면 모두 목숨을 내놓아야 한다는 각오라도 한 것처럼 끈질기게 덤벼들었다. 마지막 한 사람이 남을 때까지 싸우겠다는 각오가 그들의 얼굴에 넘쳐흘렀다.

그러나 그들이 상대하기에는 철갑마와 무영, 종리매의 무공이 너무 강했다. 그들은 마상의 기수와 걸어다니는 무사의 불리함을 초월했고, 다수와 소수의 세불리(勢不利) 또한 넘어서 버렸다. 그들이 지치기 전에는 그 누구의 무기도 몸에 닿지 않게 할 그런 능력을 가지고 있었다. 그러나 손지백은 그렇지 못했다. 그는 십여 기의 무사들을 해치운 뒤에는 그만 뒤로부터 찔러온 창에 팔다리를 다쳐 버렸다. 무영이 뛰어들어 구해내지 않았으면 무영단이 만들어진 이후 최초의 사망자가 되었을 것이다.

무영은 손지백을 들쳐 업고도 한 손으로 묵염흔을 휘두르며 분전했다. 그러나 위력이 반 이상 떨어지는 것은 어쩔 수 없었다. 거추장스러운 짐을 짊어지고, 그것도 다치지 않게 보호해 가며 싸운다는 것은 그에게도 쉽지 않은 일이었다. 철갑마가 끊임없이 그의 옆을 맴돌며 보호하지 않았으면 무영 또한 적에게 당했을지도 몰랐다.

종리매가 사방팔방으로 거칠게 사슬을 휘두르며 투덜거렸다.

"그러게 오지 말라니깐!"

손지백이 무영의 등에 업혀서 희미하게 웃었다. 그 다음엔 갑자기 화를 내듯 소리쳤다.

"그냥 내려주십시오, 주군. 아직 싸울 수 있습니다!"

무영은 말이 없고 종리매가 소리쳐 꾸짖었다.

"미친 소리 말고 입 다물어! 머리 어지럽다!"

손지백이 낮게 웃었다. 그는 급격히 힘이 빠져 버린 듯 중얼거렸다.

"도움이 될까 해서 왔더니 짐만 돼버렸군요. 그냥 버리고 가십시오."

무영이 외쳤다.

"닥쳐라!"

그는 묵염혼을 현란하면서도 거칠게 움직여 공간을 확보하고 다시 한 마디 외쳤다.

"난 널 결코 버리지 않는다! 내 목을 꽉 잡아. 놓으면 지옥까지 따라가서 널 괴롭혀 주겠다!"

그는 손지백의 엉덩이를 받치고 있던 오른손으로 웃옷을 동이고 있던 허리띠를 풀어 손지백과 그의 허리를 감고 단단히 묶었다. 그리고는 다시 파천황을 뽑아 들었다.

그의 몸에서 뜨거운 열기가 뿜어져 나왔다. 그의 목과 어깨를 꽉 끌어안고 있던 손지백이 뜨거워할 정도였다. 그러나 그 열기는 묵염혼과 파천황에 전달되는 열기에 비하면 아무것도 아니었다. 묵염혼과 파천황의 손잡이를 감고 있던 가죽띠가 금세 불이 붙어 타 들어가다가 재가 되어버렸다. 묵염혼에서 뿜어져 나오던 검은 마기가 더욱 짙어졌다. 파천황의 새하얀 도신이 빨갛게 타올랐다.

무영은 그렇게 태양신공을 운공하고 천천히 앞으로 걸음을 옮겼다. 그들을 둘러싸고 있던 기마대가 주춤거렸다. 무영이 갑자기 땅을 박차고 뛰어나갔다. 산이 흔들리고 땅이 요동 치는 듯 거대한 파공음이 묵염혼으로부터 터져 나왔다. 천공을 찢어발기는 듯 예리한 소음이 파천황의 칼끝에서 만들어졌다.

무영의 손끝에서, 묵염혼과 파천황으로 아수라장이 그려졌다. 말과 사람이 찢겨지고 부서져 흩어졌다. 하늘과 땅, 사람과 말이 함께 잘려지고 찢어발겨졌다. 무영이 지나간 자리마다 지옥도가 남았다.

하늘이 어두워지고 밤이 왔다. 무영과 철갑마, 종리매가 서 있는 자리에 그들 말고 다른 생명체는 없었다. 흑사광풍가의 삼백여 기(騎)에 달하는 추격대가 전멸한 자리였다.

무영은 하늘의 별빛을 바라보다가 문득 고개를 돌려 등에 업힌 손지백에게 물었다.

"괜찮나?"

손지백이 단지 업혀 다닌 것만으로도 파김치가 된 듯한 몸에 간신히 기력을 끌어내어 대답했다.

"감사합니다."

무영은 그 말은 들은 척하지 않고 종리매에게 물었다.

"뛸 수 있나?"

종리매가 대답했다.

"얼마든지."

"가자."

무영 일행은 뛰기 시작했다. 무영단이 기다리고 있는 곳을 향해서였다. 멀리 개원의 천막군으로부터 시작된 수백 개의 햇불이 그들 뒤를 따르고 있었다.

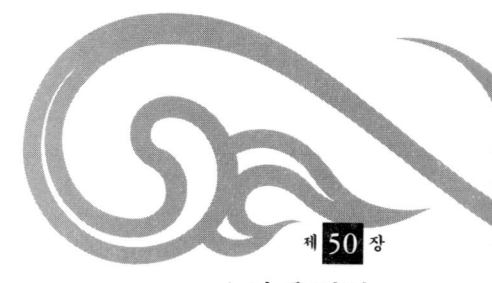

제 50 장

요서 추격전

이 지역에 있는 자들 전부 적이라고 생각하기로 하자
그 수가 엄청나게 많다고 생각하자
이제 우리는 적진을 돌파한다

요서 추격전 1

 치맛자락처럼 주름진 구릉들 위로 새벽이 밝아왔다. 혈영과 월영, 그리고 노준혁과 해동 구선문의 세 사람은 그중 한 구릉 위에 서서 멀리 동쪽을 바라보았다. 어두운 대지 위로 푸른 새벽빛이 번지고 있었다. 나무도 별로 없는 황토에 드문드문 풀만 자라고 있기 때문에 날만 밝으면 멀리까지 한눈에 들어오는 지형이었다. 그들은 지금 그 지평선에 무영 일행의 모습이 나타나기만 기다리고 있었다. 그리고 또 기다리고 있었다. 무영 일행을 뒤쫓아올 흑사광풍가의 기마대를.
 꽤 오랜 시간이 지나 아침 해가 모습을 드러냈을 때도 그들은 그 자세 그대로 서 있었다. 기다림의 긴장과 무료함에 지친 노준혁이 헛기침을 하고 말했다.
 "당신네 단주가 무사할지 모르겠소. 광풍혈랑 양소는 대단히 거친 사람이라고 알려져 있는데……."

월영이 짧게 말했다.

"살아 있어요."

노준혁은 그녀를 힐끔 보고는 물었다.

"대단한 확신을 가지고 말씀하시는군요. 그렇게 생각하는 근거라도?"

월영이 역시 짧게 대꾸했다.

"점괘가 그렇거든요."

노준혁은 잠시 월영을 쳐다보았다. 혹시 농담이 아닌가 해서였다. 그런데 월영은 진지한 표정이 아닌가. 노준혁은 실소를 흘리며 말했다.

"점도 칠 줄 아시오?"

월영이 고개를 저었다. 그리고는 해동 구선문의 세 사람 중 운사로 불리는 무녀 홍련을 가리키며 말했다.

"이분 소저가 아주 잘 보시더군요. 당신도 궁금한 게 있으면 물어봐요."

노준혁은 고개를 저었다.

"난 점 같은 건 믿지 않소."

그는 멀리 동쪽을 향해 시선을 돌렸다가 다시 월영을 보며 말했다.

"그런 걸로라도 위안이 된다면 다행이긴 하오만."

월영이 코웃음을 쳤다.

"나도 원래는 점을 믿지 않았죠. 하지만 지옥에서 불려 나온 괴물까지 만나고 나면 점도 안 믿을 수 없게 돼요."

"환술을 말하는 거요?"

노준혁은 여전히 실소를 흘리며 말을 이었다.

"요동의 유명종이 환술을 잘 쓴다는 건 대충 알고 있소. 거기 심하게 데신 모양이구려. 하지만 그렇다고 허망한 것에 기대어서야 되겠소."

월영은 그를 잠시 노려보다가 혀를 찼다.

"관두죠. 직접 보기 전에는 뭐라고 말한들 믿지 않겠군요."

노준혁이 미소를 지었다.

"그렇게까지 말씀하시니 좋소. 나도 한번 점이나 쳐봅시다."

그는 홍련에게 다가가 말했다.

"내 이후 신수가 어떨지 좀 봐주시겠소?"

월영이 말했다.

"그 소저는 중국어를 못해요. 삿갓 쓰신 분에게 말해요."

삿갓검객이 깊이 눌러쓴 삿갓 틈으로 노준혁을 바라보았다. 그리고는 홍련에게 조선어로 무어라고 말했다. 홍련이 다시 조선어로 무어라 대답하자 삿갓검객이 노준혁에게 말했다.

"믿지 않는 사람에겐 봐줄 수가 없다고 하오."

노준혁이 한 대 맞은 듯한 표정을 지었다가 어색하게 웃었다.

"맞는지 안 맞는지 봐야 믿지 않겠소. 시험 삼아 한번 신통력을 보여주시구려."

삿갓검객이 다시 홍련과 이야기를 했다. 홍련이 뭐라고 말하고 노준혁을 바라보았다. 노준혁은 순간 심장이 서늘해지는 것을 느꼈다. 무공을 익힌 고수의 눈빛과는 달랐지만 홍련의 눈빛에서 가담을 서늘하게 하는 무언가가 느껴졌다. 그건 마치 폐부를 꿰뚫는 듯한, 그래서 생각을 꿰뚫어 보는 듯한 그런 눈빛이었다.

삿갓검객이 말했다.

"신통력에는 시험이 없다고 하오. 포기하는 게 좋겠소."
그때 홍련이 무어라고 또 말했다. 삿갓검객이 잠시 듣고 있다가 노준혁에게 말했다.
"당신 누이에게 빨리 가보는 게 좋겠다고 그러오."
노준혁의 표정이 굳었다.
"내게 누이가 있는 건 어떻게 알았소?"
삿갓검객이 말했다.
"내가 그걸 어떻게 알겠소. 그냥 그게 신통력이려니 하시오."
노준혁이 다시 무어라 말하려 하는데 구릉 아래쪽에서 최주가 올라왔다. 노준혁은 입을 다물어 버렸다. 최주가 삿갓검객에게 말했다.
"준비가 다 됐나 물어봐 주시오."
삿갓검객이 이번에는 풍백이라 불리는 화상 유정에게 조선어로 말했다. 유정은 고개를 끄덕이고 역시 조선어로 무어라고 말했다. 삿갓검객이 통역했다.
"갑작스러운 준비라 오늘은 바람밖에 못 부른다고 하오. 그걸로 되겠소?"
최주가 말했다.
"그걸로도 좋소. 그런데 바람의 방향은 바꿀 수 있는 거요? 중간에?"
삿갓검객이 유정과 몇 마디 대화하고는 고개를 끄덕였다.
"바꿀 수 있다고 하오. 하지만 미리 말해 주면 더 좋겠다 하오. 어디서 어디로 불게 했다가 그 다음엔 어떻게 바꾼다는 거요?"
최주는 유정의 옆에 다가가서 구릉과 구릉이 만든 얕은 계곡을 가리키며 말했다.

"알다시피 우리 무사들은 저기 구릉에 배치가 돼 있고, 적은 계곡을 지날 거요. 우선은 구릉 쪽에서 계곡을 향해 바람이 불어야 하오. 이왕이면 거센 바람이 좋겠소. 흙먼지가 날려가면 시선을 가리는 효과가 있을 테니까. 화살도 더 멀리 날아갈 테고. 그 다음엔 접근전이 될 거요. 돌격해 갈 땐 바람이 불면 좋지만 싸움이 시작되면 그쳐야 하오. 양쪽에 다 방해가 되니까. 마지막으로 적들이 퇴각할 땐 저 방향으로 갈 거니까 바람이 거꾸로 불어주면 좋겠지. 거기 그나마 활 잘 쏘는 병력을 배치해서 마지막 타격을 준비했으니 말이오."

삿갓검객의 통역이 붙었지만 유정은 최주의 손짓만으로도 대충 뜻을 알아듣고 고개를 끄덕였다. 최주는 만족스러운 미소를 띠고 유정에게 합장해 인사했다. 그리고는 혈영에게 다가갔다.

"전원 배치가 끝났습니다. 이제 단주님만 계획대로 오시면 됩니다."

혈영이 짧게 명령했다.

"제자리에 가 있도록."

최주가 돌아간 뒤 노준혁이 이해를 못하겠다는 듯 월영에게 물었다.

"방금 내가 들은 소리가 무슨 소리요?"

월영이 퉁명스럽게 대꾸했다.

"들은 대로예요."

노준혁은 유정을 가리켰다.

"그러니까…… 조선에서 온 저 화상이 마음대로 바람을 불게 하고 방향을 바꾼단 말이오? 오늘의 매복 전술은 그걸 믿고 짰고?"

월영이 고개를 끄덕였다.

"보면 알아요."

노준혁은 고개를 설레설레 저으며 중얼거렸다.

"오래 살진 않았지만 정말 이런 꼴은 처음 보는군."

그때 혈영이 짧게 말했다.

"왔다!"

노준혁은 눈을 가늘게 뜨고 동쪽을 바라보았다. 이미 해가 완전히 모습을 드러낸 동쪽 벌판 위로 먼지구름이 일어나고 있었다. 그리고 잠시 후, 그 먼지구름이 흑사광풍가의 기마대가 일으키고 있다는 것, 적어도 수백 기에 달하는 기마대가 전속력으로 달려오고 있다는 것을 알아볼 수 있었다. 그 가장 앞에 몇 명이 말도 타지 않고 달려오고 있다는 것은 가까워져서야 알게 된 일이었다.

월영이 말했다.

"봐요. 무사하죠!"

노준혁은 잠시 바라보다가 중얼거렸다.

"아주 무사하진 않은 모양이오."

먼지구름이 급속도로 가까워졌다. 그들은 모두 구릉에 납작 엎드려야 했다. 잠시 후 저편 구릉 아래로 무영과 철갑마, 종리매가 쏜살같이 달려서 지나갔다. 무영이 혼자가 아니라 누군가를 업고 있다는 것을 간신히 알아볼 수 있었다.

혈영이 일어나 외쳤다.

"공격!"

유정이 허공을 향해 팔을 뻗고 주문을 외웠다. 그를 중심으로 한 땅바닥에 미리 그려놓은 팔괘의 문양이 한순간 빛을 냈다. 끊이지 않고 불어오던 서북풍이 순간적으로 잠잠해지더니 곧 동남풍으로 바뀌었다. 구릉의 흙먼지를 싣고 거세게 불어가는 강풍이었다.

구릉 위로 무영단의 무사들이 모습을 드러냈다. 전원 활을 당겨 허공으로 화살을 쏘아 보내고 있었다. 강풍이 그 화살들을 실어서 흑사광풍가의 기마대에게 날려 보냈다. 흑사광풍가의 기마대는 전속력으로 앞만 보고 달리던 중이라 측면으로부터의 기습에 대해서는 무방비 상태였다. 말이 쓰러지고 무사들이 고슴도치가 되어 나뒹굴었다.

그러나 기마대의 지휘자는 이런 위기에 대처하는 방법을 아는 자였다. 그는 급히 깃발을 흔들며 몽고어로 외쳤다.

"이나루! 이나 이나시!"

무영단 무사들 중에는 알아듣는 사람이 하나도 없었지만 앞으로 계속 전진하라는 명령이었다. 측면에서 기습을 받았다고 방향 전환을 하거나 물러서거나 하면 피해가 더 커지기 때문에 전속력으로 지나가라고 명령한 것이다.

하지만 그도 한 가지 잊고 있는 것이 있었다. 앞에는 여태 그들이 뒤쫓고 있던 적이 있으며, 그 적이 마음만 먹으면 기습해 온 오백여 무영단 무사들만큼이나 두려운 적이라는 것이었다. 그게 지금 현실이 되어 나타났다.

무영과 철갑마, 종리매가 이 순간 돌아서서 그들을 공격하기 시작했다. 밤새도록 달려와서 하나같이 지친 모습이었지만 기습에 놀라고 반격에 당황한 흑사광풍가 무사들을 상대할 힘은 충분히 있었다. 곧 기마대는 계곡 입구에서 막혀 버렸다.

"죽여라!"

혈영이 세 날 도끼를 움켜쥐고 구릉 아래로 달려 내려갔다. 원영이 그 뒤를 따르고, 화살이 떨어진 무영단 무사들이 일제히 가담했다. 곧 계곡은 난전의 도가니에 빠져들었다.

이 순간 바람이 그쳤다. 노준혁은 놀란 눈으로 유정을 바라보았다.

유정이 손을 내림과 동시에 바람이 그친 것이기 때문이었다. 구릉 아래에서는 피와 골편이 튀는 살육전이 벌어지고 있었지만 노준혁의 관심은 온통 유정에게 향해졌다. 호풍환우라는 말은 들어봤어도 실제로 가능하다고는 결코 생각하지 않던 그였다. 그런데 오늘 그 광경을 생생하게 목격하고 있는 것이다.

격전은 오래가지 않았다. 기습적인 화살 공격으로 이미 반수 정도는 죽거나 다친 상태에서 다시 오백여 무사의 공격을 받았으니 흑사광풍가의 무사들이 오래 견딜 수가 없었다. 더구나 말을 타고 벌이는 전투라면 몰라도 무기를 들고 하는 백병전이라면 무영단의 무사들을 따를 수가 없는 그들이었다. 그들은 곧 말머리를 돌려 도주하기 시작했다.

유정이 다시 손을 들었다. 그리고 주문. 이번에는 흑사광풍가의 패잔병들이 도주하는 방향, 즉 정동쪽으로부터 바람이 일어났다. 마지막까지 숨어 있던 궁수들이 화살을 퍼부었다. 먼지바람 속에 섞인 화살비를 피해 무사히 도주한 자는 극히 드물었다.

이렇게 해서 무영이 제강산으로부터 명령받은 바는 이루어졌다. 서신을 전하고, 승전의 소식을 사자군림가에 선물로 가져갈 수 있게 된 것이다.

그러나 흑사광풍가의 저력은 이게 다가 아니었다.

요서 추격전 2

먼 곳에서 화살 십여 개가 날아와 정확하게 무영단 무사 십여 명을 맞혀 말에서 떨구었다. 재빨리 방어 진형이 구성되고, 이십여 기의 기마무사들이 화살이 날아온 방향으로 달렸다. 다친 무사들의 주변에 있던 무사들은 부상자들의 상처를 살펴보았다. 서너 명은 치명적인 상처를 입어서 회복이 불가능했고, 나머지 부상자들의 상처도 가볍지 않았다.

다가와서 바라보는 무영에게 무사들은 고개를 저었다. 무영의 표정이 무겁게 굳어졌다. 이게 벌써 다섯 번째였다. 어딘가에서 나타난 적의 궁수들이 이렇게 몇십 발씩 쏘아 사람을 죽이고는 도망쳐 버리는 것이다. 이미 죽은 사람이 이십삼 명, 부상자는 그 두 배였다. 손실도 적지 않지만 그보다 언제 공격이 가해질지 모른다는 불안으로 인한 피로감이 더 문제였다.

추격대를 보내봤지만 소용없었다. 대개는 그림자도 발견 못하고 돌아왔고, 적을 발견했다 하더라도 점점 지평선 끝으로 멀어지기만 할 뿐 추격은 엄두도 내지 못했다. 지금 떠난 추격대도 마찬가지일 거라고 생각하고 있는데 마침 추격대로 떠난 무사들 중 하나가 전속력으로 돌아오는 것이 보였다.

무영의 표정이 더욱 굳어졌다. 그는 말을 재촉해 귀환하는 무사를 향해 달려갔다. 무사는 피투성이가 되어 있었고, 등에는 화살이 세 개나 꽂혀 있었다. 무사가 무영을 향해 외쳤다.

"매복이……!"

그는 말을 채 맺지 못하고 굴러 떨어졌다.

무영이 급히 뛰어내려 무사를 살펴보았지만 이미 숨이 끊어진 후였다. 무영은 다시 말에 뛰어올라 배를 걷어찼다. 말이 쏜살같이 달려갔다. 경사진 구릉을 따라 올라가자 추격대가 처참하게 쓰러져 죽어 있는 장소를 발견할 수 있었다. 그곳으로부터 도주하는 수십 기의 흑사광풍가 무사들의 뒷모습이 보였다.

무영은 말에서 뛰어내려 달렸다. 그림자처럼 따라붙은 철갑마가 그의 옆에서 같이 달렸다. 무영은 지금 머리가 터질 듯한 분노를 느끼고 있었다. 열이 치밀어 올라 보이는 게 없을 지경이었다. 새벽까지 경신술로 달려와서 다시 말을 타고 지금까지 이동해 왔기 때문에 그의 몸에 누적된 피로도 만만치 않았다. 그러나 지금 그의 몸을 태워 버릴 것처럼 타오르는 분노는 그대로 눕고 싶은 피로감도, 수하들의 옆에 있어야 한다는 지휘자로서의 의무감도 잊게 할 만큼 강한 것이었다. 그래서 그는 뒤를 따라왔던 혈영이 부르는 것도 못 들은 척하고 마냥 적을 향해서만 달렸다.

적어도 이삼 리는 달렸을 것이다. 그와 철갑마는 끝내 적을 따라잡아서 살육을 시작했다. 일방적인 살육이었다. 적의 활도, 창도, 칼도 그들에게는 통하지 않았다. 그들은 허무할 정도로 간단하게 오십여 기에 달하는 적을 때려죽였다. 단 한 기도 놓치지 않았다. 그리고 나서야 비로소 분노가 사그라들어 냉정해진 무영은 문득 불길한 예감에 고개를 들었다. 수하들을 버려두고 온 것에 대한 불안감이 강하게 그를 사로잡았다.

그는 서둘러 멀쩡한 말 두 마리를 잡아서 말에 올라타고, 철갑마도 타게 한 뒤 본대로 말을 달렸다. 본대로 다가갈수록 불안감은 증폭되어 갔다. 그가 없다고 할 일을 못할 혈영이나 향주들은 아니라고 믿고 있긴 했지만 분노에 사로잡혀 수하들 옆을 떠난 것은 잘못한 일이었다. 나쁜 일이 생기지 않았더라도 책망받아 마땅한 일이라는 반성이 그를 사로잡았다. 그 반성은 무영단에 돌아온 이후 극도로 심화되었다. 그가 떠난 사이 무영단은 적의 습격을 받아 일전을 벌인 직후였던 것이다.

"대단한 건 아니었습니다."

혈영이 심상한 어조로 말했다. 하지만 그 한 번의 격전으로 다시 오십육 명이 죽었다. 적의 시체도 백여 구 이상 널브러져 있기는 했지만 그건 눈에 안 들어오고 수하들의 시신은 가슴으로 직접 파고들어 오는 듯한 게 무영의 심정이었다. 그는 두 당주와 향주들을 소집했다.

"미안하다. 잠시 책임을 망각했다."

짧게 사과하고 그는 본론으로 들어갔다.

"철령까진 아직 한나절은 더 가야 한다. 그때까지 적은 계속 기습을 가해올 것 같다. 대책이 필요하다."

새선풍이 말했다.

"철령까지 전속력으로 달려가는 건 어떨까요? 시간이 단축되면 적도 적게 만날 것 아니겠습니까."

노준혁이 손을 저었다.

"적이 뒤에서 따라온다면 말씀대로 되겠지만 적은 앞에도, 옆에도 있소. 그러니 비 피하려고 빨리 달리다가 앞의 비까지 맞는 격이 되겠지요."

월영이 물었다.

"여긴 개원보다는 철령에 가까운 곳이에요. 그런데도 적이 앞에도, 옆에도 있단 말인가요? 사자군림가는 뭘 하고 있는 거죠?"

노준혁이 대답했다.

"사자군림가도 여기 이곳저곳에 흩어져 있소. 혹시 우리를 봤을지도 모르지요. 아니, 분명히 봤을 거요. 적인지 아닌지 모르니 그냥 버려두고 있을 뿐."

그가 설명을 덧붙였다.

"이곳 싸움이 이런 식이오. 기마대라는 건 본질적으로 기동전을 주로 하오. 여기서 저기까지 선을 그어놓고 코를 마주하고 싸우는 게 아니란 말이오. 철령에서부터 개원 사이의 평원 전부가 전선이오. 거기 깨알처럼 흩뿌려진 기마대들이 자유롭게 돌아다니다가 적과 마주치면 기습하고, 반격하고, 숨고, 피하는 그게 이곳 싸움이오."

그는 잠시 숨을 돌렸다가 말을 이었다.

"아마 우리를 최우선적으로 타격하라는 명령이 내려진 듯하오. 무영단주께서 양소의 성질을 건드린 덕분에 말이오."

무영이 물었다.

"내가 잘못했단 말인가?"

노준혁이 고개를 저었다.

"단주께서 잘못했다고 말하는 것이 아니오. 사자군림가의 어떤 대주, 혹은 단주들도 무영 단주가 어제오늘 거둔 전공과 같은 것을 성취한 사람이 없소. 그러니까 위험하다는 말이오. 양소가 전력으로 무영 단주를 죽이려고 할 테니까."

그는 서쪽 하늘을 바라보며 중얼거렸다.

"한나절만 더 가면 된다고 하셨죠? 천만의 말씀이오. 내 생각엔 우리가 내일 저녁까지 철령에 도착하면 하늘이 도운 것일 거요. 적은 끊임없이 우릴 칠 테니까."

최주가 물었다.

"우리가 이미 죽인 적만 천 명에 가깝소. 그런데 아직도 적이 많이 남아 있소?"

노준혁이 말했다.

"몽고 본국에 사십만, 오이라트에 사만이라는 말 혹시 들어보셨소? 언제부터 그런 건지, 정확하게 조사는 해보고 나온 말인지는 모르겠지만 지금 몽고의 인구가 그렇단 말이오. 사십사만 명이라고 하죠. 그중 전사의 수는 십오만 정도요. 열다섯 살 이상 쉰 살 이하의 남자는 모두 전사로 치니까. 그 전사들 중 반은 흑사광풍가라고 생각하면 되오."

종리매가 인상을 쓰며 말했다.

"그 말은 몽고가 흑사광풍가의 배후에 있다는 거냐? 개원에 갔을 때 이미 그런 낌새가 느껴져서 불길하더라니."

노준혁이 대답했다.

"몽고가 배후에 있다고도 말할 수 있고 아니라고도 말할 수 있소.

지금 몽고의 대칸(大汗)인 만두굴은 몽고족들을 거의 장악하지 못하고 있소. 몇 년째 몽고는 여름에는 한발(旱魃), 겨울에는 설해(雪害)를 겪고 있어서 사람들의 생활이 극도로 피폐해진 상태요. 이러니 대칸이 뭐라고 한들 먹힐 리가 없지요. 게다가 중원이 마도천하가 된 후 교역이라는 게 없어져 버렸소. 차를 마시지 않으면 안 되는 몽고족들에게는 큰 타격인 셈이오. 그래서 전 몽고족이 도적 떼나 다름없게 되어버렸지요. 흑사광풍가의 전사가 몇 명이나 되냐고요? 필요한 만큼이오. 그들은 필요한 만큼 얼마든지 전사를 구할 수 있소. 그게 우리 사자군림가가 그들에게 우세를 점하지 못하는 이유요."

원나라의 마지막 황제 토곤티무르가 몽고로 다시 쫓겨간 이후 징기스칸의 후예는 명목상의 대칸 자리를 계속 세습하긴 했지만 실질적인 힘은 오이라트의 에셴 타이시가 가지고 있었다. 그의 필요에 따라 대칸이 바뀌는 형편이었다. 에셴 타이시가 독살된 이후에도 오이라트의 우위는 여전해서 그 아들 아마산지가 대칸을 갈아치우곤 했다.

그러나 아마산지는 황량한 몽고 지역보다는 서북쪽에 관심을 기울여 카자흐 유목민이 차지한 땅을 경략하는 데 힘을 쏟았다. 아마산지의 영역은 바이칼과 예니세이 강을 포함하는 시비르의 광활한 땅에 넓게 퍼졌지만, 그게 오히려 오이라트의 약화를 가져왔다. 몽고족은 유목민이고, 유목민은 수백 년 전 그들의 위대한 선조인 돌궐의 명장 톤유쿠크의 유훈대로 '성을 쌓고 사는 자는 반드시 망할 것이며, 끊임없이 이동하는 자만이 살아남을 것'이라는 말을 신봉하는 자들이었다. 광활한 대지에 점점이 뿌려진 것처럼 흩어져 살다 보니 영역이 넓어지면 넓어질수록 그들의 힘은 약화되어 버리는 것이다.

그래서 아마산지가 죽은 몇 년 전부터는 오이라트의 힘은 더 이상

에센 타이시의 후예에게 전해지지 않았다. 이쯤 되어서야 징기스칸의 후예인 몽고의 대칸이 오이라트 지역은 사촌이나 동생을 부왕(副王)으로 삼아 다스리게 하고 몽고 전역을 영역으로 삼게 되었다.

하지만 그들의 장악력은 아직 그다지 강한 것이 아니었다. 노준혁의 말대로 몇 년간에 걸친 재해도 대칸의 위신과 힘을 떨어뜨리는 데 중요한 역할을 했다. 거기에 달단의 흑사광풍가가 있었다.

몽고의 자연은 혹독하다. 설해가 내리면 가축은 선 자리에서 죽어가고 사람들은 굶주림에 시달리게 된다. 농사는 애초에 짓지도 않지만 여름의 가뭄 역시 그들이 방목하는 가축들의 목숨을 앗아가긴 마찬가지였다. 예전에 그들은 중국을 침탈하겠다고 위협하고, 중국의 황제들에게서 곡식과 차를 빼앗아가서 살아남을 수 있었다. 그러나 지금은 그게 가능하지 않았다. 몽고에서 중국으로 통하는 통로에 흑사광풍가가 있고, 사자군림가가 있기 때문이었다.

그나마 제대로 먹고 사는 것은 흑사광풍가밖에 없었다. 그들은 예전에 몽고족들이 그랬던 것처럼 이번에는 마교 총단을 위협해서 끊임없이 식량과 차를 요구했다. 한편으로는 몽고와 오이라트를 수시로 드나들며 굶주린 동족들을 죽이고 가축을 약탈했다. 그들에게는 동족인 몽고족도 수탈의 대상일 뿐이었다.

몽고족들로서는 살기 위해 흑사광풍가에 합류하는 수밖에 없었다. 이렇게 해서 전 몽고족이 흑사광풍가의 전사나 다름없게 되어버렸던 것이다. 양소가 광풍카을 자처해도 어쩔 수가 없었다. 지금 몽고의 대칸은 허수아비나 다름없고 양소가 대칸인 것이나 다름없었으니까.

이야기를 들은 무영단 수뇌진들의 안색이 흐려졌다. 요동에서도 수만의 여진족들과 전쟁이나 다름없는 악전고투를 벌였는데 요서에서도 마찬가지였던 것이다. 태생이 무림인인 그들로서는 이런 전쟁터에 뛰어드는 것은 반가운 일이 아니었다. 하지만 이왕 뛰어들었으니 어쩔 수도 없었다.

무영이 말했다.

"좋다. 잘 알았다. 이 지역에 있는 자들 전부 적이라고 생각하기로 하자. 그 수가 엄청나게 많다고 생각하자. 이제 우리는 적진을 돌파한다."

요서 추격전 3

잠시 숙의가 있었다. 철령까지 한나절의 길을 어떻게 가느냐 하는 것에 대한 구체적인 의논이었다. 경계를 강화하는 수밖에 없었다. 그리고 그 길 내내 적진 속을 이동한다는 각오로 긴장을 늦추지 않는 수밖에 없었다. 이런 경우 이동하는 대형에 대해서는 노준혁의 의견이 매우 도움이 되었다.

앞에 척후조를 내보내고 양 옆으로도 척후조를 보내서 적을 경계한다. 신호는 나팔, 혹은 호각으로 한다. 행렬의 후미에는 가장 강력한 무사들을 배치해서 후방으로부터의 공격에 대비한다. 이런 식이었다.

그렇게 대형을 다시 꾸미고 무영은 무영단 무사들에게 연설을 했다.

"적은 우리를 끊임없이 공격해 올 것이다. 나는, 우리는 그들을 오는 대로 격파한다. 몇 명이 오건, 몇 번 오건 장담할 수 있다. 우리는 그들에게 굴복하지 않는다. 우리는 그들에게 반드시 대가를 지불하도록 만든다. 그게 무영단이다!"

 연설은 짧고, 서툴러 보일 정도로 간결했다. 그러나 무영의 뜻은 충분히 전달되었다. 무영단 무사들의 눈에 빛이 돌아왔다. 천성의 투지들이 삼엄한 기세가 되어 고슴도치의 털처럼 일어났다. 무저갱 출신이건 황씨 형제를 비롯한 배화교도들이건 마찬가지였다. 종리매가 언젠가 예측한 것처럼 그들은 이 순간 상존한 위협 앞에서 하나가 되었다.

 행진이 다시 시작되었다. 말이 지치지 않을 정도의 속도를 유지하며 달리다가 쉬고, 다시 달리는 행진이었다.

 전방의 척후조는 담오가 직접 조장이 되어 맡고 있었다. 좌측방은 새선풍, 우측방은 황천이었다. 후방은 아예 종리매와 혈영, 화두타와 황산 등 고수급 인물들이 맡았다. 무영은 대열의 선두에 철갑마와 함께 서고 월영이 그 옆을 지켰다. 나머지 각 향주들은 대열 속에 섞여서 수하들을 독려하고 있었다.

 그렇게 한 시진쯤 달렸을 때, 우측으로부터 호각 소리가 들려왔다. 짧게 세 번 울리는 소리, 기습을 경고하는 신호였다. 다음으로 길게 두 번 울렸다. 이백여 기 정도 되는 대규모의 기습이라는 뜻이었다.

 무영이 허공을 향해 긴 고함을 질렀다. 전원 방향을 바꿔 적을 공격하라는 뜻이었다. 깊은 내공이 실린 이 고함은 전방의 척후조에게도, 좌측방의 경계조에게도 전해질 정도로 우렁찼다. 그들 또한 이 소리가 들리면 전속력으로 본대에 합류해야 했다.

 무영단은 일진광풍을 일으키며 우측으로 달렸다. 얕은 구릉과 계곡을 가로질러 수백 필의 말이 전속력으로 달렸다. 저만치 떨어진 구릉 위로부터 황천의 경계조가 달려오고 있었다. 그리고 곧 그 뒤로 흑사광풍가의 기마대가 모습을 드러냈다. 무영단은 그들을 향해 직선으로 달렸다. 전원 무기를 뽑아 든 상태였다.

황천의 수하들이 좌우로 갈라져서 무영단 옆으로 지나갔다. 그렇게 한참을 더 달린 후에야 그들도 방향을 바꾸어 대열에 합류할 것이다. 흑사광풍가의 기마대는 예상치 못했던 반격을 받고 주춤거리고 있었다. 그런 그들을 무영단의 기마대가, 그들의 분노가 휩쓸었다. 말과 말이 부딪치고, 무기와 무기가 격돌하는 아수라장이 만들어졌다.

혈영의 세 날 도끼가, 종리매의 사슬이 혈풍을 일으켰다. 무영의 묵염혼과 파천황 역시 그랬다. 부상당한 팔다리를 천으로 감싼 손지백 역시 싸움터 속에 있었다. 황씨 사형제는 뭉툭한 칼을 똑같이 무기로 사용했고, 그 도법 또한 똑같았다. 그들의 성격만큼이나 솔직하고 단순하지만 기본에 충실한 그런 도법이었다. 이 순간만큼은 무저갱 출신 무사들도, 배화교 신도 출신의 무사들도 악귀처럼 싸우고, 적을 죽였다.

전투는 금세 끝났다. 기다리고 있던 무영단 사백여 무사들과 당황한 흑사광풍가 전사들의 싸움은 애초에 상대가 되지 않았다. 한바탕 싸움이 끝난 자리에는 흑사광풍가 전사들의 시체로 즐비했다. 그러나 무영단도 전혀 타격이 없진 않았다. 이 싸움으로 다시 열두 명의 전사자가 나왔고, 부상자도 많았다.

장례식이 치러졌다. 배화교 신자들은 죽으면 화장하는 것을 최고로 치지만 그대로 들판에 버려져서 날짐승, 들짐승에게 먹히는 것도 거부하지 않았다. 세상으로부터 받은 것을 세상에 돌려주는 행위이기 때문이었다. 그래서 죽은 자들 중 배화교 신자들은 황천이 주도한 의식을 통해 장례를 치른 후 그대로 들판에 눕혀놓는 것으로 끝났다. 무저갱 출신의 무사들은 한족이 대부분이었기 때문에 일일이 매장을 했다.

우울하게 장례식 모습을 바라보는 무영에게 종리매가 다가왔다. 그의 사슬은 피로 범벅이 되어 마치 뻘겋게 녹이 슨 쇠사슬 같았다. 그는 무영의 옆에 묵묵히 서 있다가 손을 내밀어 무영의 등을 때렸다.

"우울해하지 마시게! 싸움이 나면 죽는 자가 나오는 건 당연한 걸세! 격전을 거치고도 살아남는 자만이 부귀와 영화를 누리는 것이지!"

무영이 중얼거렸다.

"부귀와 영화를 누릴 수 있을까?"

"최소한 명예라도 남겠지! 단주가 꿈꾸는 새로운 세상을 만드는 데 몸을 바쳤다는 명예 말일세."

무영이 고개를 저었다.

"나는 아직 꿈꾸지 않는다. 어떤 세상이 되어야 할지 모른다."

종리매가 다시 한 번 그의 등을 때렸다.

"지금부터 꾸면 되지! 일단 살아남은 다음에!"

그는 말을 향해 걸어가며 말했다.

"가세! 울적해질 여유도 없네!"

무영이 잠시 그 모습을 바라보다가 홀로 고개를 끄덕였다.

행진이 다시 시작되었다.

무영단은 그 이후 다섯 번의 큰 싸움과 열두 번의 작은 싸움을 겪어야 했다. 흑사광풍가의 기마대는 아무리 죽이고 격퇴해도 계속해서 나타났다. 철령까지의 한나절 거리를 그들은 시체를 쌓으며, 피로 길을 물들이며 하루 밤과 두 낮을 바쳐서 가야 했다. 무영단의 무사는 이제 삼백 명이 채 남지 않았다. 그들이 죽인 흑사광풍가의 전사도 다시 천 명을 넘어섰다. 무영단 오백 명의 무사들이 전후로 사흘간 벌인 일련의 전투에서 이천 명이 넘는 흑사광풍가의 전사들을 죽인 것이다.

그렇게 혈로를 열어서 철령에 위치한 사자군림가의 본대에 도착한 것은 다음날 저녁이었다. 붉은 노을이 철령의 산자락에 깔리고 있었다.

그러나 이것이 전투의 끝은 아니었다. 무영단의 바로 뒤에 펼쳐진 대평원 위로 자욱한 먼지구름이 퍼지고 있었다. 지평선 끝에서 끝까지 펼쳐져서 달려오고 있는 흑사광풍가의 기마대가 일으키는 먼지구름이었다. 대충 눈짐작만으로도 몇천이 넘는 병력임을 알 수 있었다. 연이은 패배에 분노한 양소가 흩어져 있던 병력을 긁어모아 한꺼번에 투입한 것이 틀림없었다.

아무리 무영단 무사 개개인의 무위가 뛰어나고 투지가 넘친다고 해도 저 많은 병력을 단지 삼백 명으로, 그것도 반은 더 이상 싸울 수 있는 상태가 아니고 나머지 반도 부상당하지 않은 사람이 없는 상태에서 싸울 수는 없었다. 그들은 혼자서는 움직일 수도 없는 부상자들은 말 등에 묶고, 그나마 성한 사람이 그 말고삐를 잡고는 산으로 도주했다. 얕은 구릉과 저지들을 지나 점차 고개를 드는 산자락이 그들의 유일한 희망이었다. 험준한 산으로 저 많은 기마 군사들이 한꺼번에 들어올 수는 없을 것이기 때문이었다.

그러나 아직 산은 험준하다고 말하기엔 부족했고, 흑사광풍가 전사들의 기마술은 대단히 훌륭했다. 그들이 탄 작은 몽고마들은 아무리 거칠게 다루어도 쉽게 쓰러지지 않았다. 먹고 마시지 않아도 하루 종일 달리는 체력을 가지고 있었다. 어지간한 산비탈은 평지처럼 달리는 놀라운 힘과 건강한 다리를 가지고 있었다.

무영과 향주들은 무영단의 최후방에서 달리고 있었다. 그들의 앞에서 산은 점차 굴곡을 더해가고 있었다. 조금만 더 가면 계곡이 있었고, 거기서부터 길은 상당히 좁아졌다. 그러나 흑사광풍가의 기마대는 금방이라도 그들의 머리채를 낚아챌 수 있을 것처럼 가까운 거리까지 육박해 온 상태였다. 갑자기 무영이 혈영에게 외쳤다.

"혈영, 무영단을 부탁한다!"

그는 계곡 입구에 도착하자마자 말고삐를 낚아챘다. 달리던 말이 길게 부르짖으며 앞다리를 들어 올렸다. 무영은 말에서 뛰어내려 계곡 입구에 섰다. 철갑마가 달리던 말에서 뛰어내려 무영에게로 왔다. 무영은 파천황과 묵염혼을 뽑아 들고 중얼거렸다.

"이번만이라도 그냥 가줬으면 좋았을 텐데."

용케 그 말을 알아듣고 철갑마가 더듬거리며 말했다.

"나, 무영 지킨다. 함께 싸운다."

계곡 안쪽으로부터 말발굽 소리가 들려왔다. 무영이 돌아봤더니 혈영과 종리매, 월영과 그 휘하의 무저갱 출신 향주들이었다.

무영이 외쳤다.

"가라고 했다!"

혈영이 무영의 옆에 다가와 말을 세웠다. 그는 담담하게 말했다.

"월영에게 다시 맡겼습니다."

월영이 외쳤다.

"황씨 형제에게 다시 맡겼어요!"

그 황씨 형제들도 계곡 안에서 달려오고 있었다. 종리매가 인상을 썼다.

"명령받은 대로 하는 놈들이 없군. 나중에 혼구멍을 내줄 테다."

황씨 형제들이 달려와 그들의 뒤에 나란히 섰다. 큰형인 황천이 말했다.

"도망가는 데는 지휘가 필요없습니다. 뒤돌아보지 말고 뛰도록 지시하고 왔습니다."

종리매가 버럭 고함을 질렀다.

"당주, 향주들부터 말을 안 듣는데 졸개들이라고 듣겠냐! 니 뒤에 따라오는 놈들은 뭐야!"

황씨 형제를 비롯한 향주들이 일제히 계곡 안을 돌아보았다. 무영단의 무사들이 되돌아오고 있었다. 거의 이백에 가까운 숫자였다. 팔을 싸매고, 부러진 다리를 덜렁거리고, 혹은 머리에 피딱지가 앉은 놈들이 하나같이 무기를 꺼내 들고 투지를 불사르며 되돌아오고 있는 것이다.

선두에서 달려오는 무저갱 출신의 무사 하나가 무영을 향해 외쳤다.

"움직이지 못하는 놈들을 그냥 말과 함께 보냈소! 죽거나 살거나 알아서 하겠지요. 우린 단주와 함께 죽겠소!"

또 다른 무사가 외쳤다.

"단주, 화와 복을 같이하기로 하지 않았소! 혼자 죽으면 우린 누구한테 상을 받는단 말이오!"

무사들이 일제히 옳소 하고 외쳤다.

무영의 하나밖에 없는 눈이 뿌옇게 흐려졌다. 그는 눈을 깜박이고는 빙긋 웃었다. 그리고는 묵염혼을 치켜들고 외쳤다.

"좋아, 같이 죽자!"

다시 환호성이 터져 나왔다. 죽자는 말이 아니라 놀러 가자는 말이라도 들은 것 같은 반응이었다. 어느새 대열에 섞여서 서 있던 노준혁이 중얼거렸다.

"투지 하나만은 알아줘야겠군."

그는 해동 구선문의 세 사람도 대열에 합류해 있는 것을 발견했다. 삿갓검객은 처음 보는 형태의 칼을 꺼내 들고 말에서 내려서 있었다. 무녀 홍련은 쌍칼을 들고 있었다. 마지막으로 화상 유정은 석장(錫杖)을 움켜쥐고 있는데 그걸 무기로 사용할 모양이었다.

노준혁은 앞을 바라보았다. 흑사광풍가의 전사들이 해일처럼 밀려오고 있었다. 곧 일대 격전이 벌어질 것이고, 아마도 여기 있는 모두는 죽고 말 것이다. 그러나 여기에서 싸우는 이들 때문에 먼저 보낸 부상자들은 살아남을 가능성이 높았다. 지금 말머리를 돌려 도주하는 사람도. 그런데 왜 여기 버티고 서 있어야 하는가.

노준혁은 스스로에게 묻고 스스로 답했다. 부끄럽게 살아남기 싫기 때문이다. 목숨을 걸고 싸우는 자들을 방패로 삼아 꼬랑지를 말고 도망쳐서 살아남으면 그 후로 평생 괴로워해야 할 것이다. 그러느니 차라리 여기서 같이 죽는 게 나았다. 무영의 말은 그래서 극히 적절한 표현이었다.

같이 죽자. 그래, 오늘 같이 죽자.

그는 삿갓검객에게 몸을 기울여 속삭였다.

"엊그제 당신네 무녀가 내게 점쳐 준 거 기억하지요? 나보고 누이에게 빨리 돌아가라고 한 거 말이오. 왜 그러는지 좀 물어봐 주시오."

그는 거의 십여 장 앞으로 육박해 온 흑사광풍가의 기마대를 힐끔 보고는 서둘러 말했다.

"그거나 알고 죽고 싶소."

삿갓검객이 무녀 홍련과 짧은 대화를 나누었다. 그리고는 노준혁에게 말했다.

"우린 안 죽소."

노준혁이 인상을 썼다. 질문에 대한 대답이 아니잖은가. 그리고 이 상황에서 어떻게 안 죽는단 말인가.

"얼른 그거나 답해주시오."

이때 흑사광풍가의 선두가 무영을 비롯한 무영단의 선두와 부딪쳤다. 삿갓검객도 더 이상 그를 상대하지 않고 칼을 휘두르며 앞으로 달려나갔다.

"젠장!"

노준혁은 대도를 움켜쥐고 말에 박차를 가했다. 그 또한 격전의 수라장으로 뛰어들려는 찰나 대기를 찢어발기는 듯 높은 나팔 소리가 들려왔다. 한 곳에서 나는 소리가 아니었다. 산과 산, 계곡과 계곡을 진동시키며 그 나팔 소리는 사방에서 울리고, 메아리쳐 돌아오고, 또 울려 퍼지고 있었다. 노준혁은 상기된 얼굴을 들어 사방을 둘러보았다.

귀에 익은 나팔 소리, 그리고 눈에 익은 모습들이었다. 산과 구릉들을 메우고 사자군림가의 기마대가 몰려오고 있었다.

『천마군림』 6권으로 이어집니다

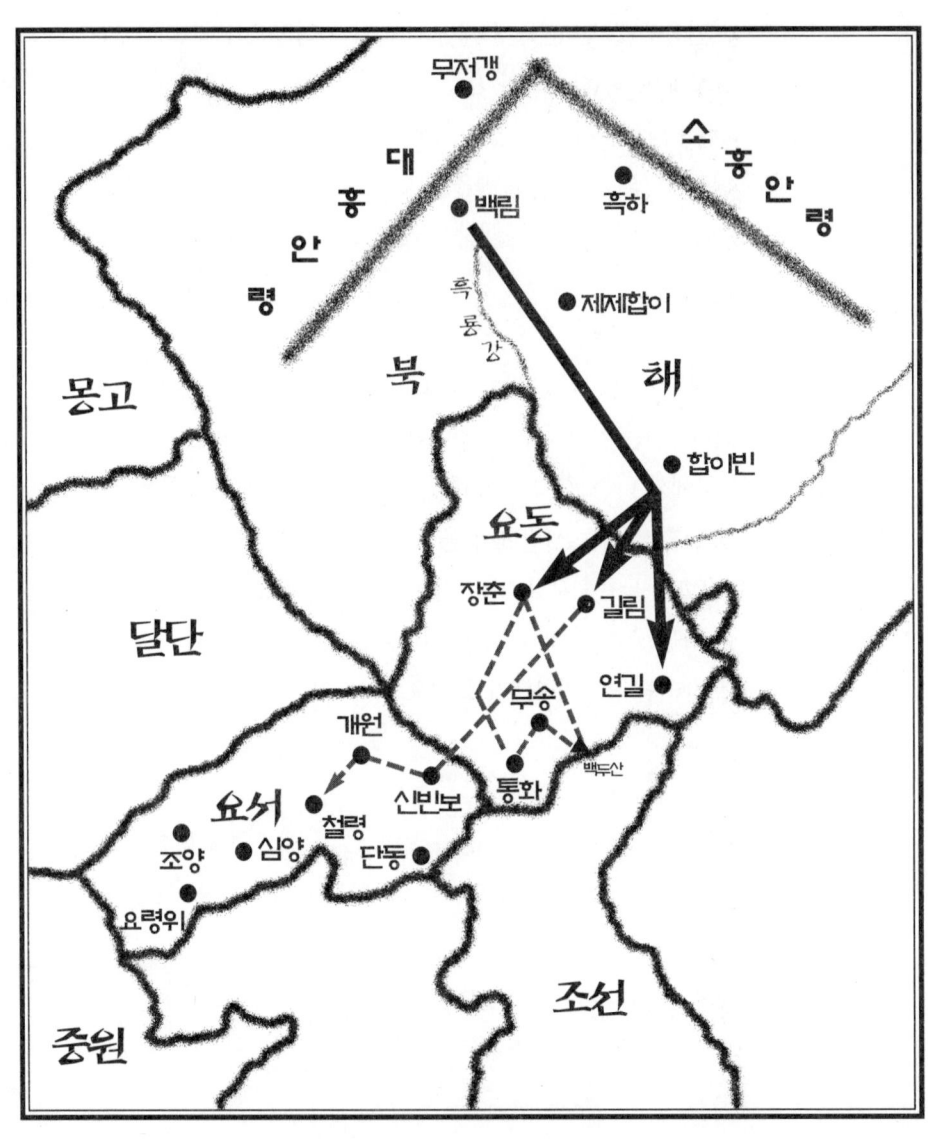